U0034747

新聞媒介的歷史脈絡

主編　黃順星

目　錄

編者序言

黃順星

世新大學於 2006 年成立舍我紀念館，除紀念世新大學創辦人成舍我先生外，更希望透過這位橫跨海峽兩岸、從事新聞工作逾半世紀的新聞人物身上，透析近代中國新聞事業形成的基礎，梳理當前台灣新聞體制與實踐演變的軌跡，並藉新聞此一遍佈日常生活中的媒介形式，探究現代傳播媒介與社會生活及文化象徵的互動。舍我紀念館創館館長成露茜（2006）教授，認為報刊不只反映、再現社會現實，更積極地發揮建構現實的能力：

> 報刊除可視為是來自西方的文化現象外，對什麼屬性的讀者而言，報刊可以被視之為是「現代性」的創造者？報刊是以何種文本形式來傳遞「現代性」？報刊傾向於強調何種政治、社會、文化的共同習俗？透過廣告、影像以及圖表形式的知與資訊，報刊散播了何種現代性的想像？

社會學者 Robert E. Park（1940）也曾為文主張，新聞之於現代人，乃是介乎專家知識與生活常識間的特殊知識類型，無論對世人認識外部世界、或建構內部認同而言，都產生重大的影響。但新聞建構社會的潛力，長久來為新聞傳播學界忽略，更遑論引入新聞傳播史的研究視角，探究不同時代中大眾傳媒與社會文化現象間的交互影響。而且在日益忽略新聞傳播史的台灣學術社群中，重新喚起學界同仁對新聞傳播史研究的注意已屬不易，欲以新視角、理論詮釋與掌握新聞傳播的發展，就需要更多的時間醞釀。

克羅齊著名的主張「所有歷史都是當代史」，意味著研究者始終是以當代的問題意識而展開時間之旅。這樣的態度究竟是好是壞，筆者非史學專業出身，無從置喙。但若以此視角閱讀本書所收錄的文章，不難看出在這些殊異論題背後可能的潛在聯繫。楊韜的論文所處理的是在中日戰爭前後，國共兩黨如何爭取鄒韜奮及其所經營的生活書店為己所用。鄒韜奮即便因七君子案而下獄，對於國共兩黨並無特殊偏好，始終相信中國必須團結對外的立場。但在戰爭期間由於國民黨對生活書店的查封行徑日益猖狂，加之以中共地下黨員的滲透，最終導致鄒韜奮的轉向。

對民國時期的報人而言，類似鄒韜奮因言得罪當道，而身繫囹圄乃至喪命的例子比比皆是：北洋時期有邵飄萍、林白水；北伐後有史量才、劉煜生；中日戰爭時期有：《大美晚報》總報販趙國樑、副刊編輯朱惺公、中文版經理張似旭、編輯程振章、副經理李駿英，《申報》編輯委員瞿紹伊、編輯金華亭，《大光通訊社》社長邵虛白，《大晚報》營業主任聞天聲等（朱傳譽，1989：426），即便成舍我本人也曾險喪張宗昌槍下。這些為新聞付出生命的記者，過去多認為是由於報紙對統治者產生威脅，迫使當權者施以金錢或武力的誘惑或威嚇而為之屈從。蕭旭智則嘗試性地以報人的回憶錄為文本，以集體性、組織性暴力的問題意識出發，追問對報人的暗殺行動，如何改變民國時期新聞場域的邊界，又對新聞從業人員的生存心態產生如何的影響，這種由國家所操持的生殺大權，又是如何成為政權在面對危機等例外狀態時的常態手段。

相對於民國時期因政權創建未久，統治基礎尚不穩固，統治者遂以威嚇、暗殺等暴力手段影響輿論，當統治的社會基礎擴大並深入市民社會的各個層面後，控制於無形的新聞媒體管制策略也應運而生。台灣戒嚴時期的新聞傳媒政策，以李金銓（2004）提出的侍從報業論述，最為學界接受並廣納為分析起點。在侍從報業體制下，統治者採取既鎮壓又籠絡的收編方式影響新聞傳媒工作。過去的研究，多從政治、經濟方面析論新聞報業從中的獲益或損害，甚少從新聞專業的面向探究此一收編工作是如何在日常生活的文化行動層面獲致共識，而後為多數新聞從業者所接納奉行。邱家宜分析《報學》的論文，從台灣新聞學術論述演變的層面切入，梳理反共抗俄時期的新聞學術工作，是如何從學理層面建構起統治者新聞管制的正當性基礎。黃順星對台灣新聞獎的分析，則試圖在有形的暴力手段外，以見諸於無形的獎勵活動，說明統治者是如何對新聞工作者施以無形的馴化工作。

但除侍從報業的限制外，黨國資本主義也是影響戒嚴時期台灣傳媒表現的重大因素，特別是對自創設伊始即由黨政軍資本所投入、掌握的三家無線電視台更是如此。黨國資本主義，依據陳師孟、林忠正、朱敬一、張清溪、施俊吉與劉錦添等人分析（1991：24）：「所有政府藉管制法規所壟斷的市場特權，或是藉經濟理由所創設的事業單位，都難逃被執政黨工具化的命運。」陳子軒的研究即以此出發，認為由於黨國資本主義的介入，三家電視台在運動轉播事項上，形成與西方市民社會由下而上、由地區而全國的運動化過程截然不同的模式。廣電媒體未開放前，三家無線電視台的運動轉播主要以國族化的集體榮耀方式維繫，即便當前因全球資本化而興盛的跨國職業運動轉播，仍舊維持此一基調，而這也是台灣在運動新聞的發展上，與西方式運動╲媒體複合體的最大差異所在。

曾麗萍與黃招勤的研究則從資本問題與學術傳統出發，分析馬來西亞華文報業於 2001 年發生的「528 報變」後，對馬來西亞學界研究華文報業的影響。透過後設的分析與整理，兩位作者鋪陳出一條與新聞報業發展緊密相依的動態關係，而且即使在 528 報變後更加惡化的處境下，仍然有許多研究者以更多元的視角掌握馬來西亞華文報業的演變，並將歷史與當前傳媒環境以更有機的方式予以掌握。馬來西亞華文報業研究的困境與突破，對台灣研究者或許似曾相似，但也不可忽略華人在馬來西亞的特殊處境下，對多元文化、弱勢賦權等議題的重視。葉思吟的研究，恰好替居於少數、非主流的台灣新聞文化的發展，補上重要的缺角。葉思吟分析處理的《破報》為台灣重要的另類媒體，該文從生產、內容、行銷與勞動等不同面向觀察分析，提供讀者較為全觀的角度掌握《破報》的面貌，也為另類媒體在學術研究中累積更多實務分析。

本論文集所收錄的論文，以 2012 年 5 月所舉辦：「新聞、新聞人與媒介技術的歷史脈絡」研討會上所發表的論文為基礎。會議結束後，徵詢發表人意願後，以雙匿名方式交由兩位相關領域的學界人士審查，通過後予以收錄。舍我紀念館成立以來即深受學界人士與世新大學的支持，對於所舉辦的學術研討會、學術交流工作坊、博士後研究補助等活動，向來不吝付出與參與，也才能有這本論文集的出版。這本論文集只是拋磚引玉，期待將來能夠有更多有志新聞傳播史的學界同仁，共同致力於新聞傳播史的研究工作，激盪出更多的火花。

參考文獻

朱傳譽（1989）。〈抗戰時的報業〉，曾虛白（編），《中國新聞史》，頁 403-450，台北：三民。

李金銓（2004）。《超越西方霸權：傳媒與文化中國的現代性》，香港：牛津大學出版社。

成露茜（2006）。〈文本與媒介：民初報刊的研究取徑，1911-1949〉。上網日期：2006 年 10 月 1 日，取自 http://csw.shu.edu.tw/PUBLIC/view_01.php3?main=headlineid=56#m1。

陳師孟、林忠正、朱敬一、張清溪、施俊吉、劉錦添（1991）。《解構黨國資本主義：論台灣官營事業之民營化》，台北：澄社。

Park, R. E. (1940). News as a form of knowledge: A chapter in the sociology of knowledge. *American Journal of Sociology*, 45(5), 669-686.

作者簡介

楊　韜，現職為日本佛教大學文學部專任講師，京都大學人文科學研究所現代中國研究中心共同研究員，愛知大學國際問題研究所客座研究員。日本國立名古屋大學博士，曾任日本學術振興會特別研究員，日本國立名古屋大學國際言語文化研究所助理教授。學術專長為中國近現代史，媒介文化研究。

蕭旭智，現職為世新大學舍我紀念館助理研究員，東海大學社會學博士。學術興趣為文化社會學、死亡與政治暴力、生命政治。

陳子軒，現職為國立體育大學體育研究所副教授，學術專長為運動與媒體、運動社會學、文化研究、全球化。榮獲2013-2015年教育部優秀特殊人才獎勵。

邱家宜，世新大學傳播研究所博士，曾任《自立晚報》、《新新聞周刊》記者，現職為卓越新聞獎基金會執行長，東海大學通識中心兼任助理教授。

黃順星，現職為世新大學舍我紀念館助理研究員，學術專長為媒介史、媒介文化、傳播社會學。曾出版《記者的重量：台灣政治新聞記者的想像與實作，1980-2005》（台北：巨流），榮獲2011年「曾虛白先生新聞學術著作獎」。

葉思吟，舍我紀念館協同研究員，台師大、世新大學兼任助理教授、雜誌專案總監，學術專長為新聞編採、視覺文化。博士論文《媒介城市：當代高雄空間改造與意象建構》，榮獲2012年「高雄市城市建設學術論文研究」博士組優等獎。

曾麗萍，世新大學新聞所畢業，現職為馬來西亞大同韓新傳播學院新聞系主任。

黃招勤，世新大學傳播博士學位學程博士候選人，現職為馬來西亞新紀元學院媒體研究系主任。

國共攻防戰中的生活書店（1932～1944）[1]

楊韜

前言

由著名記者鄒韜奮先生創辦的生活書店是中國近代史上有著巨大影響的言論機構。有關生活書店的研究不僅在中華文化圈的各地盛行，也吸引了日本以及歐美地區國家研究者的關注。從諸多的先行研究來看，主要有三種研究傾向。第一，以生活書店創辦人鄒韜奮先生的思想轉變為對象，考察近代中國知識分子的思想構造。代表性的研究如，橫山英（1967），石島紀之（1971、1972），郝丹立（2002），楊韜（2007、2008）等。第二，以生活書店發行報刊所載抗日言論為對象，考察抗日戰爭時期的民族主義表象。代表性的研究如，齊藤秋男（1981），Coble Parks（1985、1991），Mitter Rana（2000），神戶輝夫（2001），楊韜等（2009a、2009b、2012）等。第三，以生活周刊為主要對象，考察1930年代的都市文化生活，代表性的研究有，Yeh Wen-Hsin（1992、2007），Mitter Rana（2004），高橋俊（2009），趙文（2010），楊韜（2011）等。

---

1 本文以2012年5月世新大學舉辦的中國新聞史國際學術研討會上宣讀的論文為底本加以修改而成。筆者衷心感謝會後兩位匿名審查人的中肯詳盡的評審意見及修改建議。由於無法在較短的修改期限內調集到審查人提及的所有文獻（特別是台灣方面的博士論文），本文只能就其中的一部分作出盡可能的回應。

以上諸先行研究都從各個不同的角度對生活書店的狀況做了相應的考察和分析，但觀其研究對象和所採用的研究手法，似乎對於生活書店所處時期的政治背景，特別是與當時的言論宣傳政策的相關聯繫還談及不多，有待進一步發掘。眾所周知，生活書店長期以來被視為中間力量的一股（在日本的中國近代史學界也多使用第三勢力這一概念[2]）。但是，作為中間力量的生活書店與國民黨及共產黨這兩大政治力量的關係具體如何呢？進入 1940 年代，生活書店逐步靠近中共，最終成為中共領導下的三聯書店的重要組成部分這一事實是明顯的。但是，生活書店是如何走到這一步的，尚不明確。台灣學者高郁雅和日本學者中村元哉等提出的有關國民黨新聞宣傳政策與戰後中國政局變動的論點[3]無疑是重要的，但針對生活書店這一個案的分析還有待展開。美國學者 Ting, Lee-hsia Hsu. 在論及國民政府對媒體的管制一書中有一節[4]論及鄒韜奮及生活書店。但是該節中的主要內容為鄒韜奮在 1930 年代的出版活動經歷，對於他和國民黨政府的關係有所描述，但就其對國共兩黨的態度和其間的關係並沒有做出具體深入的討論。

基於以上的研究背景，本文嘗試對生活書店與國共兩黨的關係做一個初步的考察，分析作為中間力量的生活書店在 1930 年代初期至國共內戰結束，國民黨失去大陸政權退守台灣為止的近 20 年間的經歷。在考察過程中，除了慣用的文本分析手法，還重視對於生活書店的組織結構變化的分析。以對生活書店靈魂人物鄒韜奮的分析為主，輔以對其身邊的相關人物的分析。即，將考察的範圍擴大到胡愈之、黃炎培等與生活書店有著密切

鄒韜奮曾就讀過的上海聖約翰大學碑（現華東政法大學校園內），楊韜攝

2 見菊池貴晴（1987）等。

3 見高郁雅（2004）第 4 章，中村元哉（2004）第 1 章。

4 見 Ting, Lee-hsia Hsu.（1974）頁 151-159。

關係的人物，探討他們在生活書店左傾中的作用。同時，對於當時國共兩黨的新聞宣傳政策和策略也給予關注。

壹、從 1936 年的一份聲明來解讀鄒韜奮對國共兩黨的態度

一貫以無黨無派自稱的鄒韜奮是如何看待國共兩黨的呢？在此，首先從 1936 年的一份聲明中來解讀其態度。1936 年，鄒韜奮與沈鈞儒、章乃器、陶行知等人聯名在 7 月 31 日的《生活日報》第 55 期發表了〈團結禦侮的幾個基本條件與最低要求〉的聲明。筆者認為，通過這份聲明，並結合鄒韜奮在此前後的言論，可以從以下四點來解讀鄒韜奮對國共兩黨的態度。

第一，鄒韜奮認同國民黨政權在中國革命的領導地位。他寫道：「中國國民黨我們始終認為是中華民族革命歷史上的一個主角」。他的理由是，無論是推翻滿清專制政府還是推翻袁世凱獨裁政權的都是國民黨，由廣東出發北伐推翻北洋軍閥的也是國民黨。但是，鄒韜奮對於國民黨對日本不抵抗政策不滿。他指出：「現在共產黨已經提出了聯合抗日的主張，國民黨卻並沒有表示。這結果會使一般民眾相信倒是共產黨能夠顧全大局，破除成見，這對於國民黨是十分不利的。」[5] 從這裡甚至可以看出，鄒韜奮在強調國民黨是執政黨，不但對其在中國革命歷史中合法性、正統性給予承認，還表達對國民黨的期待，希望國民黨發揮出作為抗日主力的作用。

在下一節將會談及 1940 年代鄒韜奮在國民參政會的挫折以及生活書店所遭受的迫害。由此鄒韜奮對國民黨的期待逐步淡化為失望，最終變為絕望。鄒韜奮於 1941 年辭去國民參政員逃亡香港，他在當年 4 月 9 日的《華商報》上發表了〈發動全面抗戰的基本條件〉一文。在此文中，他寫道：

> 我們是在擁護政府與領袖，以及愛護國民黨的態度之下，對於國事的辦法有所主張與建議而已。這一點所值得提出的，這不僅是

5　《韜奮全集》第 6 卷頁 713。

我和許多朋友們的過去的態度，也是我和許多朋友們現在的態度[6]。

可見，雖然1940年代以後的鄒韜奮被視作左傾分子，但是至少在1941年4月的階段他對於國民黨的執政黨地位的認同態度並沒有變化。換言之，即從1936年到1941年，鄒韜奮對於國民黨作為執政黨的主導地位這一點的態度始終是一致的。

第二，鄒韜奮對於共產黨的存在與發展是一直抱有關心的，但他對於以武力鬥爭進行階級解放的做法是反對的。鄒韜奮對中共的認識，要溯及到他對「社會主義」的理解。筆者認為，鄒韜奮所理解的「社會主義」與中共所主張的「社會主義」並非完全一致。1930年代鄒韜奮所理解的「社會主義」更接近於孫中山的「民生主義」。鄒韜奮曾經在1931年11月28日的《生活周刊》第6卷第49期中表示，「擁護中山先生所主張用和平的政治的方式來實現社會主義」[7]。在1936年的聲明中他更加明確的表明了他反對中共的階級鬥爭運動。

他在肯定了中共的「聯合抗戰」的主張後，指出：

在紅軍佔領區域內，對富農，地主，商人，應該採取寬容態度。在各大城市內，應該竭力避免有些足以削弱抗日力量的勞資衝突。這樣，救亡聯合戰線的展開，才不至受到阻礙。就我們個人參加抗日救亡運動的經驗來說，救國會和其他群眾團體中間，往往發現有些思想幼稚的青年，在抗日救國的集會或游行中間故意提出階級對階級的口號，以及反對國民黨和國民政府的口號，以破壞聯合戰線。還有少數青年，在抗日運動中，依然採取宗派主義的包辦方式。這種行動，我們相信絕不是出於中國共產黨的指示，因為這是違反中國共產黨最近的主張的。這多半還是出於共產黨裡面的左傾幼稚青年的個別行動，

---

6 《韜奮全集》第10卷頁176。

7 《韜奮全集》第5卷頁86。

> 我們認為中國共產黨應該趕快糾正他們[8]。

對於以上引用文中所列舉的現象，鄒韜奮都表示了反對。他還提出中共對相關的人或事件負有斥責和改進的責任和義務。鄒韜奮對於以武力鬥爭的方式來進行階級解放是一貫反對的，這與他長期以來主張採用以和平方式的改良主義不無關係。而且，處於抗日戰爭這一特殊時期，他最為擔憂的是武力性的階級鬥爭會導致聯合戰線的分裂。在鄒韜奮看來，無論農村地區的富農和地主，還是城市裡的商人和資本家，他們也都是抗戰力量的一部分。對於他們的階級鬥爭難免削弱抗日的全體的力量。這和以下的第三點也是一脈相承的。

上海韜奮紀念館內的鄒韜奮雕像，楊韜攝

第三，鄒韜奮認為在抗日戰爭期間，相對於黨派區別，形成統一戰線才是首要任務。他認為抗戰的最終勝利取決於把所有的人力，財力，以及全民族的智慧都集合到一起這一點。1936 年的聲明中，他指出「抗日救國這一件大事業，絕不是任何黨派任何個人所能包辦的。」[9] 對於聯合戰線的前途有所擔憂的人，鄒韜奮如下加以鼓舞：

> 就是在抗日救國完全勝利以後，這人民的大團結也不見得就會分裂。因為各黨各派既然在一條戰線上共同奮鬥，終於得到了共同的勝利，大家就變成患難朋友，許多本來不能諒解的事情，就可以諒解；許多本來不一致的意見，也就可以一致起來。那時中國才真正能夠統一起來[10]。

---

8 《韜奮全集》第 6 卷頁 714-715。
9 《韜奮全集》第 6 卷頁 707。
10 《韜奮全集》第 6 卷頁 710。

鄒韜奮的這一假想僅是為了鼓舞士氣嗎？從歷史來看，他的這一假想隨著 1940 年代的國共內戰而破滅。但是他對於中國在安定的政權領導下作為一個獨立自主的國家邁進的願望是顯而易見的。

第四，作為記者，鄒韜奮是一貫主張應該站在無黨無派的立場講話的。他從編輯《生活周刊》的初期階段開始就反復表明了自己是不屬於任何特定組織的言論家。鄒韜奮曾經在 1932 年 10 月 8 日的《生活周刊》第 7 卷第 40 期發表了〈不相幹的帽子〉一文。當時，有流言蜚語說他加入了所謂的「國家社會黨」或「勞動社會黨」，還有人說他是「左傾作家」。針對這些謠言，鄒韜奮回應說「記者辦理本刊向採獨立的精神，個人也從未帶過任何黨派的帽子。」[11] 此外，1944 年死前所撰遺著《患難餘生記》中，鄒韜奮還回憶擔任國民參政員期間曾明確表明過自己既不是國民黨黨員，也不是共產黨黨員。

如上所示，鄒韜奮一貫表明自己是不屬於任何政黨的中間力量。但是他在 1944 年臨死前提出了加入中共的請求。這是出於什麼樣的理由呢？筆者認為，主要有兩點可以作為推測。第一，1940 年代國民黨政權對於生活書店的迫害。第二，1930 年代初期以來，共產黨對生活書店水面下的滲透。下一節，對這兩點做進一步的具體考察。

貳、國民黨的迫害和共產黨的滲透

首先，對於 1940 年代初期以後，國民黨政權對生活書店的迫害以及被害情況做一個概述。關於生活書店的受害情況，鄒韜奮在 1941 年 6 月 8 日至 28 日的《華商報》上發表了連載報導文章，詳細敘述了當時的狀況。在第一回報導中，他寫道：

> 在逆流中被摧殘的文化堡壘，有書店，報館，通信社，及其他文化團體。我現在所要談的只是許多被摧殘得文化堡壘中的一個，這一

11 《韜奮全集》第 5 卷頁 482。

則因了它可供作一個代表型的例子，二則因為對於這個文化堡壘，我也是親自參加的一分子，它被摧殘的整個過程，是我所完全熟悉的[12]。

其後，鄒韜奮概述預定連載的內容。即：生活書店的精神是什麼，生活書店在抗戰期間有哪些貢獻，生活書店是如何被迫害的，被迫害的藉口是什麼，以及生活書店對當局的抗議等自我防衛措施和結果等。根據連載報導可知，生活書店原本在全國各地有 55 家分店，受國民黨中央黨部的指示被強制性停業整頓，書店的資產也被沒收，一部分分店被完全關閉。最後，只剩下在重慶的總店和海外分店。具體情況參見下表 1。

【表 1：生活書店各地分店受迫害情況一覽】

受害時間	受害店名
1939 年 3 月	浙江，天目山臨時營業處
1939 年 4 月	陝西，西安分店 南鄭分店 甘肅，天水分店
1939 年 6 月	湖南，沅陵分店 浙江，金華分店 麗水分店 江西，吉安分店 贛州分店 湖北，宜昌分店 安徽，屯溪分店
1939 年 7 月	廣東，曲江分店
1939 年 10 月	福建，南平分店
1940 年 2 月	陝西，宜川臨時營業處 湖南，衡陽分店
1940 年 4 月	安徽，立皇分店
1941 年 2 月	四川，成都分店 廣西，桂林分店 貴州，貴陽分店 雲南，昆明分店

（資料來源：《生活書店史稿》，頁 206-211）

12 《韜奮全集》第 10 卷頁 324。

關於被迫害的藉口，鄒韜奮通過調查列舉了以下四點。第一，被指控販賣禁書。第二，得到了共產黨的資金援助。第三，生活書店的同人自治會被指控有參與「政治活動」之疑。第四，被檢閱的信函中發現了與延安的通信。這些藉口，特別是關於書店的經營資金等，調查了帳簿卻沒有發現任何證據。至於與延安的通信，鄒韜奮表示，即使信件中有違法的內容，那也只不過是書店職員個人的通信行為，應與書店這個出版單位區分開來。

在以上列舉的藉口中，生活書店是否與中共有組織性質的聯繫是國民黨當局所最為擔心的。關於這一點，當時被提到最多的是生活書店遍布全國各地的分店是共產黨八路軍的聯絡據點這一說法。對此，鄒韜奮如下加以反駁：

> 延安在西安有公開的八路軍辦事處（即十八路集團軍辦事處，在戰時首都重慶也有），辦事處當然可以處理關於通訊的事務，根本就用不著別的機關越俎代庖[13]。

如果僅從鄒韜奮的這一段敘述來看，似乎生活書店與中共當時沒有組織性的聯係。但是，實際上從1930年代初期，即1932年生活書店成立時開始，生活書店內部就有中共的「地下黨員」潛入了。這裡要特別提到的是胡愈之這個人物。

胡愈之曾經擔任《東方雜誌》的編輯，他也以世界語專家而聞名。但是長期以來，他的中共黨員身份卻鮮為人知。胡愈之於1933年加入中國共產黨，直到1979年才公開他的黨員身份。在那之前，他一直都是以「民主人士」的身份來公開露面，並且他與中共組織的聯絡完全是通過所謂的「單線聯繫」來進行的。根據他的回憶錄（參見表2），他通過以下的多人與中共組織保持秘密聯絡，從事長期的地下活動。

像胡愈之這樣的「地下黨員」，以及他們對生活書店的滲透，鄒韜奮是否有所掌握不可得知。實際上在鄒韜奮身邊工作過的胡耐秋如下證實：

---

13 《韜奮全集》第10卷頁903。

【表2：胡愈之的「單線聯繫」情況一覽[14]】

年	「單線聯係」狀況	《我的回憶》
1931	在上海，與張聞天初次會面。	17頁
1933	在上海，與張慶孚認識，申請入黨。其後，張慶孚成為他的聯絡人。	25頁
1934	聯絡人由張慶孚換成王學文，繼而換成宣俠父。	27頁
1935	聯絡人由宣俠父換成嚴希純。1935年11月，嚴希純被逮捕，聯絡中斷，赴香港，與宣俠父再會。	30頁
1935	11月、厳希純が逮捕され、連絡中断、香港へ、宣侠父と再会、連絡再開。	33頁
1936	回到上海，赴蘇聯，潘漢年成為聯絡人。	35頁
1938	在武漢，與周恩來會面。	48頁
1940	在桂林，與李克農聯絡。後赴香港，與廖承志聯絡，後去新加坡。	56頁
1948	回到香港，方方稱為聯絡人。	76頁

（資料來源：胡愈之，《我的回憶》）

> 當時在國民黨執行限制異黨活動的反動政策的情勢下，生活書店如有共產黨的組織，當然也只能是秘密的。既然是秘密的，在書店工作的其他同事包括書店的領導人就不可能知道[15]。

像胡愈之等地下黨員對生活書店的滲透和影響，與鄒韜奮作為主要成員加入的救國會也有幾分類似之處。日本學者田中仁的研究顯示，1930年代的救國會，其組織結構是由救國會上層人士負責的公開機構和由中共黨員負責的非公開機構的雙方面構成的[16]。而生活書店方面，則是既有鄒韜奮這樣一個「非國民黨員、非共產黨員」的中間力量的看板對外公開，在內部組織裡又有相當數量的共產黨地下黨員在活動。

14 表格中頁數均引自於胡愈之著，江蘇人民出版社1990年版《我的回憶》一書。

15 胡耐秋（1979），頁39。

16 田中仁（1990），頁303。Stranahan（1998）第五章也值得參考。

關於1930年代末至1945年中共對於民營媒體的滲透，高郁雅如下指出：

> 一般討論民營報紙的左傾投共喜歡采取中共對新聞界「滲透」之說法，認為中共挑選有潛力的民營報刊下手，動員作家在報上發表言論，派地下黨員混入報館服務，進而煽動該報的左轉。中共爭取民營報紙雖是事實，但並非是促成這些報紙左轉的唯一因素[17]。

高郁雅通過對《大公報》的個案研究表明，新聞界的自由度，報館的營運情況，讀者市場的取向，報館主持人個性等都會影響到媒體的立場變化，中共的滲透不過是其中因素之一。對於這個問題，筆者認為終究只能是個別判斷，唯有通過對各個媒體的個案分析才能下結論。至少就生活書店這個個案來說，筆者認為共產黨地下黨員的滲透是相當徹底的，對於生活書店的左傾也產生了極大的影響[18]。

---

17 高郁雅（2004），頁224。

18 就匿名審查人之一提出的有關鄒韜奮本人是否為中共地下黨員，以及他是否知道生活書店已被中共地下黨員滲透的問題略談一點筆者現階段的看法。匿名審查人所提及的沈謙芳論文（1995）中引用徐永等人的文章來論及鄒韜奮曾在訪美期間討論過加入中共的問題，也論及了周恩來要鄒韜奮保持非中共黨員身份來工作的問題。對於這一點，正如王玉在其關於救國會的博士論文中所闡述的那樣，回憶文章由於時間，政權，身份等因素的影響存在著失真，誇大，作假等可能性。因此，鄒韜奮本人是否為中共地下黨員，以及他是否知道生活書店已被中共地下黨員滲透等等問題，遠非一兩份文獻資料可以證實的。筆者曾向日本京都大學的中共黨史研究專家石川禎浩教授請教鄒韜奮與中共的關係問題，石川教授向筆者提供了以下一條線索。即，1936年7月19日當時的共產國際執委會收到的密信中，王明注釋中提及鄒韜奮是共產黨員。史料原文為俄文，中譯版可參考《聯共（布），共產國際與中國蘇維埃運動（1931-1937）第十五卷》220頁。作為當時中共內部高層人物的王明所指出的鄒韜奮為共產黨員這一說法的可信度值得進一步的考察。目前，基本上除了鄒韜奮在臨終前口述的遺囑中要求加入中共這一請求被學界提及的較多以外，有關鄒韜奮是否早已是中共黨員的探討不多。而且，筆者對於重病中的鄒韜奮是否真的在遺囑中提出要求加入中共這一點尚抱有懷疑。對於本文中所引用的胡耐秋的證言，筆者認為雖不能說一定確鑿，但是從當時的時代背景來看，中共本來就沒有必要讓生活書店高層所有人員知道其滲透工作的內情。作為中共方面來說，只要其地下黨員的滲透工作達到目的即可。歸根結底，對於匿名審查人所提出的有必要從時人及後人對鄒韜奮的見解等多方面對其立場轉變的經過作更細致的討論這一建議，筆者完全認同。只是，由於當時的狀況錯綜復雜，而能夠作為確鑿例證的史料尚未發現。因此，筆者仍將這個問題作為今後的課題繼續關注。

上海韜奮紀念館入口，楊韜攝

此外，鄒韜奮及生活書店的左傾，除了上述共產黨的滲透外，對於國民黨政權的失望以及對延安根據地政權的期待感這樣一種當時的知識分子之間多見的共通現象的影響也不無關係。從《華商報》上發表的連載文章可知，鄒韜奮對於國民黨政權的失望在 1941 年辭去國民參政員時達到頂峰。隨後他逃亡香港。而當時，許多知識分子對於延安根據地的期待與嚮往也不斷高漲。費正清就指出，當時延安的活潑氛圍，樸素的平等主義等在斯諾的《紅星照中國》中反映得淋漓盡致[19]。日本學者今堀誠二的研究中，如下指出：

> 延安的政治機構最初是蘇維埃體制，在國共合作的同時期採取了資產階級式體制。實施三三制，保障地主及資本家的公民權，仿國民政府官制和軍制來加以改革，大幅導入了三民主義的政治指導和資產階級制度[20]。

對於持和平手段來改良的主張的鄒韜奮等中間力量人士來說，當時的延安可以說在某種意義上接近了他們的理想，成為一時的「假想」或者說「憧憬」。而正如彭亞新所編的有關中共南方局資料所述，1939 年以後周恩來對於鄒韜奮及生活書店的關照也是一個極其重要的因素。1941 年鄒韜奮辭去國民參政員逃亡香港時，周恩來派胡繩護送至香港。太平洋戰爭爆發後香港淪陷，鄒韜奮與眾多文化人逃亡廣東時，周恩來又多次發出指示，給與了極大幫助[21]。

---

19 Fairbank, John King.（1982），頁 266。

20 今堀誠二（1973），頁 15-16。

21 彭亞新（2009），頁 117，頁 173。

以上的討論主要集中在中共對生活書店的滲透，難免給人誤解，以為國民黨方面對於生活書店僅加以打擊迫害。其實不然，國民黨政權對於影響力漸大的生活書店也曾多次試圖拉攏爭取。以下就這一點例舉一二，稍作補充說明。鄒韜奮曾在1938年春應蔣介石邀請，與杜重遠一同赴其官邸會晤蔣介石本人。當時，鄒韜奮還不是國民參政員。會談中，蔣介石提到組織的問題，強調社會知名人士尤其應注意到組織的重要性。鄒韜奮對於蔣所提的組織不甚明確，會談後退出會客廳時看到舊識陳布雷的房間就在隔壁，於是又入室與陳布雷詳談。在問及蔣的話題時，陳布雷解釋說蔣所提及的組織是指黨的組織[22]。當時，國民政府遷移至武漢不久，大力拉攏中間派社會人物。蔣介石的會談邀請，以及提到組織問題都是向鄒韜奮等人暗示，希望他們加入國民黨。其實早在1936年蔣介石就曾派復興社的劉建群和中央宣傳部長張道藩聯絡鄒韜奮，也曾通過杜月笙等人傳話指名要鄒韜奮赴南京面談，均被拒絕[23]。至1939年夏，國民黨派劉伯閭兩次到生活書店，提出要生活書店、正中書局與獨立出版社合併[24]。雖然承諾由鄒韜奮主辦三家出版機構，各書店也保持原有店名不變，但實際上是企圖將生活書店拉攏過來為國民黨發聲。這一要求被嚴辭拒絕後，如表1所示，生活書店遭到了嚴峻的迫害。

參、結語

通過以上的考察，筆者得出以下的結論。從1930年代開始，國共兩黨就在爭取民間媒體與報界輿論力量上展開攻防戰。就生活書店這一個案來說，中共無論在思想理論的層面，還是在實際對其內部組織滲透上都極其徹底。國民黨方面也曾試圖拉攏爭取鄒韜奮。但是國民黨的企圖，卻由於

---

22 《韜奮全集》第10卷頁194。
23 《韜奮全集》第10卷頁840。
24 張錫榮（1985），頁268。

其極端的言論獨裁及打壓，非但有所作為，反而使生活書店的左傾加快。在這場國共攻防戰中，鄒韜奮因耳疾於 1944 年去世，隨後的生活書店在 1948 年與讀書出版社，新知出版社合並，成為了中共領導下的三聯書店。可以說這場攻防戰最終以中共的勝利告終。

華東政法大學校園內的鄒韜奮雕像，楊韜攝

參考文獻

中文

高郁雅《國民黨的新聞宣傳與戰後中國政局變動（1945-1949）》（國立台灣大學出版委員會，2004）

郝丹立《韜奮新論》（當代中國出版社，2002）

胡耐秋《韜奮的流亡生活》（北京三聯書店，1979）

胡愈之《我的回憶》（江蘇人民出版社，1990）

趙文《生活周刊與城市平民文化》（上海三聯書店，2010）

彭亞新《中共中央南方局的文化工作》（中共黨史出版社，2009）

生活書店史稿編輯委員會《生活書店史稿》（三聯出版社，2007）

沈謙芳〈鄒韜奮與中國共產黨〉《學術月刊》1995 年第 12 期

王玉《抗戰前上海地區的抗日救國運動以救國會為中心的探討（1935-1937）》（國立政治大學歷史研究所博士論文，2003）

中共中央党史研究室第一研究部 聯共（布），共產國際與中國蘇維埃運動（1931-1937）第十五卷》（中共黨史出版社，2007）

張錫榮〈我在生活工作的日子〉《憶韜奮》（學林出版社，1985）

鄒韜奮《韜奮全集》（上海人民出版社，1995）

日文

石島紀之「抗日民族統一戦線と知識人——「満州事変」時期の鄒韜奮と『生活』週刊

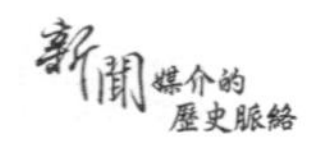

をめぐってー前編」『歴史評論』256（1971）：22-50

石島紀之「抗日民族統一戦線と知識人——「満州事変」時期の鄒韜奮と『生活』週刊をめぐってー後編」『歴史評論』259（1972）：81-92

今堀誠二『中国の民衆と権力』（勁草書房、1973）

神戸輝夫「日中戦争における文化侵略（3）－『抗戦』掲載「戦時 教育方案」について—」『大分大学教育福祉科学部研究紀要』23.2（2001）：207-222

菊池貴晴『中国第三勢力史論—中国革命における第三勢力の総合的研究』（汲古書院、1987）

斎藤秋男「《救国時報》と陶行知．鄒韜奮："救亡＝救国"運動研究のために（2）」『中国研究月報』401（1981）：1-8

高橋俊「修養する青年たち——『生活週刊』と新しい労働観の生成」『野草』83（2009）：63-83

田中仁「国民政府時期、転換期の上海における中国共産党の組織と活動」『大阪外国語大学論集』1（1990）：293-318

中村元哉『戦後中国の憲政実施と言論の自由　1945-49』（東京大学出版会、2004）

横山英「抗日運動と愛国的ジャーナリスト——鄒韜奮の活動と思想変革」『広島大学文学部紀要』26.3（1967）：171-189

楊韜「ジャーナリスト鄒韜奮とジョン・デューイ思想——近代中国知識人の一つのあり方」『メディアと文化』3（2007）：73-87

——「「新生事件」をめぐる日中両国の報道及その背景に関する分析——差異と原因」『メディアと文化』4（2008a）：161-176

——「1930年代における中国知識人の西洋理解——ジャーナリスト鄒韜奮の欧米体験を中心に」『多元文化』8（2008b）：321-331

——「近代中国における「国貨」をめぐる言説の一考察——雑誌『生活』（1925～1933）を通して」『現代中国研究』24（2009a）62-75

——「投書欄における読者・投稿者・編集者——生活書店出版物を対象とした歴史的考察」『中国研究月報』63.9（2009b）：13-25

——「近代中国におけるセクシュアリティ言説——雑誌『生活』の投書欄における論争を中心に」『言語文化論集』33.1（2011）：167-180

——「生活書店の募金活動について」『言語文化論集』33.2（2012）：141-155

英文

Coble, Parks M. "Chiang Kai-shek and the Anti-Japanese Movement in Cina: Zou Tao-fen and the National Salvation Association, 1931-1937." *The Journal of Asian Studies*. XLIV, No.2 (1985): 293-310

——. *Facing Japan: Chinese Politics and Japanese Imperialism, 1931-1937*. Cambridge: Harvard University Press, 1991.

Fairbank, John King. *Chinabound: A Fifty-Year Memoir*. Harper & Row, 1982.

Mitter, Rana. *The Manchurian Myth: Nationalism, Resistance, and Collaboration in Modern China*. Berkeley: University of California Press, 2000.

——. *A Bitter Revolution: China's Struggle with the Modern World*. New York: Oxford University Press, 2004.

Stranahan, Patricia. *Underground: The Shanghai Communist Party and the Politics of Survival*, 1927-1937. Lanham: Rowman & Littlefield Publishers, 1998.

Ting, Lee-hsia Hsu. *Government Control of the Press in Modern China*, 1900-1949. Cambridge, Mass.: East Asian Research Center, Harvard University, 1974.

Yeh, Wen-Hsin. "Progressive Journalism and Shanghai's Petty Urbanites: Zou Taofen and the Shenghuo Enterprise, 1926-1945." *Shanghai Sojourners*. Ed. Jr. Wakeman, and Wen-hsin Yeh, Berkeley: Institute of East Asian Studies University of California, 1992. 186-238.

——. *Shanghai Splendor: Economic Sentiments and the Making of Modern China, 1843-1949*. Berkeley: University of California Press, 2007.

暴力、暗殺與倖存者的記憶：民國時期的新聞場域初探

蕭旭智

壹、問題意識：為何要暗殺報人？

在中國，清末民初的暗殺，一般認為是封建轉向共和的陣痛，一種革命的手段（陳祐慎，2010；吳潤凱，2009）。而北洋政府時期與國民黨南京政權，暗殺作為一種政治暴力的手段，咸信是因為軍閥勢力快速更替與國民黨的威權統治之故（杜贊奇，2008；魏斐德，2007）。林郁沁（2011）的《施劍翹復仇案》研究，指出一個單身的女刺客所引發的公眾激情形構某種情感性的公共領域，同時賦予暗殺一種復仇情感與暴力的正當性。此研究顯示出，暗殺不只是一種單純的政治暴力，而且必須從政治暴力轉向暴力被賦予的更多重含義的角度來研究。在民國時期的新聞場域，我們看到許多暗殺報人的事件，到底暗殺事件對於新聞場域產生甚麼樣的影響和變化？從政治、心理學的角度來看，暗殺賦予了這種政治暴力，一種制度、社會公眾的新理效果。這種暴力的形式，展示著政治與新聞場兩種政體遭逢所發生的衝突。對於身處其中的報人而言，又造成那些類似與不一致的影響？

貳、文獻回顧：暗殺研究的幾個面向

暗殺是取政治或公眾人物的性命，以造成政治效應的一種殺人行動。（Ben-Yehuda, 2008）從政治學的觀點定義暗殺，暗殺（assassination）與謀

殺（homicide）、屠殺（massacre）、恐怖主義（terrorism）不同，謀殺的意圖與暗殺不同，謀殺，殺人兇手與被害人之間有個人關係。而暗殺，經常殺手與被害人之間是沒有關係的，甚至是陌生人。屠殺，經常以公開、合法的方式進行，例如納粹屠殺猶太人，是以公開、不遮掩、甚至有法律依據的形式進行。從 20 世紀中末期，因為殖民地戰爭、文明衝突，盛行的恐怖主義行動，從恐怖主義的角度來詮釋暗殺會發現，恐怖主義行動的目的與 20 世紀前期的暗殺的無政府主義態度，有很大的差異，例如造成恐懼的效應、國家安全系統的啟動與反恐行動的執行。學者企圖區辨、定義何謂暗殺？卻永遠沒有辦法滿足歷史中實際發生的暗殺事件的特殊性。因為考察暗殺不只是界定某種殺人行動，而且涉及了暗殺所處的社會、政治結構，以及暗殺所帶來的效應。

從歷史觀點來看暗殺，伊斯蘭在 6 ～ 7 世紀之後，由部落酋長與蘇丹構成的政治權力形態，政治、經濟、軍事、社會等權力集中在一人身上。暗殺就成為政治權力轉換的一種方式。暗殺的字源來自大麻（hashish），其因來自，被賦與暗殺使命的殺手，在授與任務之時，以抽大麻，以及暗示任務完成之後，即使死亡，也會被帶領到另一個更美好的天堂世界。而十字軍東征以後，暗殺的文化被引介到歐洲，而抽大麻（hashishin）的動詞發音，就轉變成暗殺者、殺手（assasins）的拼字（Ben-Yehuda 2008）。

早期的暗殺研究，如勒能（Lerner, 1930）提到暗殺的形態，隨著歐洲歷史的演變，而有不同的對象、企圖與脈絡。例如文藝復興之後，長時間的宗教戰爭，不同的王國之間的聯盟、對抗、戰爭，暗殺成為國際法中被允許的一種行動。這種特色也延續到 2011 年美國海軍陸戰隊暗殺賓拉登。如二次大戰期間，美國海軍破解日本軍方密碼，派出戰鬥機暗殺山本五十六大將，既是暗殺、亦是戰爭手段。簡言之，暗殺在戰爭狀態下，是一種合法暴力，而不見得會被譴責。從羅馬帝國以降，對於專制君王而言，暗殺行動經常是取得政權或者政權轉換的重要手段。如凱薩到屋大維等。勒能認為，王朝或者專制的君王，經常成為暗殺的對象，其因是統治必須建立神聖性、暴力、和世俗的合法性，但是其合法性或者統治的正當性卻很脆弱的。當政治形式造成個人的政治企圖與限制造成衝突之時，暗殺經常就發生在這些縫隙中，因為暗殺提供奪權最好的手段。當權力越集中越專制，取君王性命造成的權力變遷，就越變成爭逐權力之士的獎賞。從法國大革命之後，暗殺與自我犧牲的高貴情操，變成政治意識形態的一部份。暗殺的場景不斷重演，增添了 19 世紀政治歷史更加的動蕩不安。

勒能認為，暗殺造成的王朝更迭，與 17 世紀之後，逐漸出現的民族國家形態，大不相同。在 17 世紀之後，以及 19 ～ 20 世紀前半的民族國家形構初期，面臨政權的不穩定和制度的不穩定，政治暴力以革命、內戰、鬥爭、階級清算、恐怖統治等等形式展現。同時，也顯示權力的非整體性。暗殺是一種常見的手段，小則造成政局動蕩，大則造成大規模衝突。

因此，總體來說，在 1930 年代之前，甚至到 60 年代以前，暗殺研究主要分析的歷史場景，乃是第一次世界大戰前，全世界各地的專制王朝末期與革命，政治與國家轉型的時代，暗殺作為常見的政治手段，以及造成的影響。此類型的研究，除了政治學的研究之外，多半以小說、秘辛、半學術或者非學術的方式呈現（Wilkinson, 1976）。

1970 年代開始，美國的社會學家開始關注暗殺。起因源於 60 年代美國介入越南戰爭、社會內部的黑白種族問題、民權運動、學生運動等等。包含馬丁路德金、麥爾坎 X、黑豹黨以及最重要的甘迺迪被刺事件。社會學家開始思考，到底暗殺，是不是純粹只有政治作用與影響。暗殺的社會影響、效應到底是甚麼？重點不見得是誰指使誰殺誰，或者誰從暗殺中獲得政治利益。暗殺，起因是哪種不穩定的社會，且造成甚麼樣的社會結構的變化？或者暗殺在不同的社會是否具有不同的文化傳統與文化意義（Haverns, Leiden and Schmitt 1970; Wilkinson 1976）？

從分類的角度來界定暗殺，暗殺之所以是政治性的，至少包含三個概念，對象（target）是知名政治人物、殺人的政治動機（motive）以及死亡造成的潛在政治影響（political impact）？班 – 葉惠達（Ben-Yehuda, 2008）

認為要提出暗殺的理論或對暗殺進行理論化很困難，而且意義也不大。即使從 1930 年代，勒能界定何謂暗殺之後，經過 40 年，還是很難給與精確的定義。甚至因為近年來恐怖主義的攻擊對象，屢屢模糊了個人與集體的界限，政治動機以及全球政治不拘於地域性的政治局勢，無法清楚估計潛在的政治影響。所以他提出一種建構論式的定義（constructionist definition of political assassination），此種界定有助於我們區分暗殺行動與其殺人行動，最重要的區辨，暗殺是一種取人性命的暴力和攻擊行為，與謀殺、殺人、復仇或處決等類似的殺人行為不同。首先，暗殺並不是非個人及無差別的恐怖主義，而是選擇性、有區別性以及非常特定的目標。其次、暗殺意味著非犯罪（noncriminal）的脈絡，具有計畫性而且通常發生在陌生人之間，而且與權力、政治和道德有非常親近的關係。

班－葉惠達重新探詢暗殺作為一種手段，追溯暗殺的組織性暴力的形態，以及暗殺與多元非單一的社會秩序的親近性，暗殺是否改變社會疆界的構成？這個觀點與研究暴力的社會理論及文化社會學的取向很接近，如國家系統性的以生殺大權的手段進行常態的統治（Agamben, 1998）、暴力與獻祭作為危機處理的手段（Girard, 1979）。

若以邁克爾．曼（Mann, 2002:558）的觀點來看，暗殺作為一種手段，代表「社會不是一個系統。對於人類的存在沒有一個最終的決定性結構，至少在社會中，社會運作者或社會觀察家，還無人能夠瞭解認識。我們所稱的社會僅僅是形形色色的相互重疊交叉的權力網的鬆散聚集體。」

暗殺等於是政治組織，透過暴力的、致死的行動，介入軍事、經濟、政治、意識形態等不同的社會領域。而我們看到的民國時期的報人與輿論，代表意識形態領域的社會權力，在當時的重疊交叉的權力網的鬆散聚集體，有針砭時政、收買、賄賂、逮捕、暗殺。話語的表達則遭遇處決與暗殺作為一種致死、攻擊性的力量。這些對報人實際的影響是什麼？報人又如何運用民主、自由等法律保證的權利，新型態的公共輿論影響力，與地方政府、黨派、軍閥之間的利益競逐等等權力的縫隙進行趨吉避凶的新聞事業？

從新聞史研究的論述，我們經常看到報紙停刊、報館封門、逮捕、處決報人等等作法，是對公共輿論、言論自由的殘害。政治力與言論自由，隨著局勢，互有消長。但是當報人被迫離開時，卻幾乎不謀而合地，另起爐灶，不管是為人或者為己辦報。本文希望透過回憶錄的文字，瞭解迫害以及逃亡的相關紀錄。民國時期，遭遇政權的暴力對待時，新聞場域的某種充滿縫隙、地域性，而且流動的性質。

參、民國新聞場域史的啟發

民國時期，從政治體制的分期，大概可以由辛亥革命前後、袁世凱稱帝、北洋政府、北伐、抗戰作為幾個重要的分水嶺。沿用這種分期，可以看到政治體制在界定社會權力來源的作用上，以政治與軍事的方式，直接或間接地在影響社會權力的形成與結構。而經濟上，則帝國主義、租界的商業及民族企業以一種相對自主的運作方式進行資本主義的積累。

將意識形態的社會權力置放在中國近代史中考察，可以發現新聞史裡，重要的問題，如報人報國、文人辦報、自由主義、共產主義、五四運動等等，均是依附在報刊與宣傳的脈絡。為什麼在個人傳播工具（網際網路、微博、社交網路）尚不發達的二十世紀，一個人會認為，籌資三百元，發行量幾千份的四開報紙能夠改變中國？從權力的角度，個人的培力（empowerment）除了改宗、轉向，或者投身革命的行動與信念，使得報人有這樣的信念，相信言論透過印刷發行，可以改變中國。也可以認為，報刊是一種個人與結構、時代命運發生關係、接軌、產生作用的一種方式（李金銓，2013）。使得報刊雜誌變成一種標誌政治意見，與進行個人說服，最有效的工具，因此「我要辦報！」也內含一種集體道德（ethos）與生命情調（pathos）的時代氛圍的驅動力。

我們可以透過曾虛白、方漢奇、賴光臨、徐小群等人的中國近代新聞史的研究，歸納出幾個時期，以及這幾個時期，報刊、報人所面臨的法令與暴力處境，才能夠錨定暗殺作為一種手段的特殊性。

從《蘇報》案以及《民報》案的記載，可以看得出來，清末朝廷管制言論的手段並不多，以《大清律例》的「造妖書妖言」為指控的罪名，與文字獄的操作方式，並沒有太大的差別。而這一段時間，當權者對付報刊言論攻擊的方式，封門、停刊為主要的手段。若是殺害報人的方式，多少還是透過法令，不管是有沒有道理。

每一本中國新聞史研究均會提到 1905 年開始發行的《民報》，《民報》作為同盟會的機關報，提倡號召宣傳革命，包含章太炎的革命心理、吳樾的暗殺，加上俄國革命浪潮的影響，包含蔡元培、汪精衛等人均曾經熱衷暗殺的思想或者策劃暗殺行動，這段時間的暗殺行動，作為革命的產物，風起雲湧（曾虛白，1989；方漢奇，1991）。自清帝遜位到袁世凱稱帝結束，大約五年的時間。方漢奇認為袁世凱迫害報人，袁世凱跨台後，北洋軍閥輪番上台，1917 年起《新聞郵電檢查》，1918 年《報紙法》，1916 ～ 19 年，五四前後，封報捕人層出不窮。除了箝制輿論的武力威嚇，還加上當時紊亂的相關條例。

例如，民國創立，公佈《中華民國約法》，其中規定「人民有言論著作刊行之自由。」從法律的角度，民初有許多報律，但是這些報律，並非保障言論自由。例如，民國元年的《暫行報律》，沿用《大清報律》。民國二年袁世凱公佈《報紙條例》三十五條，又抄自《大清報律》。直到民國五年由黎元洪下令廢止。這段時間的報紙相關法律，並沒有打造報紙的場域自主性的邊界，反而是透過法令來箝制報業。

> 禁載範圍廣泛籠統，執行稍濫，報章隨時會動輒得咎……。用意在箝制報業……。這時期報業就在這些情況下，享有特定限度的自由……。報人缺少職責的安全法律保障，軍閥從不受憲法或法律約束（賴光臨，1981：8-30、54）。

1928 年南京政府成立之前，由專門法、相關法、綜合法互相補充的法律制度，如《報紙條例》、《修正報紙條例》、《陸軍部解釋報紙條例第十條第四款軍事祕密之範圍》、《新聞電報章程》、《出版法》、《著作權法》、《著作權法註冊程序及規費施行細則》、與報刊密切相關的法令有《戒嚴法》、《治安警察條例》、《預戒條例》、《陸軍刑事條例》，但是絕大部份的法律，不是沒有通過，就是被廢止，與實際的運作有關的法律則是1912年的《戒嚴法》、1914年的《出版法》，以及1916年的《檢閱報紙現行辦法》，執行者則是警察廳署（王潤澤，2010：6-11）。賴光臨與王潤澤都注意到此時期，管制性的報紙法令以及警察在封館、抓人、判刑的行動中，扮演的角色。此時法律的力量，在於協助不穩定的軍事政權控制輿論。例如，賴光臨表列31家報社被袁世凱封禁，逮編輯、記者、職員，有甚者，被「京畿軍政執法處槍殺」、「軍法處死」、「病死獄中」（賴光臨，1981：21-23）。五卅運動期間，上海公共租界警務處處罰上海《東方雜誌》的《五卅臨時增刊》，拘捕商務印書館負責人王雲五、郭梅生，判決王雲五等人罰款（王潤澤，2010：7）。

曾虛白（1989：194）認為，報紙或者報人受到政治迫害，原因來自於政論報紙的性格。從革命黨倡言革命，到革命保皇的對抗，刺激政論報紙的發展。因為針鋒相對、互相攻擊，所以政論報紙在民國成立之前，特別蓬勃。民國成立之後，許多新興報紙出現，多半為革命黨人所辦，所以還是走政論報紙的路線。「他們還是走著政論報紙的老路，把辦報看成是一種政治的活動。正因為如此，也就隨時有遭受政治迫害的可能。」（曾虛白，1989：194）到了袁世凱稱帝以及軍閥割據，除了上海、天津租界的報紙，受到治外法權的保護，「北方的報紙多被摧殘，有免於劫難者大部份也都噤若寒蟬。」（曾虛白，1989：194）所以薩空了為《中國近代報刊史》作序時，曾經提到「從封建王朝到北洋軍閥政黨對待進步報刊和報人，向來只有兩手。一手是用錢收買，一手是收買不成就任意屠殺。過去的報刊主持人不受收買，而被屠殺的不知凡几。」（薩空了，1981）雖然是一種感歎，但是也可以從賴光臨的統計中看出事實的一面。

因此對比於封門、停刊，暗殺到底意味著甚麼？意味著新聞場域不受到法律以及立法的約束，軍閥直接以暴力干涉言論。從政體的觀點來看社會的變遷，可能會看到如魯迅的〈頭髮的故事〉，留著辮子與剪掉辮子，變來變去，就如同政體，變來變去。

在新聞史裡成舍我、徐鑄成、顧執中的回憶與看法，體現大時代的共同經驗。另外，談王新命、金雄白、龔德柏等人雖不合時宜，因為這些人的回憶與當時的場域，從兩岸的新聞史的研究的敘事裡，到了 1949 年以後，似乎他們是處於一個比較邊緣，而且不甚重要的位置。他們的回憶，部份也再現了政治上不同陣營與政體的分歧。當我們試圖重構場域與生存心態，再訪這幾本充滿自負、瘋人瘋語的回憶錄來重組報人受到生命威脅的狀態。

肆、犧牲者的敘事之外：倖存者的回憶

本研究以舍我紀念館收藏的既有文獻資料：《傳記文學》、《新聞研究資料》、《報學》，以及近年出版的報人、記者回憶錄與相關傳記為材料。初步蒐集關於暗殺相關的紀錄，進一步分析在暗殺的事件中，是否形構了民國時期新聞場域與地方社會、政治暴力相生、互動或拮抗的特殊時空性格。

1926 年的邵飄萍與林白水事件，成舍我紀錄了自己被捕以及被釋放的過程。而同時在北京辦報的王新命與逃過一劫的龔德柏，也提到這一段時間他們的作為，以及隨即逃亡的歷程，可能意味著報人真實面對死亡的處遇與作為。在革命敘事的影響下，邵飄萍與林白水都重新被進行歷史定位。但是逃亡者或倖存者，怎麼看待命在垂懸的當下？以及因為面對暴力而逃亡的過程中所運用的政治與社會關係。大部份的暗殺報人資料，都著重在報人不畏懼強權，以及捍衛言論自由所付出的代價，及從死亡中反應著權力的不正當性。其次，在上海孤島時期，日本軍方、汪精衛政權以及國民黨軍統特工之間的暗殺行動，波及報人的狀況更是激烈。因此，本節則稍微著重逃亡以及求生存的側面，希望能夠從中看出一些報人與場域的特殊性。

一、成舍我

關於成舍我在張宗昌時期被捕，險遭槍斃的事件，在南京辦《民生報》期間，被拘禁長達四十天。有許多重要的詮釋，包含林語堂（2008: 176-177）的說法：

> 張宗昌有濃厚的舊式作風，也有正義感，跟他講道理，他還是聽得進去……。成舍我確實是名窮記者，避過一劫。這就是正義，儘管是中世紀式的，畢竟也是正義……。和張宗昌那種直截了當的公平處理做番比較，而且也可以用它說明強權是如何運作的：如果它認為某家報紙應該消失，不管有沒有正當的理由，這家報社都會被取締的。

成舍我在訪談中提到被張宗昌逮捕，由孫寶琦出面情商，最後保住性命。馬之驌（1986：185）的詮釋比較符合中國社會裡人情世故的道理，

> 孫寶琦一再設法搭救成舍我，若謂純屬基於同情或友情，其熱心程度，未免令人難以置信，因為大家都知道，孫成之間並無深交，即使彼此相知，也只能算是道義關係，細查原因，係孫認為欠成的「情」。

這個情，是因為大多數的報館被王克敏收買，為文攻擊孫寶琦時，成舍我在《世界晚報》反向操作，挖苦諷刺王克敏。而孫寶琦認為成舍我頗有見解，能主持公道，曾派其子當面致謝。

其次，張宗昌與孫寶琦的個人關係也是營救成功的重要條件，換成別人的社會關係，可能就行不通：

> 成夫人楊女士來找我，告知成舍我被補，命在旦夕，請我幫同設法營救，最好是由我去找王士珍，請王士珍打電話給張宗昌。我告訴楊女士：「為舍我的事奔走，是義不容辭的，但我和王士珍連一面之交都沒有，我不能去求他，我向不走權門勢家，也不能求別

人。舍我平日認識的人較多，誰和舍我的友誼較深，又有力量，你還是立刻直接去找他（王新命，1958：288）。

奉系張作霖要槍斃的記者，除了邵、白已經遇害之外，宋發祥、成舍我、龔德柏、王新命自己，都被列入黑名單，王新命是泥菩薩過江、漏網之魚，自身難保，更何況救人？因此運用人際關係與社會資源，進行求情，在邵飄萍、林白水的事件中，也是可以看到相關人士奔走，向張學良、張宗昌說項，但是都以失敗收場（蔡曉濱，2011）。成舍我是軍閥槍下留人的少數個案。

二、龔德柏

龔德柏於回憶錄中提到在北京辦《大同晚報》期間曾經遭段祺瑞、馮玉祥下令捕捉監禁幾次，都被釋放。最後，因為張宗昌已經槍斃邵飄萍與林白水，又抓了成舍我，所以知道再不逃不行。才從使館區逃出北京，再從天津租界到了武漢。這段歷史，在龔德柏筆下，似乎充滿毫不在乎，但是他自己提到原因，

我為什麼那麼大膽，因為北京政府下，還沒有槍斃新聞記者的事。我想他們把我捕去，也沒有甚麼了不起的事。我出來後，報紙更為有名。若是我當時逃跑，《大同晚報》是我一個人唱獨角戲，我不能出面，《大同晚報》就只有關門大吉。所以我寧冒被捕的危險，而不願逃跑（龔德柏，1989：140）。

而他也順道比較十七年後在租界的暗殺事件，但並非從前北京政府所願幹的事。好發議論的龔德柏並沒有更進一步議論北京政府不願意執行暗殺的理由。

在《世界日報》期間，龔德柏因為發表一篇〈亡滿蒙者段祺瑞也〉，而被警察廳叫去痛罵，但未被扣押。第二次，九月份又被警察廳捕去，扣留23小時，龔德柏自以為被捕的原因並不清楚，可能是故意警告他（龔德柏，1989：135）。接下來兩次是北京衛戍司令部痛罵之後釋放。鹿鍾麟派人抵

宅逮捕他，但友人好意支使他走開，「我知道有問題。但我素來荒唐，這次更荒唐。我若向後轉，即刻溜走，他們也不能捕獲我。但我不但不溜，而且對警察說，你們是來逮捕我的，現在我回來了，有話快說。」（龔德柏，1989：137）結果被拘禁在北京衛戍司令部七日後，在獄中因屈映光向王寵惠說項，並藉由北京報人向馮玉祥請願時，即日釋放。

「八月六日就是槍斃林白水的那一天……，他帶我們到百順胡同蘭花院，他為妓女打牌，也要我參加。我也參加，就這一參加打麻將，使我得活到今日還沒有死。」（龔德柏，1989：154）那天龔德柏打牌打到上午四點鐘才散，三點鐘，便衣警察以為他已經知道風聲，就走了，「假使那晚抓去了，定死無疑。」（龔德柏，1989：155）原因是當天王新命據事直書張宗昌槍斃林白水，張宗昌拿報紙來看，就寫了一手令給憲兵司令王琦，「拿到即槍斃」。次日早上六點多，龔德柏接到友人電話，就出門走去東交民巷，再由日本領事館參事安排住進日華同仁醫院，住了一個月，再由人接濟護送到天津租界，在天津租界住了十多天，續乘津浦南下到南京，乘船轉漢口。

龔德柏記敘 1926 年於北京，被逮捕、監禁、逃亡的過程。還有下文，到了漢口，因為曾為文大罵徐謙，因此徐謙向高層建議，在漢口就槍斃他。還好有故人稍訊給他，告訴他趕快離開。「逃出他們的天羅地網」（龔德柏，1989：163-165）之後，龔德柏在南京辦《救國日報》，到重慶擔任黨職與寫稿，在國民黨的門戶下，雖然持續與他人有摩擦或衝突，但是都不至於如在北京與軍閥之間的衝突矛盾。直到到了台灣，任國大代表期間，才又再遭受暴力與囹圄之災，被關了七年。後來他寫了我與文字獄結不解緣，來回顧言論與自由的矛盾。

龔德柏的故事，很有趣地讓我們看到，從鬼門關逃過一劫的機會，不是創造出來的，而是透過社會與文化資本的積累。龔德柏的許多友人，有時候只是一面之緣的義氣相助，或許不是每個都如成舍我一樣長期交往的朋友，雖互有意見，但畢竟生涯不時交會。當時北京的政治與新聞言論的權力之間，並不是完全截然二的兩個場域，除了負面列表的收買、賄賂，透過不同層次和程度的交往，人與人的關係，突破高壓統治與權力滲透的縫隙。如果我們用後來的記者聯合會或者專業職業記者的方式來理解此時的報人，或者文化流氓的角度，可能都不恰當。若是可以從人際關係與社會資本的角度，來看言論到底怎麼轉換成為脫逃的本錢，或許可以看到場域中的不確定性。

三、王新命

成舍我曾說，王新命，是個從來不當報老闆，只當夥計的人。當夥計的人也會成為被迫亡命者？王新命曾經參加過關外討袁軍，因此被捕入獄。出獄後，因為張作霖與趙爾巽當權，又開始四處捕抓革命黨人。只好離開東北，開始一種不拘於一地，四處飄蕩的報人生涯，他曾經在北京、上海、武漢、湖南、福建、香港、東京，從事過從總編輯、主筆、編輯、特派員種種工作。例如在《東方時報》只有擔任四天工作，在《救國日報》只有五十天，最後在重慶與台北的《中央日報》工作，時間最長。

在他的回憶錄中提到，他並不認為，在北京的張宗昌恐怖時期，一家人離開北京，前往上海，是因為張宗昌要捕殺他。他的政治判斷是，他之所以會成為張宗昌的黑名單，是因為奉張將他列入黑名單，其因是他當時是《中美通信社》與《中美晚報》的總編輯，而《中美晚報》的老闆宋發祥與馮玉祥有密切關係，便被視為馮之代言人。

> 那些沒有頭腦的軍閥，卻硬把我當作一名赤色記者，想把我送到天橋去槍斃；幸而我平日為人，還不太討人嫌……，始終沒有一個人去告密邀功，否則當時的我，也許是更先於邵振青、林白水兩先生要到天橋去吃「長壽衛生丸」（王新命，1957：288）。

同時間，邵、林二人已經被捕槍斃，8 月 8 日，成舍我也被王琦派人逮捕，由夫人營救中，宋發祥已經逃往天津，龔德柏亦出走北京。直到 1927 年 3 月，王新命才離開北京。王新命在北京歷時 2 年 10 個月，他描述北伐前夕的北京報業，有如報人的天堂，亦是地獄。從袁世凱退位後，黎元洪上台，北京經歷一段「出版、言論、新聞的絕對自由時代，大約是始於袁死黎繼的民國五年六月，終於張宗昌恐怖時代開始的民國十五年六月，整整佔了十年的時間。」黎元洪、曹琨、馮國璋等人是不敢動報社或者報人。時勢與經驗，人際關係的把握，使得王新命比成舍我、龔德柏留在北京的時間更久，以一種互不干涉的方式，在政治新聞與政治的夾縫之中生存。

王新命離開北京之後，陸續在南京、上海、福建、香港、廈門等地擔任主筆或編輯。1937 年又回到上海辦學兼寫社論。也於 1938 年底出亡上海，取道香港，呆了兩年，1941 年底日軍佔領香港後，才又到了重慶，輾轉在大後方辦報，之後在《中央日報》擔任主筆。他提到「淪陷後的上海，對外交通最便利的一路，是從上海到香港，再由香港飛往重慶。經由他路內遷的人雖亦不少，但其費錢費力處，則頗難傾述。」（王新命，1957：435）當時，汪精衛政權要吸收教育界人士：

> 我們遇到有被敵偽吸收危險的人，總採取兩種辦法來應付：一種是深閉固拒，不予往來；另一種是予以包圍，勸其堅持抗戰必勝的信心。我和潘廷幹、宓寄方，結了最密切的關係，互相通知敵偽動態，也互相通知朋輩情況（王新命，1957：438）。

互挖牆角的動作，則互有消長。而此時，汪精衛特工已經開始發動暗殺報人的行動。所以王新命與友人只能開始計畫分別出走。回憶錄中寫到一個段落，令人玩味。暗殺橫行的上海，是求死與求生的矛盾。他說曾向潘公展要錢要軍械，準備大幹一場，但是重慶方面回電請他繼續辦雜誌，讓他灰心。

> 我們的第一件事是：避免被戕或被擄。我們身外無長物，所懼者僅是父母賦予的身體的毀滅；我們必須留此有用的身體，來替國家社會服務⋯⋯。現在回想起來，當時中央如果是肯撥一點軍械給我，那我便不會走香港，只能在上海做一隻甕中的鱉。不過我在變成甕中鱉之前，總是要闖一場窮禍的，因為那時後的我，還是人龍人虎，決不會坐以待斃（王新命，1957：441-442）。

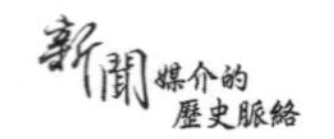

如同王新命、龔德柏、成舍我等人一樣，當時的報人，頻繁以及快速地在不同的地區移動，是很常見的。其因，就是政治壓力造成的移動，但是因為中國的軍閥勢力通常受限於地域，只要離開其勢力範圍，就不至於被拘捕，甚至因為軍閥之間的角力鬥爭，得到保護，以及當時的幾個租界天津、上海、香港的治外法權，提供了這些有生命危險，但是珍貴的編輯人員，得以不斷地流動的可能性。因此化整為零的大報，紛紛出現許多一報多版的現象（曾虛白，1989：408），或者一人多報的現象。

四、徐鑄成

徐鑄成曾經提到「要在鬥爭的第一線衝鋒毀陣，面對刀光劍影，血雨腥風。要說思想上沒有一點顧慮、害怕，那是欺人之談。當時，我就在寧紹保險公司保了五千元的「人壽」險，為家庭作了萬一的安排。」（徐鑄成，1981：50）從徐鑄成自己的筆下，很難看出那種千萬人吾往矣的英雄姿態。他平淡地描述被送上塗滿毒藥的水果、一隻手臂、以及炸彈，似是無事，但是實際的效應，可以看到一旦被停刊或者封門，他就移動到另外一個地方。

1937 年上海進入孤島時期，租界裡的報紙與報業歷經劫難。初期，因為不願意接受日本當局的新聞檢查，因此自動停刊的報紙包括《申報》、《大公報》、《民報》、《時事新報》。徐鑄成則是因胡政之解散《大公報》後，轉入《文匯報》，從 1938 年 1 月，擔任總主筆到 1939 年 5 月，無限停刊為止。再轉入香港《大公報》擔任編輯主任。

徐鑄成提及的炸彈、手臂、水果，鐵牢籠，很具體地表達了當時暗殺報人的氛圍。起先，1938 年初，他還在幫《文匯報》寫社論時：

> 憑著一鼓熱情，寫了些激昂慷慨的文章，該報一字不易地登了出來……。才知道有幾個暴徒向《文匯報》館拋擲手榴彈，當場炸死了營業員陳桐軒，一位廣告科的職員蕭綏卿也被炸傷。我以滿腔悲憤而又歉疚的心情讀完了這段報導……。過了幾天，嚴寶禮同著另外一位董事來看我，希望我正式加入文匯，主持編輯部……。我

深感他們的誠意與雄心，滿口答應，並於第二天就去「走馬上任」（徐鑄成，1981：75-77）。

隨著《文匯報》的影響力擴大，威脅破壞也隨之增加。

> 我正式進入《文匯報》不久，報館就收到一個用永安公司包裝紙的熱水瓶匣子……，送的人把它扔在營業部的櫃枱上就溜走了。拆開一看，裡面裝的卻是一支血淋淋的手臂。還附了一張紙條：「主筆先生，如不改你的毒筆，有如此手。」（徐鑄成，1981：78）。

徐鑄成認為這是與之前寫的社論有關，因為社論指出日方即將成立傀儡政府迷惑視聽。而在這篇社論出版後一兩天，又有一人將一大筐水果送到收發室，有蘋果、橘子，經過法租界的巡捕房化驗後，查出每個水果都打進烈性毒汁。並且還附上一封信。當徐鑄成提到當時的敵人將炸彈安放在印刷機器房，炸壞了機器一角，而安放炸彈的張姓工人則是被炸瞎一隻眼睛。使得他們更加緊報社的防衛措施。「在租界暗殺盛行，炸彈橫飛的時候，為了防衛，除了編輯部設了兩座鐵門，加緊盤查外，我們還在附近一家中型旅館 --- 大方飯店的頂層開了個房間。」（徐鑄成，1981：93）每天晚上，徐鑄成與編輯部人員，關在鐵籠裡工作，平時沒有娛樂，每隔兩三星期舉行一次聯歡晚會，有家室的同事帶上一樣家鄉菜，其餘湊錢買些鴨膀之類的醬菜，熱點酒，三杯以後，唱段京戲、昆曲，酒足飯飽後，再三兩成群，回到大方飯店。期間，徐鑄成溜出鐵籠，去聽書，亦需要不定時、不定點，以免危險（徐鑄成，1981：51）。

汪精衛政權使用恐嚇、要求租界當局勒令報紙停刊、誘買、襲擊、綁架、通緝、暗殺、驅逐等手段對待孤島時期的上海報紙（曾虛白，1989：424-428）。《文匯報》歷經國民黨 C.C. 派、孔祥熙、宋子文派人收買，都沒有成功。最後，是於 1939 年的停刊期間，汪精衛派人以十五萬元收買英國商人克明改組編輯部，而徐鑄成與其他董事，在市場上收購股份，並且運作英國領事，為避免《文匯報》落入汪精衛政權之手，以為口舌，破釜沈舟地，讓《文匯報》停刊（徐鑄成，1981：104-109）。

從 1938 ～ 1939 年，上海《文匯報》的創刊到停刊過程來看，暗殺並沒有起了噤聲的作用。但是起著「回憶四十年前在孤島那一段鬥爭歷史，心上的確還有些『餘悸』。」（徐鑄成，1981：50）我們知道暗殺並不是所有政治或軍事力量對付意識形態的唯一方式。《文匯報》以英商掛名、加上銷售數字居高不下，號稱超出發行量最大的《新聞報》（六萬份），國民黨的派系與汪精衛都想要收買。所以對於當時的報業，很難說得清楚政治與經濟對於報紙的影響或者看法。只是透過言論自由的這一向度，可能很難看得出來到底從恐嚇到暗殺的光譜，到底哪一個手段比較有效，或者被炸的報紙所發的號外，更能激發當日的銷售量？

例如徐鑄成（1981：7-9）在《炸彈與水果》中對金華亭名列抗日志士首位，而朱惺公竟陪末座感到不平。金華亭在《申報》停刊以後，被國民黨中宣部吸收，但整天在舞廳裡跳舞吃飯，結果，某天在舞廳門口被暗殺。金雄白亦提及這段往事，他說，金華亭在舞廳白吃白喝，捏造新聞，長袖善舞在幾個不同勢力之間，但是最後反倒被殺。金華亭的事件在金雄白的段落，還會提到。

五、顧執中

顧執中描述，1938 年底開始，汪精衛政權在極司菲爾七十六號成立特工總部。這些特工：

> 有的穿著草綠色的制服，有的穿著糙米色的西裝便服，他們腰間別著炸彈和手槍，公開地在租界活動。只要他們不扔炸彈不開槍，素以毒辣兇狠著稱的租界英法籍巡捕，對他們都視而不見……。我們當時在租界內的中國報紙和新聞工作者，可以說是在沒有任何保護下跟敵僞作斗爭的（顧執中，1986：92）。

當時用扔炸彈的方式對付報館，所以《申報》和《新聞報》就在門口堆沙袋，裝鐵門，樓梯的入口處也裝上鐵門，訪客登記填單，同意後才接受會晤。1939年開始，目標顯著的記者就拿了鋪蓋住在報館，與家人暫時分離，「等於過著幽禁的生活」（顧執中，1986：92）。

王敏（2008）、程其恆（1977）、黃瑚（1987）與姚伏申等人（1989）詳細描述幾乎所有孤島時期，汪精衛政權對上海報紙的攻擊，與顧執中的回憶差距不大。特工攻擊《申報》、《大美晚報》、《大晚報》的方式，企圖衝入報館，以扔炸彈或手槍攻擊為主。但是因為當時報館的鋼筋水泥建築物與提高警戒，成效並不大。殺傷力較大的是暗殺。1940年7月2日，

> 汪精衛以偽國民政府代理主席、行政院長名義于七月一日發表對八十三人的通緝令，我的名字也赫然在內，榜上有名，所以大家向我道賀……。情況誠然是嚴重的，不過我們沒有被這一偽通緝令所嚇倒，我們還是嘻嘻哈哈地談笑著。從白天到晚上，大家都談論著對付辦法……。也有幾個人像沈頌芬等雖然榜上無名，但也憂形於色。大家問我，我笑著說：「雖然同在榜上，有的人大概要被綁架，有的人要被「付諸重典」，我呢？「罪惡深重」，當然在格殺勿論之列，好吧，等它來吧！（顧執中，1986：96）

雖然很瀟灑地說了，但是那天顧執中回家與家人商討，就開始住在報館。

顧執中七月三日起，住在報館內，但是因為沈頌芳急著要離開上海，所以決定結伴前往香港，但是船票一票難求，要到九月才能買到。避居報館期間，張似旭、邵虛白、倪灝深都死於非命。顧執中突然有一天想要回家看父親與小孩，與同事出門，一路瞻前顧後，十分小心地回到家中，午後，欲步行回報館時，已經完全忘記敵人要暗殺他的警告。回程路上，「突然聽到『劈啪』一聲，好像有人在我後面，用手重重打了一記耳光。我用右手往後頸一摸，只見手掌上全是血，我立刻明白我是被槍擊了。於是我跑步向北，用波浪式的跑法跑到蒲石路，敵偽特務員又連放數槍，都未命中（顧執中，1986：99）。顧執中被送入廣慈醫院取出子彈，休養期間，《大美晚報》編輯程振璋被狙擊身亡。但法籍巡捕警告他，最近特務已經對受傷而在醫院醫

治的人也不放過，所以醫院也不是安全之地。顧執中的逃亡過程，由他自己執筆，非常生動也入神，也很難看到真實的逃亡，發生得如此戲劇性。

> 我主張早日離滬赴港，省得敵偽再來害我，我愛人等也贊成。問題是一時買不到船票，那時貝爾登又來看我，他是美國記者，和美國輪船公司有些聯繫，我就托他代買船票，貝慨然應允。我就把有關證件交給他，不到一二天，船票果然買到了。然後我們商量走出醫院離開上海的具體辦法。那時恰好表弟丁蘭亭神父來看我，我計上心來，就向他借一件神父穿的黑色長袍和一頂白色香港帽，他立即脫下黑袍與白帽交給我，我又通知《新聞報》總經理包克和貝爾登準備駕汽車來街我出院，並送我上船。
>
> 又過了幾天，我已經停止發燒，不過傷口仍未好，還有淡血水從傷口流出。我如向醫院提出離院，不特不會同意，而且還要走漏我要出走的消息，所以我只好採取秘密出走的辦法。八月二十六七日下午約三時左右，包克駕汽車來到醫院，貝爾登也準時到來。我就和愛人和用中含淚告別，偕同這兩個美國朋友坐上汽車，私離醫院。一進汽車，貝爾登就打開包袱，取出黑袍白帽，我脫下西裝，換上這些衣服，向車中所懸的小鏡一看，宛然成為中國神父了。
>
> 四時左右，汽車到達三馬路黃浦灘的海關碼頭。碼頭上人頭擁擠。我下了汽車，前有包克後有貝爾登，緊緊地伴著我從人叢中走上碼頭，登上渡輪。貝爾登還提著包著我的西裝的白包袱。以一般情形論，平常歐美人不習慣攜帶包袱的，稍精細的人，不難從貝爾登手中所持的包袱中找出一連串的破綻來。五時左右，渡輪滿載乘客，到達總統號大輪。這兩個美國朋友一直送我到大輪的房艙中，等我把神父服裝脫掉，換上西裝，又把神父服裝交貝爾登帶回，一切辦妥，他們才和我緊緊握手，祝我一路平安，然後再上渡輪回去（顧執中，1986：101-102）。

顧執中（1986）在《報海雜憶》中當他撤退到重慶之後，接受各界的安慰，國民黨中央也酬庸式地給他一個設計委員的職務。因為他當時與民主派人士交好，國民黨派系對他處處防備，所以這個職務有如架空，每天無事，也起不了實際的作用。但是他認為自己並沒有被國民黨的宣傳部門以及言論檢查制度所收編。辭職離開重慶，他移居緬甸辦學、到印度辦報，國共內戰開始，共產黨解放平津之後，他輾轉回到北京。這個移動的軌跡，與徐鑄成類似，後來也都遭受反右的打壓。因此，昔日逃亡的經驗就成為了自我反省與自我批判的對象。

六、金雄白

金雄白詮釋八十三人的離奇黑名單，他說，裡面不只連一個普通外勤記者也被列入於名單內，甚至若干已經參加汪方的人，仍然是通緝的對象。之所以會這樣是因為七十六號當局，隨便開名字。把跟自己有嫌隙的都想盡辦法公報私仇。

金雄白自認為是報壇舊人，與許多同業都曾經是同事。「那時候留在上海的報館重要人員，幾無一不曾由我陪同與周（佛海）見面，這裡我不想列舉他們一向自以為忠貞者的姓名了。但我所能為力的，也僅如此而已。」（朱子家，1986：68）他認為汪精衛政權的特務機關要進行暗殺，有轉圜餘地者，他若知道，就先警告，若是被拘禁，則想辦法出錢保釋。例如《申報》記者金華亭，在孤島時期被暗殺的報人中，金華亭可說是經歷豐富而且知名度又高的一位。金雄白提到汪精衛政權對於《申報》的言論相當感冒，但是周佛海與金華亭是舊識，

> 他是我的朋友，也是佛海的朋友。二十七年，佛海正代理宣傳部長職務，那時華亭……去看佛海……，立刻派他擔任宣傳部駐滬特派員……。二十八年，華亭的特派員職務，與那時佛海所擔任的角色，由隸屬關係一變而處於敵對的地位。佛海……約華亭見面……，希望照常做他的特派員，但不要妨礙他個人部份的工作，並月餽五

百元為津貼。當時談話的經過很和諧，以後也逐月由正範將津貼送去，只要華亭能夠稍善於應付，以他與佛海的私誼，決不至召殺身之禍（朱子家，1986：70）。

金雄白認為以人際關係擔保來操作政治矛盾，是金華亭招致殺身的原因。

金華亭的宣傳部特派員是周佛海所委任，是盡人皆知的事實。他很以此名義為榮，平時開口閉口：「我是中央特派員」，對報館行政，也常以特派員身份盛氣干涉，因此招致許多同事的不滿。但是他與佛海的見面，以及收受津貼的事，是很少人知道，而華亭的心裡則懷著唯恐人知的鬼胎，於是平時調子越唱越高，言論也越趨激烈，他的真意，無非是要表示特派員的忠貞之氣，以祛除人家對他或有的懷疑（朱子家，1986：73）。

金雄白提到他與周佛海延遲七十六號特工執行暗殺的簽呈，但是1940年冬天，金華亭在舞廳門口被擊斃，提供情報的朱作同，隔年亦被暗殺。

張似旭，在徐鑄成的回憶中，曾經代表宋子文來說服《文匯報》允其入股，對於當時的民主人士而言，代表國民黨腐敗的孔宋勢力，而在金雄白的回憶錄中，卻：

一位送死的是想火中取栗的英文《大美晚報》的張似旭，據我所知道，他早與汪方接洽成熟，應允改變報紙立場，並且先後以收受過相當數額，而一再遷延，激起了七十六號的憤怒，張似旭也索性避不見面。結果趁他在南京路靜安寺路口的凱司令西菜館午餐的時候，在一陣亂槍下轟擊斃命（朱子家，1986：69）。

金雄白，在汪精衛政權陣營辦報期間，據他自己說，他當時辦的報紙《平報》，販賣的新聞是社會新聞、娛樂新聞，不是政治新聞。但是他卻在這段時間，遭受最嚴重的生命威脅，所以報社窗口加裝鐵絲網，牆內加砌鋼板，每道門加裝鐵柵，僱用武裝保鑣，身穿鋼絲背心。還是遭遇暗殺好幾次，雖然逃過劫難，但，戰後遭到清算，就不在話下。

金雄白的回憶錄是瞭解民國時期上海的社會新聞記者生活的豐富文本。對比他豐富的見聞、經驗，以及與當時政治人物的人脈關係，他為自己著作作序時，總是以懺悔、告白、秘辛、不可告人等等字眼，描述自己風光的前半生與落遢漂泊的後半生。沒有平反，也不可能在當代的歷史敘事中重新定位的老報人，逃亡、倖存反而變成一種生命情調。

伍、討論：新聞場域與暴力批判

魏斐德的《間諜王：戴笠與中國特工》一書，提到暗殺楊杏佛與史量才。史量才是近代最重要的上海報紙《申報》的總經理，最後在杭州上海的公路上被暗殺。魏斐德的研究提到軍統特務對於暗殺史量才原因有三：一、史量才的報紙大張旗鼓地抨擊政府謀殺楊杏佛。二、史量才公開支持抵抗日本侵略的強硬政策。三、譴責政府鎮壓反對派學生（魏斐德，2007：255-256）。而當時史量才之死，也造成國內很大的輿論浪潮。當我們把不同的報人之死放在比較的層次上，報人對於史量才的死，有一些同行的解讀方式，如徐鑄成（1981b：14）：「我曾聽說，蔣對《申報》和史不滿，已非一日……。蔣最後說，「把我搞火了，我手下有一百萬兵！」史冷然回答說：「我手下也有一百萬讀者。」聽說，不久就發生了滬杭公路這一血案。這傳說不一定可靠，但上海是老蔣發祥之地，又是寧國府賴以生存的經濟和外貿中心，而租界裡的機關、團體、黨棍們有些無法控制，史量才掌握地方協會，儼然超凌於「黨部」之外，又身居金融、文化、輿論之重鎮，而蔣無法駕馭或羈縻。這大概是「必欲置之死地」的根本原因吧。」

龔德柏（1989：226）有其非常特殊的看法，他說「史量才就為我而死。這不是我殺他，也不是我有心要他被殺，而是我離開《申報》後，曾在「日本人謀殺張作霖」一書中，批評《申報》的腐敗，使他生氣，而力圖上進，因而出了毛病而被殺。所以說良心話，我不殺伯仁，伯仁卻因我而死也。」

民國時期報業的場域，是不是有一種由個人視角所構成的場域感？構成從個人到集體的敘事？當一部部新聞史擺在我們面前時，一個個報人的生命史中，在面對所謂的政治暴力時，求生或者求死的模稜兩可之雙重性，如何重新放在既有的言論自由、文人論政、公共領域中，重新考慮社會與文化的向度。

參考文獻

方漢奇（1991）。《中國近代報刊史》，山西教育出版社。

王敏（2008）。《上海報人社會生活：1872-1949》，上海辭書出版社。

王新命（1957）。《新聞圈裡四十年》，海天出版社。

朱子家（金雄白）（1986）。《汪政權的開場與收場》，古楓出版社。

李金銓（2013）。《報人報國》，香港中文大學。

姚伏申、葉翠娣與辛曙民（1989）。〈汪偽新聞界大事記上〉，《新聞研究資料》，頁163-198。

徐小群（2007）。《民國時期的國家與社會：自由職業團體在上海的興起，1912-1937》，浙江出版社。

徐鑄成（1981a）。《炸彈與水果》，香港：三聯書店。

徐鑄成（1981b）。《報海舊聞》，上海人民出版社。

曾虛白（1989）。《中國新聞史》，三民書局。

程其恆（1977）。〈汪偽迫害正義新聞界實錄〉，《報學》，第五卷八期，頁 103-144。

黃瑚（1987）。〈上海孤島抗日報紙述評〉，《新聞研究資料》，39 期，頁 95-130。

蔡曉濱（2011）。《中國報人》，秀威資訊科技股份有限公司。

賴光臨（1981）。《七十年中國報業史》，中央日報社。

魏斐德（2007）。《間諜王：戴笠與中國特工》，江蘇人民出版社。

薩空了（1981）。〈序〉，於方漢奇，《中國近代報刊史》，山西教育出版社。

顧執中（1986）。《報海雜憶》，中國文史出版社。

龔德柏（1989）。《龔德伯回憶錄，中》，龍文出版社。

邁克爾・曼（2002）。《社會權力的來源》，第一卷，上海人民出版社。

Agamben, G. (1998). *Home Sacer: Sovereign Power and Bare Life*. Standford University Press.

Ben-Yehuda, N. (2008). 'Assassination, Political', in *Encyclopedia of Violence, Peace and Conflict*. Academic Press.

Girard, R. (1979). *Violence and the Sacred*. The John Hopkins University Press.

Havens, M. C., Leiden, C., and Schmitt, K. M. (1975). *Assassination and Terrorism: Their Modern Dimensions*. Sterling Swift Publishing Company.

Lerner, M. (1930). 'Assassination', in *Encyclopedia of the Social Science, vol. II*. New York, The Macmillan Company.

Wilkinson, D. (1976). *Social Structure and Assassination*. Cambridge, Schenkman Publishing Company.

黨國資本主義下的電視運動轉播

陳子軒

壹、前言

本研究針對台灣自 1961 年至 1989 年的電視運動轉播歷史進行回顧，由台視開播起至中華職棒開打前為止。雖然台灣於 1987 年 7 月結束戒嚴，但考量社會變遷乃有黏滯性，而且 1990 年中華職棒開打象徵台灣運動走入職業化的里程碑，因此乃以 1961 至 1989 年為研究期間。在此期間，台灣在獨特的黨國資本主義結構下，其電子媒體既不是如美國完全商業化競爭的運動媒體複合體模式，也不是英國（BBC）、加拿大（CBC）及日本（NHK）以公共電視領導運動轉播的模式（陳子軒，2008），因此，本研究聚焦台灣進入電視時代後，在運動轉播上體現出的獨特型態，與西方學者如 Jhally（1984，1989）、Wenner（1989，1998）以降所論之運動 / 媒體複合體模式大相逕庭，特別是台灣在戒嚴時期下的黨國體制與上述西方資本主義下的職業運動領導之運動 / 媒體複合體體制迥異，因此本研究企圖建立一個去西方的觀點，立論「台灣運動轉播史就是一個國族 / 運動 / 媒體複合體」。

可以理解，也理應如此地，台灣許多近代歷史研究皆以解嚴為分界點，傳播史研究亦然。林麗雲（2000a）以政治轉型做為新聞史研究的分期，將其區分為：威權政體下建構的新聞史、威權政體下鬆動的新聞史、政治自由化下重構的新聞史。林麗雲另文（2000b）亦從此一分期出發，以侍從主義與合法性危機論述報業與威權政體的互動，政府以補貼、保護與優惠措施維持與侍從報業的關係，藉此換取報紙輿論的支持。黨國體制運作下的政治新聞毫不遮掩的宣傳機器，運動新聞與轉播相對之下雖然享有較高的自由度，但仍難逃其以國族光榮外衣包裝，強調光復大陸、復興中華的語調，特別是在少棒風潮全面開展的1970年代。電視、廣播、報紙裡的運動新聞如此，而運動轉播由於受到戒嚴時期「遏制匪波」的政策規範，電子媒體要受到比平面媒體更大的箝制，大多數運動轉播「即時」且「沒有劇本」的特性也讓威權體制有所顧忌，而以延遲六秒播出的方式，對於突發狀況得以應付。

運動在西方做為一個新聞類目或是節目類型，往往因其軟性調性較為不受政治意識形態影響，特別是以都市為基礎或是俱樂部形式演變而來的職業運動氛圍下，運動與地方媒體往往成為天作之合（McChesney, 1989）。然而這樣的運動化（spotization）模式，卻跟台灣運動現代化奠基於以日本殖民時期的教育體系迥然不同，而台灣以國族主義為基調的運動發展模式與敘事與西方運動傳統源自貴族乃至公民社會的形成大相逕庭（湯志傑，2009）。這樣的運動觀賞主流視角並未因為黨國資本主義時期結束後告終，王建民、曾雅妮、甚至林書豪等「臺灣之光」的現象，都凸顯了即使運動員被納入跨國資本主義的職業運動體系內，國族主義依舊是台灣運動論述的基調（劉昌德，2008；Chen, 2012）。以台灣運動轉播的歷史脈絡而言，或許以國族 / 運動 / 媒體複合體稱之，更為貼切。儘管無線三台運動轉播逐漸式微，但經過近三十年的涵化，及其培育的媒體人員或因職場流動或因家族關係開枝散葉地於台灣運動媒體工作，這樣的影響力依舊，而延續為台灣運動觀賞的主流視角。

貳、文獻回顧

一、運動 / 媒體複合體

運動與媒體兩者乃一體之兩面，Sut Jhally（1989）在他重要的著作

Cultural Studies and the Sports/Media Complex 中就表明，由於絕大多數現代人都是透過媒體（特別是電視）來觀賞運動，因此，運動觀賞本身就是一個高度媒介化（hugely mediated）的經驗；再者，從財務的觀點，不論是職業和大學運動，運動組織的生存與結構都必須仰賴來自媒體的轉播權利金（Jhally, 1989：78），因此兩者之間是一種「複合體」的關係。運動轉播權利金的多寡，甚至就可以決定一個運動的興衰。自從 1984 年洛杉磯奧運會將「商業化」這個潘朵拉的盒子打開之後，運動與商業的關係已經剪不斷理還亂了，媒體大舉介入運動比賽轉播權更是主宰一項運動興衰成敗的關鍵，自此，運動與媒體之間的關係在歐美學術界廣泛的討論。Rader（1984）、Goldlust（1987）和 Whannel（1992）分別有專書討論媒體是如何地改變了運動的面貌， Jhally（1984）就以政治經濟學派的觀點，針對這樣的現象提出，現代社會中的運動已經不可能再是一個單純的運動而已，而是一個運動 / 媒體的複合體（sports/media complex），後來 Wenner（1998）更直接以「媒體運動」（MediaSport）一複合字來代表這現象。

在 Wenner 兩本編纂的著作中可以發現，他採取社會學的觀點，融入傳播學中 Lasswell 的線性傳播模式，將兩書從媒體運動機構、媒體運動文本與媒體運動閱聽人這樣的線性傳播歷程加以規劃，並建立了媒體 / 運動 / 社會互動關係模式（如圖 1），從社會、生產複合體、媒體運動內容、及閱聽人等四個面向共同討論。媒體運動的現象必須針對媒體、運動在人類當代社會中的脈絡及其互動關係進行討論。尤其是隨著全球化的進程，運動媒體複合體必須納入跨國行銷、國族主義、運動明星商品化等等議題。運動 / 媒體複合體的背後，代表著巨大的金錢、權力與文化型塑。Hall（2001）評論文化工業，認為生產與組織面向具有優先性，且經濟動態乃是傳播活動中極為重要的特點，也是必要的起點。經濟利益在運動 / 媒體複合體在運動賽事屢屢創下天價轉播權利金的背後，當中每個環節中誰獲益、如何獲益都該被檢視。但所謂的獲益，卻不該僅限於經濟利益上，優勢階級所享政治利益應一併檢視。

【圖 1：Wenner 的媒體 / 運動 / 社會互動關係模式圖】

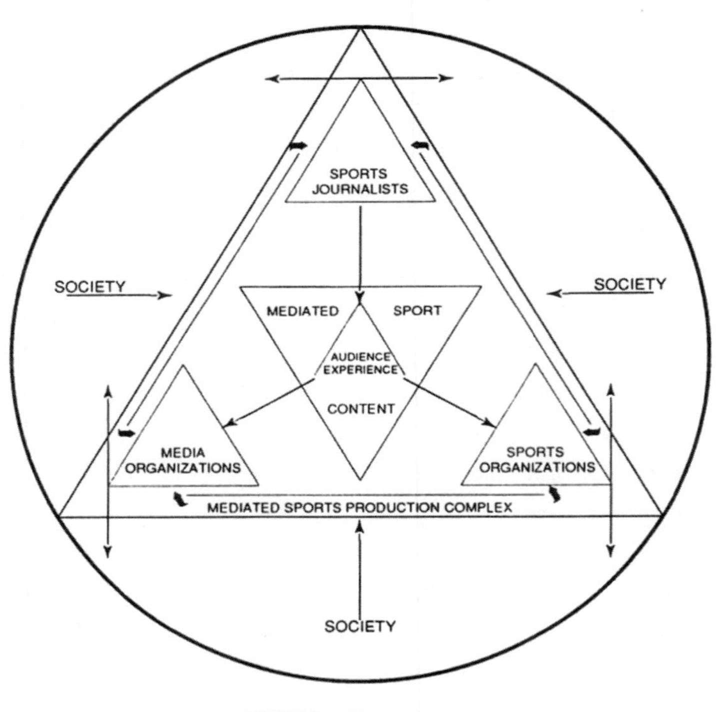

（資料來源：Wenner, 1989 : 26)

轉播權利金的確為探討運動 / 媒體複合體的絕佳起點，在資本主義自由競爭的市場裡，權利金的高低，反映了一項賽事在該市場的需求。2009 ～ 12 這三年的歐洲冠軍盃足球賽事，在英國由 ITV 與 SKY 總計付出了高達 4 億 5 百萬英鎊的轉播權利金[1]。但是在台灣，2009 ～ 10 賽季卻沒有任何一

1 資料來源：http://www.danielgeey.com/ppt/Broadcasting%20Rights%20Lecture%20-%20Blank%20Design%20-%2011209441_1.PPT

家電視台願意轉播，而在 2010 ～ 11 球季進行到一半時，MOD 平台上的愛爾達體育台方才獲得轉播權。奧運的例子更是如此，台灣無線四台避之唯恐不及，但是 NBC 卻花了 11 億 8 千 1 百萬美金。這當中的價差，絕不僅僅是國內生產毛額、人口所反映的市場規模而已，而是運動文化與其背後社會價值（social values）的差別。如同 Van Bottenburg（1992）所言，國家、社會階級、性別、世代等力量相互競爭，塑造出社會的文化偏好，廣義的文化產品，或是狹義的運動產品都是反映了優勢群體的文化品味。台灣在運動轉播這項商品上，有著與歐美截然不同的形成脈絡，這些歷史脈絡下的種種，則是這項研究企圖彌補歐美文獻不足之處。台灣運動轉播商品，「反向購買」的現象比比皆是，也就是說台灣許多的運動賽事主辦單位，必須花錢像電視台購買時段播出比賽，其比重之高，也是歐美媒體罕見。台灣僅有中華職棒、超級籃球聯賽這兩項本土賽事是電視台花重金購得，其餘可見之國內賽事，幾乎都是反向購買的。這樣的現象，是否代表著國內只有棒球、籃球兩項運動具有市場？如果是如此，這樣的現象該如何解釋？本人認為，這與台灣長期以國族主義觀點注視運動發展有絕對的關係。

二、國族主義與運動轉播

作為人類認同展現的最高層次，國族主義不僅僅是一個我族 / 他類相對的建構，還很可能是個虛構的產物，如同 Gellner（1994：62）所言：「國族主義不是在自我意識中喚醒民族這個概念，而是在民族不存在之處的一個發明。」衝突往往是這發明的重要觸媒。透過衝突，相對性的歸屬便容易地滲入群體意識，並藉以創造共同的歷史感與命運－民族主義的兩個要素。運動員球衣上的國旗和顏色，開賽前或是頒獎儀式中的國歌演奏，都是這「想像共同體」（Anderson, 1991）情感認同的重要展現（Hobsbawm, 1992：142）。球場上敵我分明，不是「我族」即是「他類」，如同認同的建構過程中，「他者」的定位是不可或缺的。Cohen（1985）認為，相對角色的建立就是認同的符號建構最顯著的特色，「排除」和「包納」一樣重要的過程，而劃分他者與我族之間的界線是相對且動態的，各種層次的認同

——從國族、區域、社區乃至人際關係——皆是如此。群體意象中，除非一個「他」和「他類」的意象也被建立，否則「我」和「我族」是不完整的（Keller, 2003），運動獨特的二元對立性格便成為當代社會認同建立極為重要的載具。

想像共同體的建立與現代性環環相扣，現代性的性格如世俗化的理性主義、日曆化的時間感知、以資本主義驅使的科技發展、識字率提升與大眾傳播的興起，都是構成現代國族主義不可或缺的要素（Tomlinson, 1991：83）。這些要素在運動現代化的過程中，同樣不可或缺，而且時間進程上，兩者亦步亦趨，可說是現代性推展中兩個面向的體現，進而相互結合。運動從原初「祭典」（festival）形式邁向「奇觀」（spectacle）（Guttmann, 1978），運動場域和組織理性主義化、運動時程的規律性、進而出現職業化（Bale, 2001）和媒體／運動複合體（media/sport complex）現象（Jhally, 1989）。Elias, Mennell, & Goudsblom（1998）檢視競賽（games）「運動化」（sportization）的過程，亦認為西方社會現代運動的發展與國族認同的進程在同一時期匯流而成，在工業化歐美社會，此時點約在 19 世紀末期。然而其他社會，尤其是後殖民、新興獨立國家，此匯流則遲延近半世紀。據此，運動與國族之間的結合，大致可歸納成（Maguire et al., 2002）：

1. 運動具有某些與生俱來的特色，使它可能成為國家統一和團結的工具。
2. 運動提供了一種安全閥或是弱小民族與國家情緒能量宣泄的途徑。
3. 運動有助於獨特的政治鬥爭，運動和一些國族主義的政治以及群眾的國族主義鬥爭，密切地連結在一起。
4. 運動通常需要國族主義的加工，如對於依賴和不平等關係的自然反應。
5. 運動有助於認同的追求，無論是在地區或全國的規模上都可透過懷舊之情、神話、傳統的創造、旗幟、國歌和慶典儀式等追求認同。

正因為運動與國族主義具有如此的密不可分且水到渠成的關係，統治者往往藉由運動遂行其凝聚國族認同、彰顯國族榮耀的目的。希特勒透過柏林奧運鼓吹其亞歷安民族的優越、足球在墨索里尼掌握下，與法西斯政權相輔相成（Martin, 2004）。在台灣，我們看到了少棒運動被風雨飄搖的國民黨政府所挪用，轉移它在國際社會中外交潰敗的現實。

運動與國族主義結合的力量之強大，不僅僅在於運動參與者本身，更因為其擴散到觀賞者經驗。一場棒球賽場上參與者一隊不過九人，但是其國族感染力，透過大眾媒體的傳播，卻可以達到數百、數千萬人。Geertz（1973：444）在其著名的峇里島鬥雞文化研究中表示，鬥雞的觀賞經驗（亦可應用在其他觀賞運動的經驗），「提供一種象徵自我的模擬戰爭（mock war）、階級緊張的形式模擬，而其將現實的多元面向結合起來的能力更使這樣的經驗具有獨特的美學張力。」這類觀賞經驗透過大眾媒體的傳播，使其不再是一個狹隘地域的經驗，而是一種使人崇拜與充滿魅力的群體情誼（Appadurai, 1996）。這類經驗的強度又以各項運動為最，相較於電影、流行音樂，受一國矚目的運動賽事，如台灣的少棒及王建民比賽現場轉播，都能塑造即時、共時性（synchronized）的群體經驗與集體記憶，更強化了一個民族共同歷史與命運的感受度，提供國族認同重要的線索。

集體記憶與國族認同是緊密連結的，前者的建構是一連串創造性且具特定目的的過程，這樣的「過去」，充滿了虛構、重新編排、過度詮釋與疏漏，甚至是為了屈就認同的一致、礙於權力和權威與淪為政治附庸，而忽略了史實的真實性和正確性（Zelizer, 1998：3）。集體記憶的形成，無疑地是個動態的過程，同時也是社會、媒體交織形成的（Wertsch, 2002）。儘管每人對於過往的記憶細節不同，但是集體記憶卻是「對於過往的導覽」（orientation to the past），讓國族的成員得以藉由重溫集體記憶—不論是對於自身或是他者的集體記憶—強化認同（Le, 2006）。

Anderson（1991）認為，印刷資本主義（print capitalism）是凝聚想像共同體的關鍵要素，隨著傳播科技的發展，電子媒體在這過程亦扮演相同

（甚至更強大）的效果。Newcomb（1974：40）認為，電視在傳達人的面部表情、情緒反應上的效果是最強烈的，按此觀點，轉播最重要的不是動作，而是動作後的反應與情緒。藉此，觀眾與畫面中的人物產生了親密性（intimacy），使得兩者間產生情感的連結；同時連續性（continuity）也是重要的電視美學線索。這兩點在運動賽事的轉播上格外鮮明，運動賽事的轉播，除了運動員球技的展現外，情緒的醞釀與迸發更能烙印在觀眾的腦海裡。如同 2004 雅典奧運，陳詩欣獲頒金牌時的盈眶熱淚，要比她在場上踢出的每一腳要深入人心。運動的連續性，不論是比賽中每分每秒的時間流動或是球季、系列賽，都是一連串的刺激，觀眾得以藉此熟悉球員，使其變成大家庭中的一份子。奧運冰球金牌的爭奪、加拿大—蘇聯高峰系列賽或是王建民每五天的規律先發，都是電視美學中的連續性展現的例證。

與其他媒體相同的，電視運動轉播呈現的是敘事性的戲劇張力，因其不僅僅是傳遞事件本身的影音如此單純而已，更重要的是電視將運動賽事轉化為一個個引人入勝但結局未知的故事。運動轉播是一種集「奇觀、個人表現、人情趣味、競爭的戲劇、未知與冒險」於一身的節目類型（Gruneau, 1989），英雄崇拜、國族認同便是運動敘事中最常見的主旨。

運動收視除了透過家中電視機，還有另一個場域是不可以忽略的，也就是 McCarthy（2001：60）稱的「環繞電視」（ambient television）所提供的經驗。每逢重大賽事，無法親臨現場的球迷，總是會湧入運動酒吧或是提供大螢幕轉播的廣場，與其他球迷一同觀賞比賽，以獲得一種「環境加強的『臨場』運動經驗」（environmentally enhanced “live” sports experience）。透過集體觀賞，使得彼此凝聚成一個「共時的」命運共同體，在台灣早期電視未普及時，台視曾於各地普設電視站，儘管未若現在大螢幕投射的臨場感，但一同觀賞的共感共應卻不遑多讓。

不管是獨自在客廳或是與群眾在廣場上，運動透過電視傳遞到無法親臨現場的觀眾眼前，電視藉運動吸引他所最想要吸引的觀眾群以擴大市場佔有率，兩者之間共生共榮；另一方面，透過電視機這個小框框，不在現場的觀眾得以欣賞運動員的精湛技巧。更重要的，勝負的刺激以及情緒的傳遞，足以感染大群的觀眾，從而建立起以運動為基礎的認同，此認同範圍小至社區、中至都市、大至國族（Chen, 2005）。而世界各國的公共電視，由於在其規章中多明白表示，肩負「建立共同國家意識 的使命，且以無線訊號廣佈全國，因此重大國際賽事或是對國族舉有顯著意義的比賽，都由公共電視進行轉播，企圖透過運動這鮮明的認同載具，凝聚國族認同。

綜合上述，若將國族認同與運動轉播放在同一脈絡下，我們可以發現，統治台灣的政權透過其機構（apparatus），包括國（公）營媒體（廣播、無線三台、公視）進行運動轉播，以遂行其統治目的。即便台灣已經脫離殖民以及威權統治，但運動與國族的等式歷經數十年的深化，成為台灣運動觀賞的絕對主流角度，即使是轉播國外職業運動，依舊瀰漫著揚威國際、「台灣之光」的訊息，事實上正符合 Foucault「治理性」（governmentality）概念最完美的體現。

「治理性」是在制度下個人經過一定程序之後的分析且自我反思，在一個完美的治理性下，管理他人或是管理自我的行為已經是相互交錯的（Foucault, 2005：548），亦即宰制者或是被宰制者是處在相同的理性下。若加上 Hardt & Negri（2000）全球性的「帝國」（Empire）脈絡，台灣自願地被納入此一全球運動帝國版圖中，在這帝國裡，歐、美以及日本的運動體系是令人神往的，充滿國族主義色彩台灣運動發展歷程，終究是這樣「帝國」下完美治理性的展現。台灣自黨國資本主義時期以降，由三台完成階段性的國族認同導向的運動轉播任務後，商業電視台繼續接棒，其他大眾媒體持續搖旗吶喊。

在台灣學術社群，劉昌德（1998）的研究，可說是運動傳播政治經濟學觀點的先聲，他以棒球與籃球，進入職業時代為例，說明運動轉播商品化的過程。但可惜的是，此一著作發表已歷十年，而這十年卻也正是台灣運動轉播變化最大的時期。高堂堯（2007）的研究則是將視野放在跨國媒體集團對於台灣運動轉播商品的影響，為全球化時代下的運動轉播提供了重要的資料。再者，台灣大多數運動傳播相關研究中，都是以棒球為主。不可否認的，棒球「國球」之名，的確是台灣最重要的運動項目，其媒體曝光的程度也是最高，然而這不代表它就是台灣運動 / 媒體複合體的全貌。趙晉文的批判傳播政治經濟學碩士論文〈台灣棒球運動電視轉播之歷史分析：1964-2008〉（2008），可說是目前為止資料蒐集最齊全的台灣運動轉播史的研究，可惜的是本文也是只鎖定在棒球轉播上，且有些史料準確度令人存疑，但不啻是一個絕佳的參考點。

參、研究方法

欲了解台灣運動轉播史的圖樣，建立完整的資料庫為不可避免的第一步，如此後續的研究方得以展開。本研究首先以盧非易兩項國科會研究計畫《台灣電視節目資料庫之建構與節目類型變遷》（計畫編號：NSC 91-2412-H-004-021）及《台灣有線電視節目資料庫之建構與節目產出》（NSC 92-2412-H-004-019）為基礎，該研究計畫建立了國內電視節目自 1964 至 2002 年的資料庫（詳見 http://tv.nccu.edu.tw/index.htm）[2]。該研究以台視出版之《電視週刊》為建檔依據，由助理逐條輸入整理而得，其工程浩大及為台灣電視節目研究建立之基礎，其貢獻難以抹滅。然而，經進一步驗證後，卻發現該資料庫在運動轉播節目上有極大的缺漏。舉例來說，台灣棒球史上最重要的一役——1968 年紅葉少棒與日本和歌山少棒隊之戰，其實況轉播訊息就不在該資料庫中。《電視週刊》的本週節目欄位也都有表示「本節目表如有臨時更動，不及改排，則在電視節目中事先播告」的訊息。因此本研究以該資料庫為基礎，但輔以報紙刊登之電視節目表資訊進行驗證，截至目前為止，已增補數百筆的運動轉播資料。惟每日更新的報紙電視節目表的訊息比

2 台視於 1962 年 10 月 10 日開播，惟該資料庫的網路版卻未建立 1962,1963 兩年的節目表，經本人與盧非易聯絡後，請其助理自資料庫中協助擷取運動轉播之資料，則獲得完整的 1962 年自開播起之資料。

起每周更新的《電視週刊》雖已較能掌握強調即時性的運動轉播，但是卻仍常見疏漏。以上述紅葉——和歌山之戰為例，該日之《徵信新聞報》電視節目表即未刊載相關訊息，而是見於相關報導內文中。因此本研究在節目表與盧非易研究所建之資料庫對照之餘，亦參酌相關運動報導，以祈建立更完整之運動電視轉播資料庫。可以想見本工作規模之鉅，因此截至目前為止，相關工作仍在持續進行中。

肆、初步成果分析

一、台灣運動轉播起源釋疑

運動轉播之相關研究，不免會針對一切之始進行考究，如同英國始於BBC在1937年轉播溫布敦網球賽，美國始於NBC轉播1939年美國哥倫比亞大學與普林斯頓大學棒球賽開啟美國電視運動轉播史一般，台灣運動轉播的伊甸園到底位於何處？

相關資料紛呈，根據台視內部印行，並未公開出版的《臺視十年大事記》，第一次的運動賽事轉播是1963年7月1日的「中日韓菲四強拳賽」。此一資料一直為後來台視官方出版之《台視二十年》、《台視三十年》所沿用，直至《台視四十年》出版，此宣稱反而未見其中。然而，所謂「官方版」之歷史卻不能盡信。根據台視首任節目部經理何貽謀（2002）的回憶錄，台視開播隔天（1962年10月11日）晚間八點半，就已經轉播於兒童樂園體育館進行的中華與紐西蘭男子籃球國家隊的友誼賽（頁52）。經查《電視週刊》創刊號，10月11日節目表的確記載「籃球比賽轉播」，不但如此，10月21、22日還轉播了來訪的美國固特異籃球隊（Akron Goodyear Wingfoots）與中華隊的比賽，此賽事經過電視轉播也可由凌雲（1962）的在《聯合報》上的評論中得到證實。當年底「台北國際籃球邀請賽」由全國籃球委員會主辦，卻婉拒電視及廣播轉播，原因乃是台視拒絕籃委會開價十萬元的轉播權利金（〈籃球場外 看不見 可以聽〉，1962），此舉引發《電視週刊》讀者投書及報紙評論員何凡的不滿（1962 年 12 月 21 日），認為籃委會有「妨礙籃球發展」的責任，可見當時籃球電視轉播並非全然陌生的。

至於台灣第一場棒球轉播，頗具有後殖民況味的，乃是 1963 年 1 月 2 日下午轉播來台訪問的日本傳統的早稻田大學與慶應大學的「早慶之戰」。此點與趙晉文（2008）之考據不同，根據他的碩士論文（應是參考何貽謀回憶錄中記載），台灣第一場電視棒球實況轉播乃是 1963 年 12 月 13 日合庫隊與來台訪問的早稻田大學的友誼賽。事實上，根據台視官方出版的《電視週刊》，1962 年 12 月 31 日出版之第十二期刊載之節目表，即刊載了「棒球比賽現場轉播」的訊息。不但如此，該期雜誌中，更刊載了一篇由當時導播廖雯英（後改名為廖煥之）所撰寫的「棒球轉播—幾個原則上的商榷」，文中還教育觀眾欣賞電視棒球轉播與現場觀球不同之處，後續一期的《電視週刊》還做了詳盡的後續報導（〈早慶兩大學棒球賽 電視機前觀眾爆滿，1962〉）。

二、黨國運動媒體複合體的形成

黨國資本主義時期，威權的國民黨政府以政策法令及國家擁有的方式來達成對媒體的控制，除了直接控制與管理廣播電台之外，進入電視時代之後，依舊以直接或間接的方式進行對於電子媒體的管制。在台灣第一家電視台，也就是台視成立之始，其大部分資本即是由台灣省政府所屬六大行庫出資 49%，並納入日本富士、東芝、日立、日本電氣各 10% 的資金，剩下少部分也就是 11% 才讓當時台灣資本家分攤。而由於官股比例未過半，因此台視公司依《公司法》的規定而成為名義上「民營公司」（王振寰，1993：89）。循此漏洞，台視得以以公司名義，行黨國機器之實。

然而，開播初期台視高層即指示體育競賽為重點節目，首任董事長林柏壽要求「多安排兒童節目、卡通，和體育類的節目」（何貽謀，2002：43）。節目部編審組組長羅朝樑（1962）也在《電視週刊》創刊號中表示，籃球、棒球及其他各種體育活動實況為運動類節目之重點。台灣的運動轉播雖然以籃球賽事揭開序幕，開播隔日即轉播中華與紐西蘭之戰之外，1962

年10月21日與22日並轉播兩場美國固特異籃球隊與中華隊友誼賽。但棒球顯然並非如許多研究者宣稱遠離黨國體制核心，甚至為了去日本化而遭放逐（吳世政，2005；趙晉文，2008）。事實上，台灣歷史上第一場棒球轉播為「早慶戰」，不但推翻此種論述，其意義更值得深入推敲。

黨國資本主義下的運動轉播意義為何？是否過往的研究都賦予了它過多的政治意涵？如果國民黨對於日本「殖民遺毒」如此戒慎恐懼，何以在開播不到三個月後的「光輝」元旦假期，就轉播帶有濃厚後殖民況味的日本名校早慶戰？回顧台灣光復初期的各項「去日本化政策」，從1946年2月公布「取締日文圖書雜誌規則」、同年光復週年廢除報紙、雜誌日文版，1950年4月開始取締日本雜誌和電影（許極燉，1993），乃至1951年公佈《臺灣省日文書刊管制辦法》，以及7月明令禁止日語教學[3]，皆是國民政府亟欲消除舊殖民者文化殘留的政策。「外省籃球、本省棒球」的說法更是成為台灣運動初期發展的樣貌及族群分野，然而，上述論點皆源自於刻板印象，或是以早期國軍籃球隊受到重視為論據。事實上，1950年的國軍運動會，即有四支球隊與賽，且多為當時棒球菁英（如陳潤波、曾紀恩等），省屬各金融單位的六行庫棒球賽在光復初期（1948年）即已為常態（謝仕淵、謝佳芬，2003）。1946年第一屆省運，棒球比賽也未因其日本性而遭摒除，1948年，第七屆中華民國全國運動會，台灣不但組隊參加，更拿下棒球金牌。凡此種種皆證明，棒球與日本殖民性的過度連結，顯然並非當時執政者所強調的。

就台視而言，日資佔了40%，東芝、日立、日本電器三大股東投資皆以生產電視相關設備與器材折抵，惟富士電視台為軟體生產單位，因此協議以每天供應兩小時節目並從中抽取廣告佣金。雖然台視已擬好因應當時禁日片政策的策略（如配音、事前審查等），但此一計畫受到當時民意代表堅決反對，因此籌備階段即放棄了每日播映兩小時日本影片的計畫（何貽謀，

3　資料來源：國立台灣博物館大事紀 http://www.ntm.gov.tw/tw/public/public.aspx?no=399

2002）。但在日本棒球隊來台之前，台視就已播出過兩校棒球比賽實況暖身（〈早慶兩大學棒球賽 電視機前觀眾爆滿，1962〉），可以見得運動在當時所承載的國族重量並未如我們後來想像的多。況且，我們必須考量電視開播初期的特殊社會現實，台視於 1962 年開播，該年台灣不過三千餘台電視機（見表 1），台視在當時的影響力也不該被過度放大。

延續表 1 呈現的數字，台灣電視機成長率於新媒介問世初期，呈現倍數成長亦不令人意外，然而 1968 年突然再度呈現倍數的成長，其原因卻頗值得令人玩味。

【表 1：台灣電視機數量】

年度	1962	1963	1964	1965	1966	1967	1968	1969	1970	1971	1972
數量	3,334	16,279	36,026	62,434	108,415	163,918	343,735	438,816	510,228	672,721	835,279
成長率		388%	121%	73.3%	73.6%	51.2%	109%	27.7%	16.3%	31.8%	24.2%

台視開台初期，就質而言，無法與報紙相比，在沒有 SNG 的年代，突發事件的處理上，其速度和機動性也遠落後於廣播，因此唯一能凸顯其特色的，乃是實況轉播（何貽謀，2002）。作家何凡（1968）在其《聯合報》的專欄「玻璃墊上」寫道：

> 這次女籃與童棒轉播的電視機前，卻出現了從來不看任何體育影片或體育表演的人。他們不但看，而且入迷，把從前視為瞎胡鬧或年輕人的事情的運動，也列入自己的生活要項。許多公私機構在辦公時間內打開電視機，准許同仁收看，像體育發達國家那樣。許多不懂棒球為何物的人，幾場比賽看下來，已經大致明白了球規；而由於了解更增加了興趣。這件事每天報紙的宣傳固然功不可沒，但是電視力量之強大實應居首功。這一股國民的運動熱，正可趁機利用，善加導引。

何文所指的女籃與童棒，正是第二屆亞洲杯女籃賽與和歌山少棒隊訪台的比賽。1968 年七月底，台視轉播了第二屆亞洲杯女籃賽中華隊泰國與冠軍賽日韓大戰的實況；八月底，紅葉隊和中華聯隊雙雙擊敗和歌山隊而掀起台灣少棒狂熱的歷史之戰，同樣透過台視的實況轉播傳送到台灣的觀眾面前。就台視的策略與運動賽事的結合，到了 1968 年可謂水到渠成的一年，但台視製播上最具優勢的實況轉播節目，也讓台灣近代運動史上最重要的賽事出現在電視上，造成成長率突飛猛進的事實，雖難以研究工具直接檢證，但其關聯性當不言可喻。

儘管 1968 年電視機數量大幅成長，少棒熱潮也迅速蔓延，但 1969 年金龍少棒隊代表台灣首度進軍遠東區及世界少棒賽，兩項賽事卻都沒有進行實況轉播。根據盛竹如（1995：71）的說法，是當時的台視總經理周天翔認為「小孩子打棒球只是一種遊戲，到美國去比賽等於去參加兒童夏令營，這那值得派遣記者去採訪呢？」。以當時的技術而言，越洋衛星轉播的技術已不成問題，當年 7 月中下旬，美國阿波羅十一號太空船首度完成人類登陸月球的壯舉，已透過台視進行越洋實況轉播，即為明證。在國人高度期盼少棒隊表現之時，台視卻未轉播，除了高層當時低估了少棒蘊含的能量之外，台視於當年仍處獨佔、缺乏競爭也不無關係。

三、黨國體制的干預

雖然在黨國體制下，言論自由受到箝制，但運動轉播卻能在其中保有相對的彈性。傅達仁即表示：「他是會讓你有個框框的」[4]，在他從事運動轉播三十年的生涯中，雖然風格獨具，甚至花俏，但也從未碰觸到政治的紅線。體育轉播中，最常觸碰的禁忌就是黨外人士在海外透棒球比賽宣傳台獨言論。1970 年在日本的遠東區比賽前，台視導播劉謨琦即對主播盛竹如（1995）說道：「廣告實在太多了，比賽最好慢慢進行；要特別注意，絕不能讓任何台獨的旗幟或招牌在電視上出現。」這一句話，完全道破台視身為

4　訪談時間 :3/6/2012

黨國資本主義下媒體的尷尬位置，既為統治者發聲，又必須以營利為目的。1971 年，巨人少棒隊在威廉波特的比賽由中視轉播，冠軍賽進行中，一架由海外「黨外」台獨人士出資的小飛機廣告，在球場上空出現，並被現場轉播的 ABC 拍攝入鏡。然而戒嚴體制下的台灣，此「實況」乃經過六秒延遲的轉播，使得該鏡頭於台灣播出時被刪剪，讓國民黨得以暫時封鎖黨外運動的突襲戰。但上述兩例已可窺見，運動媒體早已成為政治意識型態與國族主義延伸的戰場。

然而，當少棒從周天翔口中的「小孩子的遊戲」成為代替國民政府出征的戰場，那麼黨國體制也會傾其全力，盡可能加諸國族光榮於其身。1972 年遠東區少棒賽於關島舉行，但當時關島並沒有彩色電視的轉播設備，後來台視透過國防部，向美軍洽借了一架巨型軍機，由松山機場出發，將台視本身的彩色轉播車，連同全體採訪及工程轉播人員，全部運往關島，進行遠東少棒賽場場中華代表隊衛星轉播的工作。少棒運動與政治力的結合在國內已有多項研究討論，如林琪雯（1995）、陳子軒（1999，2007）、張力可（2000）等，然而此項浩大轉播工程，更顯示黨國機器企圖透過少棒轉播以遂行其統治目的著力之深。在當時戒嚴的政治社會氣氛下，若不是國民黨政府全力聯繫美軍協助，台視又怎麼可能以一介「民營公司」的身份，完成此一工程？

三台以其黨國資本主義下的「民營公司」之姿，享盡身為國家機器機構（apparatus of state machine）與受保護下的商業機構雙重優勢，在運動轉播上亦是如此。除了如三級棒球等國際賽事得以用國族光榮的絢爛外衣鞏固其政權外，更以此為號召，掀起的三級棒球熱所代表的驚人收視率，無疑更是項有利可圖的商業運動轉播。其他國際賽事，只要是有利可圖，三台亦不缺席，特別是延續已經點燃的棒球熱。中視首先在 1970 年 10 月開始，錄影轉播美國職棒世界大賽，巴爾的摩金鶯隊出戰辛辛那提紅人隊的五場比賽，為台灣轉播美國職棒的先聲。日本職棒方面，同年 11 月 8 日起，台視每逢周日錄影轉播一場當年日本職棒年度總冠軍賽，分五個星期播完。當年由王貞治所屬的讀賣巨人隊以四勝一敗的成績，擊敗羅德獵戶座隊，這也是台灣最早轉播日本職棒的紀錄。1980 年代郭源治、郭泰源、莊勝雄「二郭一莊」的時期，乃至後來呂明賜「亞洲巨砲」旋風，台灣民眾一開始都只能透過平面媒體報導，或是坊間錄影帶出租店從日本側錄的比賽才能一睹這些「國族英雄」在異鄉的精彩表現。因為當時仍有「日片處理三原則」的文化政策，但是考量全民體育與國族榮耀的現實下，1985 年 5 月以後，新聞局同意三台播出「由我國選手擔任主要角色之各項日本體育競賽節目」（趙晉文，2008）。

除了棒球之外，1972 年，台視推出「世界摔角擂台」節目，由於內容過於暴力，雖極受歡迎，但旋即遭到禁播；1973 年，台視獨家轉播在東京進行的世界重量級拳王爭霸戰，但是衛冕的 George Foreman 卻僅花了 55 秒就擊敗挑戰的 Jose Roman，使得台視為消化滿檔的廣告，一再將這 55 秒重播的趣味歷史。1980 年 10 月，華視也轉播了拳擊史上最多人觀賞的一場比賽，也就是 Muhammad Ali 與 Larry Holmes 在 Las Vegas 的拳王爭霸戰；1982年起的二十年間，華視都進行世界盃足球賽的獨家轉播；1987年1月起，台視首度將美國職業籃球 NBA 引進台灣，進行常態性的轉播，每個禮拜天早上播出 NBA 賽事，由傅達仁主播，首場轉播就是波士頓塞爾提克在歷經兩度延長後擊敗紐約尼克隊的精彩比賽。一般民眾獲知國外賽事的管道有限下，渾然不知播的是 1985 年美國耶誕節當天的比賽，說穿了，台灣在 1987 年看的卻是一年前 1985 ～ 86 球季的比賽，而這樣延遲卻常態性的轉播，還是讓 NBA 文化自此大舉進入台灣，成為日後 NBA 最重要的海外市場之一。

戒嚴時期下的台灣運動與媒體發展，另有國民黨社工會在旁運作，黨國資本主義下，得以恩威並施，使特定企業贊助運動發展。除台視「認領」其留英的總經理周天翔及省府高層喜愛的橄欖球之外，軍系的華視，也在曾經留德的蔣緯國與聯勤總司令王多年指導下，將足球列為重點看顧的運動項目[5]。

大致來說，此一時期下的三台，身為「黨國喉舌」與「民營公司」的

5　楊楚光訪談 (03/26/2013)

角色在運動轉播上兩者並行不悖，甚至在帶有國族主義色彩的國際運動場合裡，兩者更是天作之合，到了戒嚴末期，相關政治與文化的尺度也較前期寬鬆。然而，當兩者偶爾有所衝突時，資本主義的一方，還是得讓位。除了前述「世界摔角擂台」違反「善良風俗」的例子外，還有黨國媒體體制下神聖不可侵犯的晚間新聞時段。

1985 年在台北舉行的國際棒球邀請賽，在轉播過程中就頻頻遭遇黨國體制的阻礙。首先是 11 月 21 日晚間的中華出戰日本賽事轉播的台視，原本預定自晚間八點現場轉播賽事的後段，但受制於當時必須播出公視節目的規定，只好將轉播切成兩段，到了晚間九點，仍必須播出公視「古埃及文化」節目，即便當天各大報節目表公布的是八點到九點半播出國際棒球邀請賽。類似爭議不斷在該項賽事過程中出現，負責準決賽轉播的華視，原訂 11 月 23 日下午先轉播光華隊與日本隊的第一場準決賽，與第二場比賽空檔間的半小時播出歌仔戲「巫山一段雲」的完結篇，接著再播出中華出戰波多黎各的比賽，但是到了當天下午兩點鐘，新聞局廣電處卻通知華視，晚間七點半的新聞時段，必須播出新聞，使得許多憤怒球迷打電話到華視抗議 (〈停新聞播棒賽 廣電處說不准〉，1985）。

11 月 24 日，下午光華隊出戰波多黎各隊爭取第三名，緊接著中華出戰宿敵日本爭奪冠軍，中視馬拉松式轉播這兩場比賽，冠軍賽的中日之戰，當時的「亞洲巨砲」呂明賜個人擊出三支全壘打，其中最後一支更是在延長賽第十四局下半所打出飛越中外野計分板的再見三分全壘打，幫助中華隊在鏖戰四小時三十九分鐘後以 8:7 擊敗日本奪下冠軍。然而，這戲劇性的一刻，全台灣的電視機前的觀眾卻無法在第一時間目睹。因為比賽超時，在幾天前台視與華視挑戰新聞局的權威失敗後，中視不得不拋開當時 62.8% 的驚人收視率[6]，及其背後代表巨大的廣告收益，還是得在晚間七點半準時播出晚間新聞，但此舉加上後來觀眾得知呂明賜驚天一擊的強烈對比下，引發全台

---

6 資料來源：民生報 11/25/1985

球迷怒火，中視只得在新聞中重播四次呂明賜全壘打的畫面，以彌補缺憾。

雖然 1985 年已接近戒嚴的尾聲，但是從此一事件中便可看出黨國媒體體制對於運動轉播的干擾，特別是棒球比賽，它沒有時間限制，又容易受到氣候的影響，即使貴為「國球」之尊，況且受到如此待遇，更不用說其他較為冷門的運動項目了。

四、三台競合下的運動轉播

1969 年 10 月 31 日中視開播，華視隨後於 1971 年 10 月 31 日開播之後，台視享有七年的媒體獨佔優勢不復存在，而且當年金龍隊掀起世界冠軍的少棒風潮以後，電視台便再難以在棒球盛事中缺席。三台在接下來的幾年中，就以棒球為最重要的體育賽事轉播，其中既競爭又合作的關係，可謂在黨國資本體制下不得不的「彈性」展現。

1974 年，台灣首度拿下三級棒球「三冠王」的那一年，賽事轉播上也進入棒球熱的巔峰，三台在業務上與轉播上都進行合作。業務上，廣告收入共享，播報上竟也用奇特的三台輪流主播的方式進行，也就是比賽切成前、中、後三段，由各台輪流播報。這樣的方式一方面當然足以顯示黨國機器對於這些賽事的重視，然而資源上的錯置卻是不爭的事實。該年比賽青少棒與青棒賽程幾乎重疊，以 8 月 14 日來說，青棒於九點半出戰加拿大，青少棒隊於台北時間上午十點出戰加拿大，若是配置得宜，理應三台可以分配直播的場次，讓兩場賽事都能以立即實況的方式播出，但三台卻統一在十點鐘直播青少棒，中午再錄影轉播青棒賽。同樣的例子在 16 日和 18 日也都重演，此一聯合壟斷的聯播形式，對於當時的球迷來說，並非效用極大化的轉播策略，然而在黨國資本體制下，卻成為協調後的無效率「合作」。

雖然三台在寡占時期的運動轉播上偶有合作，但大部分時間都存在著強烈的競爭意識，由於三台背後勢力各自屬於黨政軍系統，儘管都在一個黨國機器下，但到底仍有各體系彼此傾軋的權力與資本（林麗雲，2006）。打從中視打破台視的獨佔局面伊始，兩台就已明爭暗鬥。1970 年 5 月，台視與中視就已經合作轉播全國少棒賽，最終由南區代表七虎隊拿下冠軍並進軍遠東區。但兩台競爭意識終究在黨國資本主義下，其營利的特質也彰顯出來，中視總經理黎世芬雖然極力爭取聯播，但台視總經理周天翔卻不斷迴避，最終台視在與其關係密切的富士電視台協助下取得獨家現場實況轉播權（盛竹如，1995），中視只得在比賽結束後以錄影方式播出。值得一提的是，台視此次轉播，是台灣第一次在國外以衛星、彩色現場實況轉播運動賽事。而中廣也全程轉播比賽實況，全台瘋狂的情況可由連火車上都可有比賽實況的廣播而見一斑（" 中日棒賽 實況轉播火車乘客亦可收聽 "， 07/31/1970）。兩台競爭轉播權日趨激烈，在七虎隊拿下遠東區冠軍後，台視旋即透過駐日代表關慕愚宣布將捐贈所有七虎隊成員赴美爭奪世界冠軍的旅費（" 服務、贊助、祝福 "，08/01/1970），在與中視競奪威廉波特世界少棒賽轉播權中奪得先機，雙方激烈競爭近一個月後，終由台視拿下。

七虎隊首戰尼加拉瓜，由於時差的關係，正值台灣地區凌晨，這場球由盛竹如主播，中華隊苦戰六局不幸敗陣，也成了當時台灣人難以抹滅的集體記憶。值得一提的是，棒球轉播從 1970 年起，便成為台灣運動轉播的常態，1971、1972 分別由中視、華視獨家轉播威廉波特的世界少棒賽，1973、74 年又聯播，1977 年後又達成了三台輪播三級棒球的協議 [7]。1984 年洛杉磯奧運之後，三台更達成了若有中華民國代表隊出賽的重大賽事，將由三台聯播的合作協議。若有台率先表達轉播興趣，也必須知會他台，由他台決定是否參與。

三台競合也因三國鼎立而出現了微妙的策略結盟，以奧運轉播為例，華視於 1984 年得到洛杉磯奧運獨家轉播權，並因為棒球奪得表演賽銅牌與蔡溫義奪得舉重銅牌而有非常好的成績。1988 年卡加利冬季奧運，台視、中視在華視知會後，放棄轉播，而由華視獨家進行我國首次冬季奧運轉播，但此舉卻也種下當年漢城奧運三台間的齟齬。儘管已於當時先簽有共同轉播的

7　1975 年，世界少棒聯盟因停止邀請國際球隊與賽；1976 年恢復邀請，但台灣代表對於遠東區比賽中敗給日本，無緣進軍威廉波特。所謂輪播係指三台平均分配獨家轉播三級棒球中某一級別的賽事，翌年再輪替。

草約，但時任台視體育部經理的盛竹如卻逕自飛抵韓國，以九十萬美金，高於三台先前談定的五十萬美金，拿下了獨家轉播權，還引發三台對簿公堂。然而，最終還是由黨國體制的協調，解決此次爭議。根據盛竹如的說法：

> 中視就想盡一切的辦法，用高層的壓力讓台視把轉播權也要分給中視，那時候我的了解他是透過中視啊，中視是透過郝柏村，郝柏村那時候是參謀總長，透過郝柏村告訴台視，台視那時候 [總經理] 石永貴，董事長許金德，那郝柏村當然沒有力量來管台視，你說他沒有力量他還是有力量，他透過中央黨部，中視是屬於中央黨部，國民黨的，那郝柏村就透過中央黨部，石永貴以前是屬於中央黨部的，那這種壓力下來，台視最後同意跟中視成立聯合轉播團，到漢城轉播（訪談內容，4/2/2012）。

最後，台視並將該屆賽奧運的足球項目分給華視進行轉播。就這樣，三台時而聯播時而獨家，中間充滿了黨政協商的機制，有時並非政治上最佳效果，也非商業最大利益，但這樣的角力、折衝、協調，倒也成了黨國資本主義下，政治與經濟力量爭鬥、搓揉下合理的模式。這樣的角力與折衝之所以存在，乃是因為運動做為一項節目類型，得以吸引大多數台灣觀眾，如果這樣的節目類型已成邊緣，三台對於食之無味，自然也用不著勞師動眾地透過黨政高層運作。

台視在 1988 年將體育組從新聞部中獨立出來並升格為體育部，官方說法乃是「以實際行動證明台視重視體育、積極推廣體育的決心」（台視三十年，1992：72），並由盛竹如擔任首任體育部經理。而這樣看似適得其所的安排，其實乃是台視本身人事布局的考量，盛竹如由於多次「脫稿演出」，成為官方頭痛人物，於 1984 年 5 月後被迫開主播台，之後改以益智類節目「強棒出擊」主持人的身分出現在螢光幕。1988 年，一方面台視已爭取到漢城奧運轉播權，一方面也是總經理石永貴彌補盛竹如遭停播新聞的人事策略[8]。盛竹如僅擔任體育部經理一年，接著由節目部經理廖蒼松接任；1989年年底，台視新聞在處理台南縣長選舉中，因誤報票數有誤並播報「選舉無效」，引發台南暴動，曾任國民黨文工會總幹事、時任新聞部經理章紹曾旋即遭撤換，隨後轉任體育部經理。由此可見，曾任體育部經理的盛竹如是無心接手，章紹曾是因為新聞處理失當而遭「發配邊疆」，到了1993年4月，章紹曾請辭後，由新聞部經理廖蒼松兼任，新聞部與體育部整併的消息又再度傳出（姜玉景，1993）。1996年10月，莊正彥即將卸任總經理之際，體育部存廢又再度成為爭議點，體育部經理傅達仁甚至以「與體育部同進退」明志（尚孝芬，1996）。由此可見體育節目在三台中的位階，有體育部招牌的台視況且如此，更遑論其他兩台附屬於新聞部下的體育組。

台視在面臨有線電視專業體育頻道之下，體育轉播不再是重點節目，《民生報》即報導「因為體育投資水漲船高，以目前無線台的頻道屬性、時段有限，大筆資金投入常無法獲得相對的回收，因此只有在奧運、亞運等重大國際比賽時投入轉播，卻又因時段問題無法滿足觀眾，實在難為」（尚孝芬，1998）。體育部在末代專職經理傅達仁四月底退休後，於1998年7月正式劃下句點。事實上，三台在運動賽事轉播上的付出及其在運動敘事的分量，早就在有線電視開放後逐漸淡出。運動對於三台或許曾是黨國資本主義中「黨國」與「資本」通吃的好節目，但在專業有線電視頻道出現以及職業運動的興起，運動轉播已經是三台難以承受的負荷。

伍、結語

回顧自1962年至1989年的台灣運動轉播史，由於獨特的黨國資本主義，使得台灣運動轉播的樣貌，與西方職業運動為觸媒的運動媒體複合體

8 此部分在盛竹如（4/2/2012）、李涵宸（4/17/2012）及李聖文（4/24/2012）的訪談中皆得到證實。而台視內規規定主管級不得主持節目，因此盛竹如卸下強棒出擊主持工作，由巴戈接手。

迥然不同，這 27 年間，台灣無線三台在黨政軍勢力搓揉之下，運動成為其召喚的對象。雖然台視開播伊始就轉播了籃球賽事，但以少棒為代表的三級棒球在 1968 年之後承載了國族的重量，佔據了台灣運動轉播史最為重要的位置。

黨國資本主義下的電視媒體，由於必須兼具政令教化以及爭取商業利益的雙重角色，這樣的情形看似衝突，但在運動轉播上的顯得游刃有餘。由於運動與國族之間水到渠成的結合，不論是籃球或是棒球等等賽事轉播，都讓三台以國族觀點切入運動賽事毫不費力，特別是在台灣退出聯合國之際，以及風雨飄搖的 1970 年代。但這樣的觀點卻主導了台灣運動文化，一直到現在都難以突破「台灣之光」的專斷運動觀賞模式。

戒嚴時期，三家無線電視台寡佔台灣市場的情況，在解嚴及有線電視合法化後，其影響力已逐漸鬆動。台灣電視市場一下從三台暴增到數十台，無線三台黨國三頭馬車（troika）的年代亦隨著 1997 年民視正式開播而告終。

在黨國資本主義時期，三台的運動轉播是以國家代表隊的國際賽事為主，一方面台灣當時沒有任何職業運動存在，甚至「職業」運動那樣的意識型態，是不被當時社會價值所鼓勵的。因為運動就該是強身健國、為國爭光的，而透過這些國際賽事，即使是以妥協的「中華台北」之名，仍能使不斷被邊緣化的中華民國得以在國際社會的夾縫中露臉。威廉波特少棒的世界冠軍，更是上天掉下來的禮物，讓風雨飄搖的政權得以用一再「國王的新衣」般的勝利遊行，掩飾其外交挫敗甚而轉化沮喪為正面的能量（陳子軒，2007）。挫折的人心，也透過黨國資本體制下的三台轉播這些賽事得到了抒發的出口。也就是說，這個時期的運動轉播，一可鞏固國民黨政權統治，二則從中大量獲利，一箭雙雕，無怪乎三台在此期間常有轉播技術上的「突破」。因此這樣的複合體雖然偶見扞格，但大體上仍穩定地維繫著台灣運動所代表的國族意涵。

然而，當棒球進入商業化的職業運動後，原先突顯的運動與國族光榮連結已經脫勾，職業棒球平日固定於晚間六點半開打，也間接注定了三台不可能參與的命運。三台命脈的晚間新聞與八點檔絕不可能挪動，這當然也就意味著，缺乏國族包裝的職業棒球收視率上，是遠不及八點檔連續劇的。在商言商，其實不僅僅是職業棒球，甚至整個運動轉播在台灣都是屬於小眾市場，解嚴後，三台為黨國機器喉舌的任務已漸漸淡化，政治上的強勢地位已經無存，2006 年《無線電視事業公股處理條例》通過後，黨政軍正式退出三台。此時的三台，雖然仍具有無線電視台的優勢，然而在有線電視如此普及的台灣來說，優勢已不明顯，而僅僅是一般民眾能收看到將近一百個頻道當中的三台而已。從收視率來看，除了像是極盛時期的中視「超級星光大道」及零星的偶像劇之外，在電視市場的市佔率已經從當年的三台收視率三分天下的寡佔，進入在乎 0.1 個百分點的「完全競爭」的市場，如此一來，三台影響力消退是全面性的，運動轉播也是反應的一個面向。

參考文獻

〈中日棒賽 實況轉播火車乘客亦可收聽〉(1970，7 月 31 日)。《中國時報》，3 版。

王振寰（1993）。《資本、勞工與國家機器：台灣的政治與社會轉型》。台北：唐山。

台視三十年（1992）。台北：台灣電視事業股份有限公司。

〈早慶兩大學棒球賽 電視機前觀眾爆滿，1962〉。《電視週刊》，13 期，頁 6-7。

何凡（1962，12 月 21 日）。〈玻璃墊上：籃賽雜感〉。《聯合報》，8 版。

何凡（1968，9 月 9 日）。〈玻璃墊上：體育節談體育〉。《聯合報》，9 版。

何貽謀（2002）。《台灣電視風雲錄》。台北：台灣商務印書館。

吳世政（2005）。〈臺灣棒球場域的文化空間論述：一個運動地理學的研究〉。國立高雄師範大學地理學研究所碩士論文。

尚孝芬（1996，10 月 15 日）。〈台視體育部存廢 攸關傳達仁去留!〉。《民生報》，12 版。

尚孝芬（1998，5 月 4 日）。〈台視體育部 顧安生兼任經理〉。《民生報》，12 版。

林麗雲（2000a）。〈卻顧新聞所來徑，一片滄桑橫翠危：台灣的新聞史研究之回顧與前瞻〉，《傳播文化》(8)，177-211。

林琪雯（1995）。《運動與政權維繫—解讀戰後台灣棒球發展史》。國立台灣大學社會學研究所碩士論文。

林麗雲（2000b）。〈台灣威權政體下「侍從報業」的矛盾與轉型：1949-1999〉，《台灣產業研究》(3), 89-148。

林麗雲（2006）。〈威權主義下台灣電視資本的形成〉，《中華傳播學刊》（9），71-110。

〈服務、贊助、祝福〉(1970，8 月 1 日)。《中國時報》，二版。

姜玉景（2003，3 月 12 日）。〈台視體育部將與新聞部合併〉。《民生報》，12 版。

凌雲（1962，11 月 28 日）。〈台灣電視四十天〉。《聯合報》，6 版。

許極燉（1993）。《尋找台灣新座標》。台北：自立晚報。

陳子軒（1999）. *A Comparative Study of American and Taiwanese Baseball Development: A Media-Centered Perspective*。國立台灣大學新聞研究所碩士論文。

陳子軒（2007）。〈國族 (的) 運動—棒球與台灣認同〉. 《文化研究月報》(68)，取自 http://hermes.hrc.ntu.edu.tw/csa/journal/68/journal_park681.htm。

盛竹如（1995）。《螢光幕前 -- 盛竹如回憶錄》。台北：新新聞。

高堂堯（2007）。《跨國媒體集團與全球文化生產 -- 以 ESPN STAR Sports(ESS) 的在台發展為例》。世新大學新聞研究所碩士論文。

張力可（2000）。《臺灣棒球與認同－一個運動社會學的分析》。國立清華大學社會學研究所碩士論文。

〈停新聞播棒賽 廣電處說不准〉 (11/24/1985). 《中國時報》第 9 版。

湯志傑（2009）。〈體育與運動之間：從迴異於西方「國家／市民社會」二分傳統的發展軌跡談運動在台灣的現況〉，《思與言》，第 47 卷第 1 期，頁 1-126。

趙晉文（2008）。《台灣棒球運動電視轉播之歷史分析：1964-2008》。國立交通大學傳播研究所碩士論文。

劉昌德（1998）。〈媒體在運動商品化過程中的角色〉。《台灣社會研究季刊》，32，215-247。

劉昌德（2008）。〈帝國搖旗，國族 喊：棒球勞動國際分工與運動國族論述之轉變〉，《臺灣社會研究》，70：33-77。

謝仕淵、謝佳芬（2003）。《台灣棒球一百年》。台北：果實。

羅朝樑（1962）。〈電視節目〉。《電視週刊》，創刊號，頁 18-21。

〈籃球場外 看不見 可以聽〉（1962，12 月 15 日）。《聯合報》，2 版。

Anderson, B. (1991). *Imagined communities : reflections on the origin and spread of nationalism* (Rev. and extended ed.). New York: Verso.

Appadurai, A. (1996). *Modernity at large : cultural dimensions of globalization*. Minneapolis,

Minn.: University of Minnesota Press.

Bale, J. (2001). *Sport, space, and the city*. Caldwell, NJ: The Blackburn Press.

Chen, Tzu-hsuan (2005). *Not just an imagined communty: mass media and the identity matrix of sports*. Unpublished doctoral dssertation, University of Wisconsin, Madison, WI.

Chen, Tzu-hsuan (2012). From the “Taiwan Yankees” to the New York Yankees: The Glocal Narratives of Baseball. Sociology of Sport Journal 29(4), 546-558.

Cohen, A. P. (1985). *The symbolic construction of community*. New York: Tavistock Publications.

Elias, N., Mennell, S., & Goudsblom, J. (1998). *Norbert Elias on civilization, power, and knowledge : selected writings*. Chicago: University of Chicago Press.

Foucault, M. (2005). *The hermeneutics of the subject : lectures at the Collège de France, 1981-1982* (1st ed.). New York: Palgrave-Macmillan.

Geertz, C. (1973). *The interpretation of cultures; selected essays*. New York,: Basic Books.

Goldlust, J. (1987). *Playing for keeps : sport, the media and society*. Melbourne, Australia: Longman Cheshire.

Gruneau, R. (1989). Making spectacle: a case study in tlevision sports production. In L. A. Wenner (Ed.), *Media, Sport, and Society*. Newbury Park: Sage.

Hardt, M., & Negri, A. (2000). *Empire*. Cambridge, Mass.: Harvard University Press.

Jhally, S. (1984). The spectacle of accumulation: material and cultural factors in the evolution of the sports media complex. *Insurgent Sociologist*(12), 41-57.

Jhally, S. (1989). Cultural studies and the sports/media complex. In L. A. Wenner (Ed.), *Media, Sports, and Society*. Newbury Park: Sage.

Gellner, E. (1994). Nationalism and modernization. In J. Hutchinson & A. D. Smith (Eds.), *Nationalism*. New York: Oxford University Press.

Guttmann, A. (1978). *From ritual to record : the nature of modern sports*. New York: Columbia University Press.

Hall, S. (2001) Encoding/Decoding. In M.G. Durhem & D. M. Kellner (Eds.) Media and Cultural Studies: KeyWorks. Malden: Blackwell.

Hobsbawm, E. J. (1992). *Nations and nationalism since 1780 : programme, myth, reality* (2nd ed.). Cambridge [England]: Cambridge University Press.

Keller, S. (2003). *Community : pursuing the dream, living the reality*. Princeton: Princeton University Press.

Le, E. (2006). Collective memories and representations of national identity in editorials: obstacles to a renegotiation of intercultural relations. *Journalism Studies*, 7(5), 708-728.

Maguire, J., Jarvie, G., Mansfield, L. & Bradley, J.（2002）. *Sport worlds: a sociological perspective*. Champaign: Human Kinetics.

Martin, S. (2004). *Football and fascism : the national game under Mussolini*. Oxford ; New York: Berg.

McCarthy, A. (2001). *Ambient television : visual culture and public space*. Durham: Duke University Press.

McChesney, R. W. (1989). Media made sport: A history of sports coverage in the United States. In L. Wenner (Ed) *Media, Sport and Society*. Newbury Park: Sage.

Newcomb, H. (1974). *TV: the most popular art* ([1st ed.). Garden City, N.Y.,: Anchor Press.

Rader, B. G. (1984). *In its own image : how television has transformed sports*. New York: Free Press.

Tomlinson, J. (1991). *Cultural imperialism : a critical introduction*. Baltimore: Johns Hopkins University Press.

Van Bottenburg, M. (1992). The differential popularization of sport in continental Europe. *The Netherlands journal of social science*(28), 3-20.

Wenner, L. A. (1989). *Media, sports, and society*. Newbury Park: Sage.

Wenner, L. A. (1998). *Mediasport*. London ; New York: Routledge.

Whannel, G. (1992). *Fields in vision : television sport and cultural transformation*. London ; New York: Routledge.

Zelizer, B. (1998). *Remembering to forget : Holocaust memory through the camera's eye*. Chicago: University of Chicago Press.

從《報學》看1950年代台灣的「反攻大陸新聞學」

邱家宜

壹、前言

1949年國府中央遷台，相當數量的大陸新聞從業人員陸續來到台灣，他們之中有許多屬於國民黨文宣或政府機關報系統，也有少部分非屬黨報、政府報系統。當時活躍於檯面上的知名報業人士，有許多都參加了1951年成立的「台北市編輯人協會」，該協會最重要的例行工作之一，是出版報業同業刊物《報學》。《報學》的內容，主要係針對（報紙或通訊社）新聞工作的理論與實務進行各方面的討論，由於負責編輯者都是主要政府報或黨報的中堅幹部，因此內容應相當能代表當時親官方的主流觀點。

本研究主要針對《報學》這份半年刊，從1951年創刊，到1960年發行至二卷九期之間，內容的主要特色進行分析，重點包括：其對新聞言論自由、記者社會角色、記者與政府關係，以及政府的新聞政策等幾個面向。從資料中可以發現，這批新聞從業人士，對其自身角色與專業的理解，與今日傳播學術機構中對新聞專業與記者角色的理解明顯不同[1]，作為「反攻大陸」文

---

1 概括而言，新聞傳播教育機構對新聞專業角色的基本看法，大致不脫一個「守門人」概念。在對記者角色的自我認知上，則分殊為「中立者」與「鼓吹者」兩種理解（李金銓，2005）前者強調所謂的「客觀」性，後者則抱有改革社會的理想，但不論是「中立者」或「鼓吹者」都不同於「三民主義新聞學」所強調的，記者應該服務於國家的政治或軍事目的。

宣部隊的任務明顯高於其他。其所發展出來的一套相關論述，本文因此稱之為「反攻大陸新聞學」。

透過對這份刊物中相關內容的分析，本文嘗試整理出「反攻大陸新聞學」論述的主要架構與核心概念，藉以反映出在黨國一體的政治體制下，整個霸權體系透過觀念與想法相當齊一的新聞筆陣，經由媒體論述，有效的對社會進行「反攻復國」意識形態的再生產。並將此種「反攻大陸新聞學」與另一個以雷震為代表人物的大陸來台人士群體所發展出來的《自由中國》言論場域，進行共時性對照，以對比出其中所隱含的，新聞應服務於政治目標的基本屬性。

貳、反攻大陸新聞學

一、「編協」的成立與《報學》的創刊

「台北市編輯人協會」（以下簡稱「編協」）成立於 1951 年一月，籌備工作則早在 1950 年八月就已展開，剛開始係由十四位新聞工作者發起，並推定林家琦（中央日報）、劉成幹（新生報）、冷楓（中華日報）、周冀成（臺新社）、關潔民（民族報）、周培敬（中央社）、胡博明（經濟時報）、蔣冠莊（全民日報）、蔡少白（公論報）九位為發起人（編協第一屆理監事會，1951）。根據發起人之一沈宗琳（中央社）的回憶，當時先後三次的發起人會議都假台北市昆明街「西廂」咖啡館舉行，短短六個月時間，新聞同業響應參加者超過百人（沈宗琳，1961：2）。

1951 年一月二十日下午兩點，編協成立大會在台北市「空軍之友社」舉行，到會會員九十三人，省新聞處處長朱虛白、《中央日報》社長馬星野、《公論報》社長李萬居、《民族報》社長王惕吾、《中央社》社長曾虛白，都以來賓身份參加大會，場面熱鬧。當天並選出王德馨（新生報）、周培敬、沈宗琳為常務理事，林家琦、姚朋（中央日報）、鄭炳森、姚勇來、耿修業、闞源民等為理事，監事則由陳訓畬（中央社）、李荊蓀、唐際清擔任（參見

附錄一）。並在二月二十日召開的第三次理監事會中，決定創辦《報學》半年刊，推陳訓畬為發行人及第一任編輯主任委員。從編協歷任理監事及幹部名單觀察發現，雖然也有民營報業從業人員參與發起，但其主要核心分子多為黨、公營報業或通訊社從業人員（附錄一）。

綜觀編協歷年各項會務，編協雖然推動統一譯名[2]，及推動大學設立新聞科系等工作[3]，但持續最久，動員資源最多的，要算是《報學》的出版。《報學》每期經費約七萬元台幣，除了第一期曾接受《新生報》贊助免費印刷，《中央日報》贈送紙張之外，其後多以廣告籌措經費，後來也接受國民黨中央第四組，以及台灣省新聞處的經費補助（沈宗琳，1961：2）。《報學》的作者群並不限於編協幹部或會員，而是「調查散在各地的報業先進，按照調查所得的名單，很廣泛地發出徵稿函件。」（報學編輯委員會，1951：1）

二、創刊號以「反攻大陸」開宗明義

編協成立之始即以發展為「全國性的組織」為宗旨，要仿效「美國編輯人協會」，希望能夠：「由台北市編輯人協會之健全，而推動成立台灣全省編輯人協會，從而再能於大陸重光之日，組織全國性的編輯人協會，以便我全國同業同行，能透過此學術性的集體組織，切磋琢磨、自勉自勵，完成新聞報國的偉大使命。」（報協編輯委員會，1951：1）因此，《報學》創刊號在1951年七月出刊，在〈創刊辭〉中就開宗明義地將新聞自由寄託於「反攻大陸」的前提下：

2 為了對統一譯名工作盡一份心力，編協設立了譯名統一委員會，委託中央社編譯部為執行機構，透過新聞媒體的傳播，成效相當不錯（沈宗琳，1961：3）。

3 雖然根據編協第四屆理監事會會務報告，台大校長錢思亮原則上願意設立新聞系，只是受限於經費而無法實現（林麗雲，2004：79）。但根據沈宗琳的回憶，當年錢思亮對台大設新聞系一事並不熱心。當時政大尚未復校，深恐新聞高等教育青黄不接，編協理監事會推派沈宗琳與李荊蓀前往拜會台大校長錢思亮，要求設立新聞系。但被錢思亮以經費不足，且新聞非「學」而只是「術」婉拒，直到1954年政大復校，才先後設立新聞所、系，1955年師大社教系也設立新聞組，1956年則有成舍我創辦世界新聞專校（沈宗琳，1986：199）。

大陸變色，公私報業全被劫奪，自由報人慘遭迫害……大陸報人，倖能流亡來台者僅占少數，吾人慶幸未遭毒手，並慶幸能以餘生為反共抗俄而鬪爭，吾人更因此而珍惜此碩果僅存之新聞自由的萌芽，因台灣而能絕續滋長，我們將盡我們的力量小心地培植它，使它發揚壯大，隨著反攻勝利，重新移植到大陸去（報學編輯委員會，1951：1）。

在創刊號中第一篇刊登的是胡秋原的〈真理——民主新聞之原則〉。這位創辦《中華雜誌》以堅定反共立場著稱的名士，在文中指出：「在今天遍全世界的兩大集團之對抗中，新聞在思想戰、心理戰場上，成為主力軍。這世人所皆知之事，無須多說的。」他認為共產黨擅長以新聞作為工具，共產國家不容許其他思想的宣傳，但西方民主國家中卻常可以宣傳共產主義。因此我們必須「以新聞為工具」、「用理論指出其荒謬，用事實揭發其虛偽」，必須讓新聞「為人道、為真理做更有效的服務，我們必須使新聞成為人道與真理之工具。」（胡秋原，1951：4）不過他也強調，新聞雖可以是人道、真理與文化的工具，但卻不能成為個人的工具，他也呼籲「一般社會，尤其是負有政治軍事責任的人，對於新聞，有一種根本尊重的態度。」（胡秋原，1951：30）

創刊號並刊登了曾領導《中央社》多年的蕭同茲，在1950年記者節的談話內容。他指出中國的記者在教育民眾上責任重大，面對國府空前慘敗局面，他沉痛要求新聞同業必須自我反省：

我們中國，教育的設施既不普及，新聞事業的歷史尤其短淺，而國家民族的際遇卻又空前阨隍，我們這一代從事新聞事業的人，由於客觀環境所要求的迫切，更加重了我們應負的責任……。但回首大陸，誰能不感慨萬千，而萬千感慨中有一點尤應記取的，即是在這次空前慘痛的整個失敗中，我們新聞記者也不能辭卸應有的責任（蕭同茲，1951：31）。

蕭同茲以美國哲學家羅素「我深信全美國懂得什麼叫自由的人，實在太少了」的名言，來佐證當時國家領導人蔣介石所說的：「自由這個名詞是世界上最神聖的名詞，但是自由的觀念也是世界上最容易模糊的觀念。」以及「人人都知道要自由，但人人都不了解什麼是自由」。他說：「我個人始終認為自由的觀念和責任的觀念是分不開的……，新聞自由好比一個武器，國家很鄭重的把這武器交給了我們，用之得當便能善盡我們教育社的責任，用之不得當便只能製造罪惡，貽害國家和社會。」（蕭同茲，1951：32）他批評當時留在大陸的許多新聞同業過去自認為是自由鬪士，為共產黨宣傳，如今自由被剝奪。由於這些「鬪士」們的濫用新聞自由，以及「今天在台同業們當時的努力不夠」，才會在新聞這條戰線上，整個被共匪所擊敗。他並且強調，由於三民主義是最進步的社會主義，自由中國的新聞記者因此比西方民主國家要幸運得多（蕭同茲，1951：32）。

在理論指導層面上，新聞既是揭發共匪罪惡的工具（胡秋原），也是反攻戰爭中的武器（蕭同茲）；於是在技術執行層面上，討論〈宣傳技術在報紙上的運用〉便成為相當自然的事。荊溪人在該文一開始便指出：「宣傳並不如一般的想像那樣惡劣…只要不違背國家利益、只要不辜負讀者的期望，只要不影響報紙本身的業務」宣傳並不會影響報紙的品格（荊溪人，1951：5）。他並且根據經驗，將報紙的宣傳手法細分為：襯托法、對比法、栽贓法、渲染法、重複法、警告法、獎勵法、神秘法、自詡法等等，而且「不論方法有多少，「在技術上必須做得秘密，做得乾淨」，巧妙存乎一心（荊溪人，1951：6）。他並且批評當時國府沒有統一的宣傳決策機構，導致步調不一：

> 黨、政、軍的宣傳機構各各分立，且沒有聯繫；再加上通訊社各發各的稿，報社各編各的報，我們如果比較任何一天的報紙，可以發覺今日的宣傳力量是非常微弱。步調不一致的結果，報紙受到很多指示，同時也等於一無指示，這樣，宣傳的力量，便完全分散了（荊溪人，1951：20）。

在 1951 年台灣社會瀰漫著一股隨時準備「反攻大陸」的氛圍中，羅敦偉直接為〈反攻大陸後的新聞政策〉描摹出藍圖。既然「反攻大陸，當然不過是遲早的問題」（羅敦偉，1951：3），因此對反攻後的整體新聞政策必須預作規劃。他認為應該建立各級新聞體系，並推廣通俗性報紙。每一鄉鎮都應該要有自己的報紙，並建議仿效共產黨的讀報組織：

> 共匪提倡所謂「讀報組」，即是每一個都要參加讀報的組織，不識字的人也要參加，推舉其中一人宣讀，其他的人，大家諦聽。共匪用這個方式麻醉同胞，當然是罪惡的，假定我們利用這種方式作為「再教育」和推行民主政治的工具，未嘗不可以考慮（羅敦偉，1951：27）。

他認為，過去「我們」（國府或國民黨）辦的報紙因為通俗性不足，一般民眾看不懂，所以效力不大，像戲院子唱什麼戲這類地方性的民間文藝「我們看來似通非通，而一般大眾都樂於閱讀。固然他的內容不算完美，也許太低級趣味，可是影響力還不小。」（羅敦偉，1951：27）因此他認為，未來應該加強通俗報的發行。

同樣的，姚朋（以筆名彭歌聞名）也從普及鄉村報紙來談反攻大陸後的報業發展方向，有趣的是，他也暗示應參考共產黨的做法：

> 共產黨的鼻祖列寧有言：「報紙不僅是宣傳者，而且是組織者」。共黨以黨員把持報紙，以報紙來操縱群眾。這是他們一貫的手法---而我們今後的做法則應該是，通過報紙這一工具，讓知識份子能與群眾廣泛地結合。不是領導群眾、組織群眾、而是教育群眾。…尤其應以那些躬耕隴畝的農民為然（姚朋，1951：85）。

姚朋在此〈論鄉村報紙——反攻後我國報業努力的一個方向〉一文中，參考同樣幅員廣大的美國、俄國，鉅細靡遺的規劃了推動中國鄉村報紙的藍圖。包括如何印刷，如何分版，如何財務自給，如何充實人才等等（姚朋，1951：86-89）。

劉昌平則認為，要準備反攻大陸，〈應再辦一個領導性的軍報〉。他在文中提到台灣光復之初，《掃盪報》系統的《和平日報》尚能與《新生報》、《國聲報》鼎足而立，但經歷改組後終至一蹶不振[4]。當時雖有國防部辦的《軍民導報》，但軍報性質很淡，《正氣中華報》則遠在金門。他提到國府軍隊從舟山、海南島撤退前，兩地軍中均嚴重缺乏精神食糧，考量大批軍隊集中台灣，以及當時「軍中文藝」運動正積極推展，而且「反攻大陸的行動一旦開始，如不預為準備，此種恐慌將日見其擴大。」因此殷切需要辦一個軍報（劉昌平，1951：69）。

既要反攻大陸，不能不知己知彼。《報學》創刊號中，除了有由《中央社》徵集室所編寫的〈一年來匪區新聞界概況〉（中央社徵集室，1951），劉紹唐在〈泛論共匪的新聞政策〉一文中，也以相當長的篇幅談論共匪的黨報系統，與新華社的組織及工作，介紹其「無上權威」及「絕對獨佔」的狀況，指其為「沒有新聞的社會」，其所謂新聞者只是「重覆再三的謊言」（劉紹唐，1951：19）。

三、一切為反攻——「反攻大陸新聞學」輪廓浮現

報學自創刊號吹響「反攻大陸新聞學」的號角，相關密集論述至少持續了六期。在《報學》第二期中，沈旭步詳論〈反攻期間的新聞政策〉，以當時正在進行的韓戰戰場新聞採訪實況為借鏡，認為「反攻大陸之戰，是會比韓戰招來更多的外國新聞記者」，因此必須立即開始培養具有軍事知識、政治素養、外交技巧，以及外語能力的戰訊發布人才（沈旭步，1952：28-29）。並須調查匪區新聞機構、建立清冊，並且設想：

> 共匪雖然凶狠，會得堅壁清野，但在其失敗已成定局的時候，其低沉的士氣勢將不能支持這些行動到底；另一方面我們還可以進

---

4 《和平日報》為掃蕩報系統的李上根在台中創立，因與台灣中部左翼人士時相往來，二二八事件發生時遭停刊，後雖准予復刊，但終無法再起（張煦本，1982）。

行神經戰，責成他們的上中下級幹部保存物資器材，將功贖罪……對於這些物資器材的處理原則……毫無疑問的是：全部接收（沈旭步，1951：29）。

他在文中提及對日抗戰後接收的一般經驗「是一個痛苦的教訓」，當時「不只新聞文化這一部門，就是其他許多接收的機構，都遭逢同一的『劫收』的命運。如果這次我們重回大陸，不能夠把過去的失敗完全糾正，那麼前途是不堪設想的。」（沈旭步，1951：29）。

溪居則在〈在反攻前後期中對新聞事業的幾點意見〉中，建議在反攻戰爭中應善用穿透力強的廣播電台（溪居，1952：22）。台灣的報紙也不應因為匪區新聞訊息獲得不易，而減少刊登大陸新聞。他對於台灣當時的報紙以島內消息為重心的做法不以為然，認為：

這種編輯方針的採取，無意之間忽略了對大陸的視界，殊不知在這種不知不覺中減少刊登大陸新聞的結果，卻可能減弱了國人的反攻與復國意識。這一忽視是極其危險，而且可能招致不堪設想的後果的（溪居，1952：24）。

他認為「我們絕不能以台灣地方性的報紙自視，而需建立起全國領導作用性的規範，先將台灣現有各報辦得有聲有色，如此方能減輕將來大陸上重建工作的許多困難」（溪居，1952：24）他並且具體針對反攻戰爭中的推進階段進行沙盤推演：

第一期，先喚醒海內外同胞及爭取國際之同情；第二期，打入中共鐵幕與大陸游擊隊相結合，溝通內外消息，對敵展開武力的與心理的攻戰；第三期，與登陸反攻的國軍部隊相配合，隨軍推進，展開正面戰鬥，在收復的城市完成自由中國新聞事業的重建工作（溪居，1952：26）。

原逵在〈反攻戰爭的「聲戰」——廣播〉也提到廣播媒體對反攻戰爭的

重要性。他在文章一開始就明白的指出：「大陸失敗之根源，一句話可以說完，就是上了共匪宣傳的大當；反過來說呢？就是共匪宣傳戰的成功。」（原逵，1953：45）他同樣具體的進行步驟分解說明：在反攻戰爭一開始的登陸戰及陣地戰中，既未進入城市，也未獲得敵方電台時，必須先進行陣前喊話。待大軍光復有電台之都市後，即展開電台廣播。而甚至連人員配置數目都規劃好：

> 設若以集團軍為一戰鬥體，配屬其總部五十名廣播記者，五十名技術員，在登陸及陣地戰時都是喊話員，當在光復都市時，即為使用電台的廣播記者。舉例說：若上海有十家電台，每台派二人，留作使用管理該台，其餘八十人，仍隨軍前進做喊話工作。如再克復蘇州、鎮江、南京等地，均以此類推（原逵，1953：46）。

此一逼真沙盤推演，想像了軍隊戰勝後推進的路線，使人讀之真有反攻戰爭迫在眉睫之感。原逵還設計了一套光復大陸初期電台的節目名稱及內容，除了軍隊動態及大陸各地人民揭竿而起響應國軍的消息，還可以包括：「我們回來了」節目，內容說明與大陸同胞闊別相思之苦，如今怎樣勝利回來了，盼望同胞協助政府，消滅共匪；「自由的歌聲」節目，播唱反共復國及自由民主的歌曲、民謠；「回來吧，祖國的孩子們！」節目，呼籲大陸同胞回歸自由祖國；「我們自由的祖國」節目，說明政府收復大陸後的整個政策，例如對匪幹、靠攏分子、公務員、農人、工人的處置；「家鄉話」節目，發動親人喊話，勾起思鄉情懷的真實對話廣播等等。同一期中，姜龍昭的〈新聞心理戰〉也強調國府過去「就是因為沒有注意到心理戰的厲害，致使朱毛匪幫，輕而易舉的攫奪了整個大陸」（姜龍昭，1953：43）。

在收復大陸之後，面對戰後瘡痍，新聞事業必然亟待重建，張明煒在《報學》一卷三期提出〈收復大陸後中國之報業〉，他呼應沈旭步在一卷二期所提出的，必須預防對日戰爭後大陸各地「劫收」現象再現：

> 抗戰勝利之後的接收，一般人都謔之為「劫收」，這句話當然有它的原因……。有些人不遵守法定手續，不守接收範圍，隨便接

> 收……，當時接收報紙的工作，指定由中央宣傳部負責。可是有些地方，中央宣傳部派去的人，竟無法展開工作……。業務相近的接收部門，也時起爭論。甚至一個機關接收了的單位，再由另一個機關來接收，一轉手，再轉手，發生搶來搶去的現象。今日提起這段事情，令人痛心（張明煒，1952：24）。

他也認為，反攻戰爭後要重建中國報業，必須重視報紙的大眾化而且不應將報業資源集中在都市，而是必須分散到廣大的鄉村地區（張明煒，1952：26）。

《報學》作者們對於反攻大陸後應建立中國的鄉村報紙網，似乎相當有共識，這應該也是從「共匪」辦報的成功中所獲致的經驗。一卷五期中，伍陶雅以〈地方報的復原準備〉繼續探討此一問題。如同成舍我辦新聞學校時所說，未來「需要一萬名新聞幹部回大陸」，他認為訓練新聞專業人才非常迫切。他建議反攻大陸後，政府應號召新聞幹部「回鄉辦報」，最低限度必須「一區一報」（伍陶雅，1953：40-41）。一卷六期中，宋念慈則繼續談如何在與漢族不同語言文化的新疆辦報（宋念慈，1954：70-74）。

在大陸辦報成名，1952 年從香港輾轉來台的成舍我，來台後並未獲准辦報[5]，但仍在 1953 年當選第五屆編協監事，並連任多次[6]。他在報學一卷三期中，發表了〈替共區報紙做一次總清算〉，乍看其題目，似乎可以歸入「反攻大陸新聞學」範圍，但他的文章在措辭、調性、觀點上卻又與其他人

---

5 成舍我到台灣之後一直沒有放棄辦報的念頭，但一直到 1988 年報禁解除後才如願辦了《台灣立報》。在此之前，他的辦報理想最接近實現的一次，是 1960 年 7 月間向台北市政府申請出版「台灣世界日報」。當時具有國民黨中常委身分，並主導該黨文宣政策的陶希聖曾多次公開表示對《世界日報》在台復刊樂觀其成，導致當時輿論一度預測「報禁可能半開」(《時與潮》32 期，p.7)。成舍我甚至已經對外提及，希望能在 1961 年元旦正式復刊，社址最好選在羅斯福路一帶等等的具體規劃 (《時與潮》34 期，p.4)。但是申請公文一路從台北市政府、省政府、內政部一直送到行政院層級，都沒有人敢下決定，最後請示「上峰」，結果得到「關於開放報禁問題，應該先就原則方面來個通盤的籌劃」(《時與潮》36 期，p.5) 這樣一枚軟釘子。

6 分別是第六屆、第七屆、第九屆監事，第八屆常務監事，第十一屆候補理事（參見附錄一）。

不相同。他以「中共」、「共區」取代「共匪」、「匪區」的稱謂，「就辦報論辦報」的對中共的報紙提出了嚴厲的批評。他在文章一開頭指出，他對於當時所流行的「中共很會辦報」的看法相當不以為然，他說一份報紙要辦得好，不外公正、確實、消息新、排版美幾個條件，但共區報紙卻完全不符合這些標準：

> 今日共區報紙，「公正」和「確實」，在他們字典上，固然早已刪除，即「消息新」、「排版美」，他們也向不重視。任何天大事變，如果塔斯社不發表，新華社即不敢廣播，新華社不廣播，各共報即不敢登載。因此一條新聞擱上十天半個月……甚至十年二十年前毛澤東又臭又長的演說文告，仍可在在新聞版上出現。至版面如何美觀，共區報紙編輯者，更從來無此觀念。全版只一個題目，一題長達百餘字，不分段，不提要，一片烏黑，望之生厭，這都是共區報紙慣有的特色（成舍我，1952：2）。

他嚴厲譴責共區報紙「實只是一堆一堆傳單廣告」，「稱共區報紙為『報』，乃根本對這極可尊寵的神聖名詞，給予一種重大無比的汙衊和侮辱！」（成舍我，1952：2）他在此長文中舉證歷歷的說明共區報紙如何被辦得一塌糊塗，根本無人愛看，文章總結說：「共區工作不知尚有多少項目，其艱鉅複雜超過辦報幾十百倍……。中共連報紙都搞不好，…則牠有無本領，將整個大陸一手搞好？」因此推論中共必將日趨崩潰（成舍我，1952：13）。不同於其他文章中屢次出現的，認為國府文宣不必排斥向「共匪」過去的成功經驗取經的看法，成舍我認為從各種角度來看，當時中共的文宣品質根本已不值一哂。

當然，《報學》其他文章肯定的是「共匪」獲得政權前的辦報事蹟，成舍我批評的則是「中共」奪取政權後的官報、黨報表現一無足取，兩者對象並不全然相同，但相較於「反攻大陸新聞學」提倡新聞書寫要服務反攻復國的目標，成舍我則針對中共控制下的中國大陸報紙成為完全服務於政治的宣傳品，提出嚴厲批判。依此合理推論，他對於國民黨統治下，台灣的報紙服務於政治宣傳應該也會持保留甚至反對立場，因此他雖然發出要為反攻大陸訓練一萬個新聞幹部的宏願，並開辦世界新聞專科學校（世新大學前身），但在這個關鍵點上的差別，卻讓成舍我成為「反攻大陸新聞學」的圈外人。

從上述所列舉的文章中可以觀察出來，《報學》編輯幹部應是有系統、有計畫的，針對新聞界應如何配合準備反攻大陸議題對外徵稿。在一卷六期中，並特別規畫了一個「反攻前後的新聞事業」邀請當時的中央社社長曾虛白等人進行筆談（曾虛白等，1954：2-10）。討論範圍包括：反攻前——如何加強對匪心理戰？新聞人才應當如何儲備？隨軍記者應享有如何的方便？軍事新聞檢查的原則。以及反攻後——新聞界應如何切實負起收復區「再教育」重任？建立鄉村報紙應怎樣著手？等等。可以看出是對之前一到六期相關討論的一次總結。

四、反攻戰爭中的報紙副刊與文藝新聞

在一切為反攻的前提下，即使報紙副刊與文藝新聞，也不能自外於反攻大陸的神聖使命之外。記者出身的作家王藍，曾經以小說《藍與黑》一書在台灣紅極一時。他在《報學》二卷一期〈新聞文藝與文藝新聞〉一文中指出：

> 大家都知道：我們大陸的垮，是垮在精神。我想補充一句：垮掉我們的精神的，是匪的文藝。當年在大陸，軍權在我們手裏，政權在我們手裏，物質在我們手裏；可是文藝沒有在我們手裏。文藝不在自己手裏，就是精神不屬於自己，哪有不垮的道理？（王藍，1952：72）

他提到共匪非常重視宣傳，更特別注重用文藝宣傳，投資小卻收效大：

> 因此當我們的宣傳家在嚴肅地搞理論、正顏厲色地喊口號，規規矩矩地貼標語，開疲勞轟炸的會議，寫長條大塊的文章的時候，匪們卻用全力寫小說、寫詩、編戲、演戲、辦文藝雜誌，搞文藝團體、爭取文藝工作者，搶報紙副刊……因此當我們向學校裡的青年們，發公費，發公糧，發制服的時候，匪們卻在學校裡演畫報劇，搞詩歌朗

誦，辦文藝晚會……結果呢，失敗的是我們（王藍，1952：72）。

他指出共匪利用新聞紙，攫取了民眾的信任與好感。他提到對日戰爭時，重慶《新華日報》副刊的編輯多達九人，靠副刊拉到大批訂戶。對左傾作家一律捧為當代名著，除副刊之外，在要聞版、省市版、各地通訊板、文教版，也都經常刊登他們（共產黨）在各地進行文藝工作的新聞。由於別的報紙文藝新聞較少，以致讓其成了「文藝評論權威」，說誰是大作家，誰是大畫家，誰是大音樂家，誰是大戲劇家，讀者們便相信，說誰的作品是「頂呱呱」的，讀者也相信，因此「他們捧的『文藝家』們聲譽直線上昇，他們的書刊能在我們的書店裡也有好生意，他們的戲能在我們的戲院裡賣滿座！」（王藍，1952：72）

他也與其他幾位痛定思痛的作者一樣，認為「我們應當有勇氣承認自己過去的失敗，我們應該承認自己過去的文藝工作沒有做好，同時最能支持、協助文藝工作的新聞紙也沒有付出全力。」他建議不妨學習共匪善於運用文藝的宣傳技巧：

> 匪用文藝是為了達到他們實現禍國殃民的詭計，我們用文藝，用新聞推動文藝，是為了達到我們救國救民的目的。我們的目的和匪迴異，可是同樣的技術方法，能使匪償得賣國宿願，也能使我們完成建國大志，那同樣的技術方法是值得採用的（王藍，1952：72-73）。

在「新聞文藝」方面，王藍建議一定要把報紙副刊辦好：

> 不要隨便請一位工作得已經十分疲乏的新聞編輯再來抽暇編副刊，不要嫌副刊有製版費，稿費，是賠錢生意，更不要停副刊改為廣告版。多請一位好的編輯，把副刊編美，稿子選的好，多花幾文錢在副刊上，不單能夠增加銷路，同時也「功在文壇」「功在國家」（王藍，1952：74）。

至於在「文藝新聞」方面，則應該：以更大的篇幅刊登文藝界動態、加強文教採訪工作、增進電台的文藝廣播節目等（王藍，1952：74）。從王藍的論述中可以歸納出幾個要點：1. 報紙的文藝副刊對人心的影響絕不下於其他新聞正刊版面；2.「共匪」辦報因為非常重視副刊而成功影響輿論、民心；3. 國民黨（政府）應該效法「共匪」重視副刊的作法，才能以其人之道還治其人。總而言之，「共匪」既可以用副刊「禍國殃民」，國民黨（政府）當然也可以用副刊「救國救民」，其服務的黨派與主義雖有不同，但其均服務於主義與黨派則無有不同。

參、西方言論自由理論與三民主義新聞政策

一、言論自由概念的引用與轉化

本文一開始就提出「反攻大陸新聞學」的說法，既然是「學」必須有其理論基礎，這點在《報學》的內容上，也可以清楚的看出其所展現的，為這套「反攻大陸新聞學」奠立一理論基礎的企圖心。《報學》創刊時就以做一份學術性刊物自許，不但要「充實新聞實務的智識」、「珍視中國報業過去的成就」，還要「建立新聞自由的理論中心」（報學編輯委員會，1951：1）。但既然「反攻大陸」是一切努力的神聖前提，新聞也必須服務於此一前提，成為反攻戰爭中的工具或武器，那麼又如何建立「新聞自由的理論中心」呢？接下來就要試著分析，在《報學》相關內容中，是如何面對、處理這個邏輯上的基本矛盾[7]。

《報學》從創刊開始就持續介紹先進國家（主要是英、美）的言論自由

7 林麗雲認為，這些關於新聞自由理念的相關討論，之所以能夠出現在《報學》上，是拜當時國府政權尚未因韓戰形成的全球冷戰結構而趨於穩固之賜（林麗雲，2004：90）。但從發表時間與具體內容來看，相關文章發表的時間橫跨韓戰爆發前後，內容也多是強調新聞自由雖然重要，但需受限於某些前提，不論韓戰爆發前或爆發後，編輯台在內容規劃、文章選擇上的邏輯相當具有一致性。

思想與現況[8]。《創刊號》中由沈宗琳撰寫〈新聞界的自省與自衛——介紹英美報壇近年一種新趨勢〉，他在文中介紹，1940年代末期，由於資本主義私人報業流弊漸深，英國國會成立了皇家新聞委員會，要求業界成立了報紙評議會（General Council of the Press）進行自律；美國則有報業大亨亨利・魯斯私人出資，委託芝加哥大學校長赫欽斯（Robert M. Hutchins）擔任主席，完成著名的《赫欽斯報告》。報告中指出：「由於今日美國報業的濫用權力或缺乏責任感，以致新聞真相難獲得適當而正確的表達，並因而導致過分的派系觀念，感情主義，甚之達成與某種公共福利相反的目的。」（沈宗琳，1951：34）

雖然這兩個事件都在國際新聞界引起激烈討論，被批評者認為是威脅新聞自由的警察行為。但沈宗琳認為，此些發展已經相當程度顯示，新聞界應該切實自我檢討，如果不能以自省來自衛，則新聞自由有可能面臨威脅。文末並引用美國法官勃倫特斯名言：「失卻自由的真正危機，乃潛伏在不了解自由，而過分熱心於自由的一些人之不知不覺的侵蝕。」（沈宗琳，1951：44）這與我們之前曾經引述過的，蕭同茲記者節演講詞中所提到，過去中國新聞記者對自由的誤用（也登在創刊號），頗有呼應。

---

8 介紹包括翻譯與譯介。除了下面詳述的幾篇之外，純粹的翻譯還包括：一卷四期的〈新聞與真理〉（沈宗琳譯自1952年八月號大西洋月刊，原作者Emler Davis）、〈未完成的使命〉（煥鼎譯自美國明尼阿波利斯論壇報主筆Caroll Binder在聯合國新聞自由小組委員會三年任期屆滿返回原任時所提出的報告）；〈全力維護新聞自由——國際報業協會討論：有關新聞自由的報告書〉（楊文譯，一卷八期）；〈新聞自由的商權與維護〉（彭思衍節譯自美國第十五巡迴法院首席法官鍾斯1955年在喬治亞新聞學年會上發表的演講內容，一卷九期）；〈新聞對社會的責任〉（傅寶玲譯自當時應政大邀請來台講學的日本新聞學者小野秀雄講詞，二卷五期）。譯介性質的作品則有：〈新聞自由與各國出版制度〉（楊幼炯，一卷二期）；〈新聞自由的理論與實際——從公法學的見地論新聞自由〉（楊幼炯，一卷七期）；〈美國新聞自由的保障與限制〉（戴潮聲，一卷七期）；〈什麼是新聞〉、〈新聞限制〉（分別由朱信譯自美國新聞史學家Frank Luther Mott在1952年出版的《美國的新聞事業》一書中的第三章與第十七章，分載於一卷七期、一卷十期）；〈新聞事業的本質與功能——美國新聞學者對新聞事業的基本觀念〉（胡傳厚，二卷六期）等等。

一卷二期中則登有李秋生的〈新聞自由與自重〉，針對此一論題繼續申議。他舉二次大戰期間，流亡美國的歐洲科學家社群，為防止納粹取得最新的原子科學研究成果，而自動自發組織起來進行保密工作的例子，強調為了確保人類福祉，言論自由須有一定限制。當時美國總統杜魯門發布命令禁止美國媒體刊登事關國家安全的軍事機密資料，引起美國輿論大譁，李秋生認為：「在民主國家，一個報人對於國家社會安維休替的責任，並不下於一個執干戈衛社稷的軍人，其偏見或放縱，為害是不可勝言的。」（李秋生，1952：20）新聞自由既須限制，又不希望出現政府干預的類似警察國家的情形，那麼最好的辦法，就是新聞從業人員自己的檢討和約束。

接下來的一卷三期中，則有王洪鈞的〈新聞自由的八大威脅〉，同樣強調自由應受限制。他列舉當今世界新聞自由的八大威脅分別是：1. 共產國家毀滅自由 2. 聯合國基於政治考量未表態支持新聞自由 3. 各國政府限制國際新聞自由傳播 4. 共產集團利用新聞破壞國際和諧 5. 各國政府對內限制新聞自由（甚至包括美國在內）6. 財團資本家操縱新聞媒體 7. 一般讀者著重刺激與娛樂漠視新聞自由 8. 新聞記者濫用新聞自由。八個威脅中有五個與政治力量有關，另外三個是來自讀者、資本家，以及專業者自身（王洪鈞，1952：28-30）。王洪鈞認為，面對這八大威脅，新聞自由的當前處境是相當危殆的，要爭取新聞自由，在國際方面是要與共產主義奮鬬，在國內方面則「應要求民眾支持，應向政府索取，更應從事自省與自衛的工作，以預防自己的自由又被自己所摧毀」（王洪鈞，1952：30）。閱讀這篇宏文，除察覺到其與沈宗琳同樣呼籲新聞同業的「自省與自衛」外，也可感受到他勸誡同業應避免「自己的自由又被自己所摧毀」的言外深意。

一卷四期中羅敦偉則以〈新聞自由與個人自由〉更清楚明白地說出了在反攻復國階段，「團結重於自由」、「國家民族自由更重於個人自由」。他說：

> 新聞自由，言論自由……在理論上當然有絕對性，人們應該絕對的維護，不過現階段面對這樣一個集權的敵人，它幻滅了一切自由，形成一個集體來毀滅全世界。那末到底是自由重於團結，或者

> 團結重於自由；以及自由與責任，二者應以何為重，值得慎重的考慮（羅敦偉，1953：14）。

羅敦偉的這篇文章，明顯是針對也刊登在同一期《報學》上的〈言論自由〉一文而來，該文係胡適1953年一月間，應編協之邀所發表的演講講詞：

> 我是一個老記者，當然更感到新聞自由言論自由的重要。所以對於胡先生的話，我特別感到興趣。最近在另一個角度上，卻又有許多的言論……對胡先生爭取言論自由的號召頗有非難……。他們主要的論點，是要把國家民族的自由放在個人自由的上面。比方說，他們認為胡先生為什麼還可以回到台灣，在自由中國享受到個人自由的權利。完全是由於自由中國的軍民，共同奮鬪，保留了這片乾淨土的結果（羅敦偉，1953：14）。

他舉出1950年大陸陷共後，當時擔任中國駐美大使的胡適立刻取消所有約會，不願意出席任何公開場合講話，也不接見任何人，因為「實在抬不起頭來，也實在說不起話。」他反問：「難道胡先生還不會體驗到為國家民族爭取自由的重要。」（羅敦偉，1953：14）他委婉地以「那些批評胡適之先生的人」的話，來諷喻胡適愛唱言論自由高調，不顧現實。《報學》編輯枱以羅敦偉此篇文章來「平衡」胡適〈言論自由〉這篇講詞的用心，不難看出。羅敦偉接著申論「革命的新聞記者」對新聞自由與言論自由，會有更深刻的認識，那就是：

> 新聞自由，言論自由，在理論上沒有什麼可以討論的地方……，可是現階段，我們在爭取國家民族的自由……，這樣一個嚴重現實之下，我們是不是可以把新聞自由言論自由，單純的作為個人自由去運用呢？科學是重在此時此地，即是要著重「空間」和「時間」，自由的問題也有他的時間和空間性。我們如果忽略了這個，而以為可以求得真理，老實說，這是不科學的（羅敦偉，1953：16）。

以科學應受「時空限制」，並用以批評因提倡「德先生」（民主）、「賽先生」（科學）而著稱於世的胡適「不科學」，立論頗為奇妙。

關於言論自由問題，在二卷七期又出現兩篇重要的討論，分別是謝然之的〈新聞自由基本概念的演變〉，以及胡傳厚的〈新聞事業的四項理論——從權力主義到社會責任論〉論點大同小異，謝然之則對此西方的新聞學說進行了更多的延伸與闡釋。當時主持政大新聞系系政的謝然之，把美國傳播學者宣韋伯（Wilbur Schramm）等人面對資本主義新聞事業所產生之積弊，轉而提倡的新聞「社會責任論」引進台灣，並加以「創造性轉化」。謝然之將社會責任論理解為：

> 過去以為新聞自由純屬個人自由，政府不得制定任何法律加以限制約束。現在則認為新聞自由是公眾的自由，新聞事業要在國家安全與社會福利的前提之下，負起社會責任，新聞從業員唯有自省自律，善盡記者的義務，為社會大眾而努力。過去認為新聞事業完全是私人企業，唯有私人資本經營才能不受政治的干預……，現在則認為私人經營的新聞事業往往以牟利為目的……，必要時公營的新聞事業也有存在的必要……，過去認為政府不應干預新聞事業，愈少管愈好，現在卻主張政府應該積極參與推進新聞自由……意思就是：假如新聞界不能自律自正，盡其社會責任，那末政府就得出來干預了（謝然之，1960：5-6）。

延續要求新聞界「自省自衛」的一貫立場。簡單的說，「為了公共福祉」政府可以保留對新聞進行干預的權利，一旦新聞界無法自律，政府便可出面。這種將西方資本主義自由報業弊端下所產生的報業理論，直接嫁接，不加限制的用於當時黨、公營新聞媒體獨大，自由報業尚在萌芽、體質相對脆弱的台灣社會，明顯是一去脈絡化的理論錯位嫁接。

二、三民主義的新聞政策

除了與西方的「言論自由」概念進行辯難，「反攻大陸新聞學」中的一個重要部分，是要建立、維護起一個「三民主義的新聞政策」。在一卷二期中，羅敦偉首先提出了〈我國新聞政策的基本原則〉就是「三民主義的新聞政策」。他的論點是：

> 中華民國憲法第一章第一條規定，「中華民國基於三民主義為民有、民治、民享之民主共和國」……所以一切言論自由，新聞自由，一定要以三民主義為基礎，換句話，即是不許有違背三民主義的言論……。這一點與一般民主政治的國家是多少有點出入。而這個立國精神的確定，正是民主政治的進步……，當然不容許任何人的破壞（羅敦偉，1952：6-7）。

照他的推論，中華民國憲法不保障違背三民主義的言論自由，而這點正是比西方民主政治更進步的地方。他繼蕭同茲(見本文第3頁)之後也引用羅素的說法，指出美國人真正了解自由的實在太少了，因此中國社會中了解自由的人一定更少。「尤其自命的自由主義者，他們祇習見了一些民主國家自由的表面，哪裡能夠對這種責任心和公民道德懂得多呢？」（羅敦偉，1952：7）

同一期中，劉偉森直接以〈三民主義的新聞政策〉為題，為中國報業與西方報業的不同從歷史上去尋找源頭。他指出中國報業有史以來「都是傳達政令的工具」（劉偉森，1952：9）。因此推論出「中國報紙的第一要務，就是如何與國策相配合，國策就是代表國家的最高利益。這是現代報業的特徵之一。」（劉偉森，1952：9）雖不理解何以「配合國策」會是「現代報業的特徵」，但從這些論述中可以充分感受到，民主社會中以新聞媒體為監督政府之第四權的基本想像，並不存在於當時的「三民主義的新聞政策」中。

一卷三期，劉偉森繼續推出〈總統對新聞事業的指示〉，根據蔣介石對相關新聞從業人員及新聞專科學生的三篇講稿，整理出「新聞本質」、「新聞價值」、「新聞政策」、「編輯方針」、「記者修養」等幾個方向。文中對當權者不乏諛辭：

總統對於新聞事業的幾篇訓詞，意詞剴切，論述精闢，前後貫串，且對於報業方針上的指示，不特合乎三民主義的原則，而且吻合現代新聞學的理論與報業的新趨勢，卓識遠見，彌足珍重。筆者奉讀再四，在崇仰之餘，特參照新聞學理論體系及報業實際情況……，以供同業研究之參考（劉偉森，1952：22）。

五年後，二卷二期徐詠平再談〈我國的新聞政策〉，從春秋時代子產不毀鄉校談起，談到當前的新聞政策，再度重申「三民主義的新聞政策」：

三民主義為立國最高指導原則，故當前的新聞政策，綜上所述，為三民主義的新聞政策……現階段的新聞政策是戰鬪的：對內是加強自己，肅清共產餘毒，強化思想武裝；對匪是要瓦解其軍心士氣；對大陸同胞是要號召其展開反共革命運動迎接國軍反攻；對海外僑胞是要團結僑胞，發揮力量，支持自由祖國的反攻復國大業；對國際是要提高國家地位，爭取同情與支援，共為反侵略，爭自由而奮鬪，消滅俄帝共匪，至人類於合作互助的永久和平的大同社會（徐詠平，1957：8）。

這個「三民主義新聞政策」的論述，後來仍繼續出現在台灣的新聞專業論述領域中，至 1980 年代而不衰。

包括曾長期執掌《中央社》（1950 ～ 1964），並執教於政大新聞研究所的曾虛白，後來在〈申論三民主義新聞政策〉一文中將此說繼續發揚光大，說西方人到現在還想不通的，國父早在三民主義中都講過了。新聞傳播媒體是先知先覺者（國民黨政府領導人）要說服不知不覺者（台灣人民）的橋樑，但會有「野心家」偽裝先知先覺者來爭取不知不覺的群眾，新聞記者因此有責任看守新聞媒體這座橋樑：

西方高談民主者有了這份警惕，才注意研究如何使民意發揮正確功能的民意學，可以這些專家從瓦德．李博孟（Walter Lippmann）

> 以次。寫了汗牛充棟的研究專輯，幾十年來仍找不到怎樣解開這個民主死結的有效方案。他們沒有料到，我們的 國父早在半世紀前，準備好解開這個死結的妥貼方案了。這方案就是我們的三民主義的民主觀……。配合著這種民主觀念，大眾傳播事業在這人際政治關係中就佔了溝通思想舉足輕重的橋樑地位了。先知先覺者要說服不知不覺者需要這座橋樑，不知不覺者要質詢先知先覺者更需要這座橋樑，更應特別注意的是，另有野心家想偽裝先知先覺者來爭取不知不覺的群眾，更處心積慮要霸佔這座橋樑。因此，三民主主義要做這座橋樑的警衛（曾虛白，1982：153-155）。

李瞻在《新聞學研究》二十八期的〈三民主義新聞政策之研究中〉也力執此說：

> 報業乃社會、政治制度之一環。一個國家實行某種主義，便必然實行某種主義的報業。我國係以三民主義為建國之最高指導原則，但目前所實行者，卻為英美資本主義的商營報業。這就是我國當前新聞政策與新聞自由觀念，常常發生矛盾的基本原因。三民主義的新聞政策必須根據三民主義的政治哲學（李瞻，1981：4）。

相較於1950年代，1980年代的台灣社會，民營報業已相對蓬勃，雖然「反攻大陸」已不再戰鼓頻催，曾虛白及李瞻仍以西方自由報業流弊為基礎推銷三民主義，而這「三民主義新聞政策」的濫觴，實可追溯自當年《報學》的論述場域。

三、「反攻大陸新聞學」轉戰傳播學術機構

總括上述的討論，吾人可以歸納出：「以反攻大陸為前提，新聞（或文藝副刊）可以（或應該）作為政治宣傳手段，必要時得因此限制新聞、言論自由」作為「反攻大陸新聞學」的幾個核心理念。概括而言，《報學》上所刊登的文章，題材非常多樣，有很多內容當然並不屬於「反攻大陸新聞學」

所定義的範圍，但從本文所探究的一卷一期至二卷九期的內容中，已經有足夠的內容支撐出一個「反攻大陸新聞學」的輪廓（參見文末附錄二），其編輯、選稿也都呈現出某種一致的內在邏輯。因此在時間順序上，如果以《報學》做為「反攻大陸新聞學」具體呈顯的第一個有形基地，應為公允之論。

做為一份新聞同業刊物，《報學》最早揭櫫「反攻大陸新聞學」的梗概，之所以說是「第一個有形基地」，意味著後來還發展出其他的基地。在此些「反攻大陸新聞學」的作者群中，不乏後來在傳播學術教育機構中舉足輕重的人士，例如前面曾提到過的曾虛白與謝然之。前者除在 1954 年到 1969 年擔任政大新聞研究所所長，同時也擔任國民黨黨營《中央社》社長（1950 年九月至 1964 年），並長期主持中廣的「談天下事」廣播節目（1939 年九月至 1959 年九月）；後者則從 1956 年開始擔任政大新聞系主任，同時也是台灣省省營《新生報》社長。

林麗雲在《台灣傳播研究史》中，曾闢專章討論 1954 年以後，台灣傳播學術機構中「以反攻復國為首要目標」的知識社群生產現象。她指出，編協在 1953 年提出在台灣大學設立新聞系的建議雖未實現，但在冷戰開始後的軍事權威統治之下，國府確實需要建立自己的新聞教育與學術機構，以生產有利國府統治的論述，培養合用的人力。業界既已提出專業教育需求，若不面對因應，或恐主導權旁落，因此透過黨政運作，積極推動政大 (前身為國民黨「中央政治學校」) 復校，而政大最早成立的政治、外交、新聞、教育四個研究所，均與政治與文化宣傳有關（林麗雲，2004：80）。透過高等教育機構中專業系、所的創立，在《報學》上發軔的「反攻大陸新聞學」得以進一步的透過新聞史、新聞理論研究的脈絡加以深化、內化。

在 1960 年代的反攻復國的文化戰爭中，此一傳播學術場域的成員建立了一種以國府為中心的敘事。就新聞史的部分而言，把國府政權視為歷史的正統，上溯先秦，下至民國前後黨報系統，再連結上 1949 年以後的「自由中國」報業。既不涉及 1949 年後中國大陸的新聞事業發展，也鮮少討論日治時期的台灣報業。在這個歷史敘事中，國府是中國道統的繼承者，而中共則是竊國者，必須加以討伐（林麗雲，2004：105-108）；在新聞理論研究上，則經常強調新聞自由理論有其限制（林麗雲，2004：110）。如同上一節中曾經提到過的，「反攻大陸新聞學」後來即透過諸如「三民主義新聞政策」的面貌，在傳播學術教育機構中，經由入學及學位考試、論文撰寫、研究計畫提案等各種知識再生產的過程，不斷複製、傳遞給青年學子（林麗雲，2004：108-110）。

肆、同一時期對立的言論場域

一、胡適談言論自由

在談論當時與《報學》幾乎可以說是站在對立面的另一個言論場域《自由中國》的相關言論之前，不妨以當年曾同時穿梭兩者之間的胡適為引子來進入這個話題。前面曾經提到過在《報學》一卷四期曾刊登了 1953 年一月胡適應編協邀請所做的一篇講辭。在此之前不久，胡適也正好應《自由中國》之邀給了一個演講，講的都是關於「言論自由」問題：

> 前天在「自由中國」三周年的紀念茶會上，我也稍微說了幾句，我說言論自由同一切自由一樣，都是要個人自己去爭取的。言論自由並不是法律上有規定，或者是憲法上有這一條條文，就可以得來，…因此，我說言論自由必須培養成為一種社會風氣，大家覺得發表言論批評政府是當然的事，久而久之，政府當局也會習慣……。人人去做，人人去行，這樣就把風氣養成了（胡適，1953：2）。

胡適面對以服務於黨、公營報業新聞從業者居多數的編協會員們，委婉的提出他的看法：

> 在我們現在困難情況之下，紙的來源要政府配給，一部分原料也是要政府幫忙，至於廣告，在我們工業不發達的國家，等於沒有……這個困難時期，主要報紙都是政府報，或是黨的報紙，因為是

政府報，黨的報，言論自由就當然比較有限制……，勝利之後，政府把幾個私家報紙都收為政府辦黨辦……這個政策我想是不對的。我認為政府應該多容私營的報紙存在……，因為這也是養成言論自由的一個方向。政府要靠政策行為博取輿論的支持，而不靠控制來獲取人民的支持（胡適，1953：2-3）。

1950年代初期，台海情勢仍相當緊張，當時國府亟需爭取美國支持，由於胡適任駐美大使期間與美國朝野關係良好，是「自由中國」在國際上的的一塊活招牌，加上胡適處世溫婉，因此一直都獲得國府高規格禮遇與蔣氏父子的優容。對於他的批評者嘲諷「只有胡適之有言論自由」，他在演講中特別提出來反駁：

從前我們辦《努力週報》正在北洋軍閥時代，辦《每週評論》……也是軍閥時代……，然而為什麼那時我們的刊物，還有一點言論自由呢？主要是因為我們天天在那裏鬧。假使說胡適之在廿年當中，比較有言論自由，並沒有什麼秘訣，還是我自己去爭取得來的（胡適，1953：3）。

胡適建議現場的編協會員們，只要不發不負責任的言論，即使是批評政府，慢慢也一定會獲得政府的諒解和尊重。他並且樂觀的認為，只要大家能平實，以善意的態度來批評，至少在「很開明的領袖」管理這個國家的時期，爭取言論自由，是很可以期待的（胡適，1953：3）。

胡適的講稿雖然在《報學》原文刊出，但如同前文所談到的，《報學》的編輯在同一期中也刊出羅敦偉的〈新聞自由與個人自由〉一文為制衡，而比較《報學》上其他的論述，不難看出，他主張以民營報紙取代政府報、黨報為主流，以及鼓勵新聞界應在負責任的態度下對政府提出善意批評的建言，與其他《報學》作者們所想像的，反攻大陸後由政府與黨在每一鄉鎮辦一份報紙，以及報紙應配合三民主義國家政策的想像差距甚大。

二、一個對照：《自由中國》

之所以選擇《自由中國》做為對照，一方面固因為兩者主要都是大陸來台報人集結促成，卻立論分殊，在同一時期的台灣社會各自發揮影響力；另一方面則是因為在本文討論的「反攻大陸新聞學」中，其所設定的主要目標——「反攻大陸」，在《自由中國》版面上也常有著墨，但多是出之於批判與檢討的角度。而《自由中國》的兩個代表性人物——胡適與雷震，跟蔣介石政權的關係雖然非常密切，但此二人基於對民主自由理念的信仰與堅持，與蔣政權的親近卻不是毫無選擇的（薛化元，1996：57）[9]，這也造成《自由中國》在言論呈現上與《報學》陣營的分殊。

《自由中國》雜誌籌辦時，正值國民黨在大陸節節退敗，當時雷震曾向「下野」中的蔣介石報准過[10]，教育部每月還撥款約500美金支助（李子堅，1989：97）[11]。一開始由於「政治改造」宣傳上的需要，並希望在國際觀瞻上爭取美國的支持，國府對《自由中國》還願意容忍，加上該刊一開始就拉住具國際聲望又與兩蔣關係良好的胡適擔任發行人，也是其爭取言論空間的策略[12]。國民黨當局剛開始時對《自由中國》的批評文字採取「容忍」態度

9 薛化元指出，1949年國共內戰，反對共產主義的中國知識份子基本上朝向兩條不同的路子發展：一條是在香港形成的第三勢力，希望在國共之外，開闢出其他解決「中國前途」問題的途徑；另一條就是後來在台灣發展出的《自由中國》運動，希望在蔣介石治理下的台灣，以宣揚民主的理念來對抗中共的「共產極權」。前者多為原本就與蔣疏遠的人士，而主導《自由中國》運動的胡適、雷震則一直與蔣關係親近。他們雖寄中國未來的希望於蔣介石政權，但對蔣的支持卻並非毫無條件，而是附帶有實現政治上之民主自由、言論自由為前提的（薛化元，1996，頁54-58）。

10 當時正值1949年春蔣介石下野回浙江奉化溪口老家，能與他往來的都算是親信的人。1949年4月3日，當時已經到了台灣的雷震，特地坐飛機到溪口去見蔣介石，當天還是蔣經國去機場接他的。4月4日他與蔣介石、蔣經國同遊雪竇寺，把辦《自由中國》的計畫向蔣介石報告，蔣表示贊成並願意贊助（雷震，1989a：173-174）。

11 根據當時的教育部長杭立武的回憶錄記載，是每月補助三百美金（馬之驌，1993:110）。馬之驌列舉《自由中國》初期的經費來源包括：教育部補助、省政府補助、日僑張子良的「僑豐公司」（最大宗）、其他個人捐款，以及美國政府出資的亞洲基金會每期訂購千本雜誌（馬之驌，1993：110-117）。

12 《自由中國》創刊時奉胡適為發行人，發刊宗旨也是胡適寫的。從1949年十一月二十日到1953年一月三十一日的三年多期間，胡適都是《自由中國》名義上的發行人。

（楊錦麟，1993：276）。但隨著1950年韓戰爆發，及兩蔣政權體制在國民黨「改造」後，獲得重新鞏固，客觀情勢出現改變，《自由中國》提倡民主自由的改革立場，與國民黨當局遂漸行漸遠。

《自由中國》發刊一週年（1950.11.16），雷震在〈本刊一週年〉文章中，已經開始反對國民黨當局一再以「反攻大陸」作為壓制台灣民主的藉口：

> 這一年間我們唯一的目的在確保台灣，現在業已達到了。明年的計畫當然是反攻大陸。反攻自是以軍事為首要，然非各方配合絕無成功的希望……今日在野的人士多以為政府為不能容物者，我們正希望政府應有恢宏的大度，只要對方是反共的，不論屬於第幾勢力，都要予以容納……。我們深信惟有民主政治才是長治久安的制度，國內施行民主則無內亂，國際實現民主則無戰爭（雷震，1989：10）。

在1951年七月一日刊出的〈我們的立場〉一文，雷震再度闡釋「自由中國」刊名的深意，對國內是指：「人民享有憲法所賦予的各項自由或指人民享有聯合國『人權宣言』中的各項自由」但他也提到：「凡在勢位中的人，不是能夠『內恕己而量人』的，多不肯讓人家有自由」（雷震，1989：16），諷喻當權的意味相當明顯。雷震深信言論自由可以帶來真正的民主（林淇瀁，2002：111）。但在雷震及《自由中國》同仁努力以輿論扮演國家社會的「法家拂士」的同時（雷震，1989：17），也是以提倡「反攻大陸新聞學」的《報學》創刊的時候。

因為不滿當時的台灣大多數新聞媒體的表現都是逢迎當道、自我限縮，讓言論自由不進反退，雷震在1953年寫下〈輿論界的反省〉一文，對台灣當時以黨報、政府報、軍報為主流的媒體(也就是《報學》核心幹部們所服務的新聞媒體)的表現痛下針砭：

> 恕我們不客氣的說，我們的輿論界，不僅沒有前進，並且較諸三、四年前還要倒退了一些……。這幾年來，國家的處境漸漸安定，大家的緊張心情也漸漸鬆弛下來，大陸時代那種諱疾忌醫、粉飾太

> 平的風氣，乃漸漸的復活……。翻看報章與雜誌，通常是一整篇的自稱自讚、自我陶醉。大家所感覺到的問題無人願意提出；大家所希望說的意見，無人敢於代為表達……。這幾年來輿論界所必須遵守的尺度，只見其縮小，未見其放寬……，我們始終認為，輿論必在野，唯有在野輿論才能時時提醒政府的警覺而不陷於忘我之境（雷震，1989：36-38）。

如同胡適在編協演講時提倡民間辦報，「輿論必須在野」這在今天看來卑之無甚高論的民主常識，在當時的時空環境下，卻是大犯當權者忌諱的。他對別人稱讚《自由中國》的文章「言人之所不敢言」總是至感沈痛，因為：「這是台灣的現實情況，如果不是故意矇著眼睛而假裝糊塗，誰都看得明白。」（雷震，1989：88）雷震認為，《自由中國》不過是實話實說罷了，但是放眼當時的台灣新聞界，能說真話的新聞媒體少之又少，這種新聞檢查甚至不必勞駕當局，因為在緊縮的政治下「新聞記者自己就是一位很好的檢查員」（雷震，1989：87）。這不禁令人想起《報學》在討論「言論自由」問題時，總是反覆申論新聞記者必須「透過自省來自衛」，以免「自己的自由又被自己所摧毀」。

1956年十一月十六日，《自由中國》發行蔣介石「祝壽專號」，內容包括夏道平的〈請從今天起有效地保障言論自由〉、劉博崑的〈清議與干戈〉、蔣匀田的〈忠誠的反應〉等議題都與言論自由有關。1957年七月至1958年二月開始，又以「今日問題」為總標題，連續發表十五篇社論，內容包括政治、軍事、經濟、教育、司法、新聞自由、反對黨等議題。其中的〈反攻大陸問題〉（1957.08.01，《自由中國》十七卷三期）一篇，批評國民黨以「反攻大陸」為其「一黨獨大」的掩護，在此一大帽子下，妨害人民自由，拒絕實施民主，結果是反攻大陸尚毫無端倪時，人民已經失去了許多應有權利：

> 自由中國的全體，尤其是來自大陸的人，誰不想反攻大陸……？

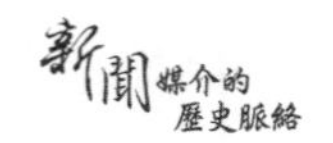

> 如果我們主觀的願望超過了我們的實際力量所及的範圍，那麼我們所能實現的只是實際力量所及的部份。實際力量所不及的那一部份是不會實現的。狂妄是不能代替力量的……。「反攻大陸」的公算在相當時期內並不太大，而官方不僅嘴裡說成十分必然的樣子……這幾年來在台灣的措施都是以「馬上就要回大陸」為基本假定。這種辦法，真是弊害橫生……。形成事事「暫時忍受」和「暫時遷就」的心理狀態。大家看到官方許多不合理或煩苛無比的措施，都認為這是暫時的現象，將來回到大陸就好了，所以只有忍受下去。

由上述討論中可以清楚看出，《自由中國》與反覆申說「一切為反攻」，倡導「自省自衛」（自我檢查），義無反顧擁護「三民主義的新聞政策」，逐步建立起一「反攻大陸新聞學」論述體系的《報學》，立場形成鮮明對比。1960 年，雷震因為與本土在野政治人物籌組新黨，遭構陷入「劉子英匪諜案」被軍法判刑十年入獄，結束這兩個對立言論場域同時存在的階段[13]。

伍、小結

1949 年隨國府來台，面對國共鬪爭的空前慘敗，許多效忠國府的新聞從業人員痛定思痛，認為必須從過去的經驗中記取教訓，必要時甚至不排斥向「共匪」的宣傳手段取經，務求在未來的反攻戰爭中獲得最後勝利。在 1950 年代初期，「反攻大陸」絕對是台灣社會中的頭等大事，一切都要以此為依歸，因此在《報學》中有計畫地出現一連串與反攻大陸相關的題目，包括平時就要如何準備隨時開戰，戰爭當下新聞媒體要如何配合大軍前進，如何在攻克陣地後接收新聞媒體展開對敵心戰，如何在光復大陸後重整中國新聞事業，甚至討論未來應該如何在新疆辦報紙。在反攻大陸的神聖使命

13 對於 1950 年代台灣社會中曾同時存在具有不同「感知結構」（structure of feelings）類型報人的討論，可參見〈戰後初期台灣報人群體的多重「感知結構」〉（邱家宜，2012）。

下，新聞媒體本來即是服務於此神聖任務的一項利器，因此不必諱言其用以對內凝聚、對外宣傳的工具性。

本文所指稱的「反攻大陸新聞學」，就是指把新聞業的一切作為，都視為須以「反攻大陸」為前提，甚至因此經常必須限制人民及新聞工作者言論自由的一套思考與論述。這個在實際上限制了新聞言論自由的、特殊的時代性產物，一方面固然是為了讓新聞服務於反攻復國的神聖使命能具有更好的理論基礎，另一方面又要顧及國府所依賴的西方國家（主要是美國）所強調的民主自由價值，俾能展現出「自由中國」不同於共產中國的進步之處。在此種曲折微妙的意圖之下，西方的言論自由理論被迂迴地轉化為：自由世界必須為對抗共產邪惡勢力的當務之急而努力，為了對抗共產勢力則往往不得不暫時犧牲言論自由。繼「反攻大陸新聞學」而起的「三民主義的新聞政策」更提供了從西方言論自由理論「解套」的妙方：因為既然三民主義優於資本主義已是既定前提，所以三民主義新聞政策下所扶植的，配合國策的新聞媒體，必定優於資本主義下的自由報業，自然也不會有西方報業所產生的以牟利為目的的流弊。

雖然「反攻大陸新聞學」的論述內容，於今看來不免前後矛盾、漏洞百出（反攻大陸是為人民爭自由，但為了反攻大陸需先限制人民的自由），但由於當時這套論述在政治上完全符合國府的統治需求，因此各方助長、蔚為主流，並透過新聞傳播專業教育機構的知識再生產過程，對當時以及後來一段相當時間內的新聞專業義理影響深遠。

為了能更多面的呈現 1950 ～ 1960 年間，台灣社會對於「反攻大陸」一事的社會心態與觀點，本文在第肆部分嘗試把焦距拉遠，將另一個不同的言論場域──《自由中國》雜誌也拉進來對照，將二者在「反攻大陸」問題上態度與論點的迴異做了若干比較，以展現同一時空環境下，曾經同時存在的對立的兩個言論場域。不過《自由中國》在 1960 年即退出台灣言論舞台，正宣告了這個階段的此消彼長，一直到 1988 年報禁解除，台灣報業才又有另一番光景。

參考文獻

中國人民大學港澳台新聞研究所（編）（1998）。《報海生涯：成舍我百年誕辰紀念文集》，北京：新華。

中央社徵集室（1951）。〈一年來匪區新聞界概況〉，《報學》一卷一期。

王藍（1952）。〈新聞文藝與文藝新聞〉，《報學》一卷二期。

王洪鈞（1952）。〈新聞自由的八大威脅〉，《報學》一卷三期。

江龍昭（1952）。〈新聞心理戰〉，《報學》一卷四期。

朱新民（1954）。〈如何加強對匪心理戰〉，《報學》一卷六期。

伍陶雅（1953）。〈地方報的復原準備〉，《報學》一卷五期。

成舍我（1952）。〈替共區報紙做一次總清算〉，《報學》一卷三期。

朱信（譯）（1956）。〈新聞限制〉，一卷十期。

宋漱石（1954）。〈發展農村及邊疆報紙〉，《報學》一卷六期。

宋念慈（1954）。〈建立新疆報紙應怎樣著手〉，《報學》一卷六期。

李子堅（1989）。〈我所認識的雷儆寰先生 --- 前《自由中國》編輯黃中訪談記〉，原載 1979 年四月《新土》雜誌，收入《雷震全集 1--- 雷震與我（一）》，台北：桂冠。

李金銓（2005）。《大眾傳播理論》，台北：三民。

李秋生（1952）。〈新聞自由與自重〉，《報學》一卷二期。

李瞻（1981）。〈三民主義新聞政策之研究〉，《新聞學研究》28 期。

沈宗琳（1961）。〈編協十年〉，《報學》二卷九期。

沈宗琳（1951）。〈新聞界的自省與自衛 --- 介紹英美報壇近年一種新趨勢〉，《報學》一卷一期。

沈宗琳（譯）（1953）。〈新聞與真理〉，《報學》一卷四期。

沈宗琳（1986）。《凡而不俗一甲子》，台北：小雅。

沈旭步（1952）。〈反攻期間的新聞政策〉，《報學》一卷二期。

林友蘭（1951）。〈我對香港報業的觀感〉，《報學》一卷一期。

林麗雲（2004）。《台灣傳播研究史》。台北：巨流。

林淇瀁（2002）。《意識形態、媒介與權力：「自由中國」與五〇年代台灣政治變遷之研究》，政治大學新聞研究所博士論文。

邱家宜（2012）。〈戰後初期台灣報人群體的多重「感知結構」〉，《新聞學研究》第 112 期，頁 117-157。

胡秋原（1951）。〈真理——民主新聞的原則〉，《報學》一卷一期。

胡適（1953）。〈言論自由〉，《報學》一卷四期。

范鶴言（1954）。〈配紙制度是否需要〉，《報學》一卷六期。
荊溪人（1951）。〈宣傳技術在報紙上的運用——兼論現階段新聞宣傳政策的檢討〉，《報學》一卷一期。
荊溪人（1954）。〈儲備人才與報業企業化〉，《報學》一卷六期。
馬之驌（1993）。《雷震與蔣介石》，台北：自立晚報。
夏道平（1956）。〈請從今天起有效地保障言論自由〉，《自由中國》(11 月 16 日出刊之「祝壽專號」)。
姚朋（1951）。〈論鄉村報紙——反攻後我國報業努力的一個方向〉，《報學》一卷一期。
胡傳厚（1960）。〈新聞事業的本質與功能——美國新聞學者對新聞事業的基本概念〉，《報學》二卷六期。
《時與潮》（1960）。〈報禁可能半開〉，《時與潮》32 期，頁 7。
《時與潮》（1960）。〈從世界日報談起〉，《時與潮》34 期，頁 4-5。
《時與潮》（1960）。〈開放報禁又告擱淺〉，《時與潮》36 期，頁 5。
原逵（1952）。〈反攻戰爭中的「聲戰」——廣播〉，《報學》一卷四期。
張煦本（1982）。《記者生涯四十年》，台北：自立晚報。
張明煒（1952）。〈收復大陸後中國之報業〉，《報學》一卷三期。
曾虛白等（1954）。〈反攻前後的新聞事業〉，《報學》一卷六期，頁 2-10。
曾虛白（1977）。〈我們要有自己的新聞政策〉，《檻外人言》，頁 120-136，台北：幼獅。
曾虛白（1982）。〈申論三民主義新聞政策〉，《迎曦集》，台北：時報。
報學編輯委員會（1951）。〈創刊辭〉，《報學》一卷一期。
楊錦麟（1993）。《李萬居評傳》，台北：人間。
楊幼炯（1955）。〈新聞自由之理論與實際——從公法學的見地論新聞自由〉，《報學》一卷七期。
楊文（譯）（1955）。〈全力維護新聞自由〉，《報學》一卷八期。
彭思衍（譯）（1956）。〈新聞自由的商榷與維護〉，《報學》一卷九期。
富寶齡（譯）（1959）。〈新聞事業及其對社會的責任〉，《報學》二卷五期。
溪居（1952）。〈在反攻前後期中對新聞事業的幾點意見〉，《報學》一卷二期。
煥鼎（譯）（1953）。〈未完成的使命〉，《報學》一卷四期。
雷震（1989）。〈本刊一週年〉，《雷震全集 13——雷震與自由中國》，台北：桂冠。
雷震（1989a）。《雷震全集 31——第一個十年》，台北：桂冠。
編協第四屆理監事會（1953）。〈台北市編輯人協會會務報告〉，一卷四期。

劉昌平（1951）。〈應再辦一個領導性的軍報〉，《報學》一卷一期。
劉紹唐（1951）。〈泛論匪共的新聞政策〉，《報學》一卷一期。
劉偉森（1952）。〈三民主義的新聞政策〉，《報學》一卷二期。
劉偉森（1952）。〈總統對新聞事業的指示〉，《報學》一卷三期。
劉博崑（1956）。〈清議與干戈〉，《自由中國》(11 月 16 日出刊之「祝壽專號」)。
劉毅夫等（1954）。〈隨軍記者應享有的方便〉，《報學》一卷六期。
蔣匀田（1956）。〈忠誠的反應〉，《自由中國》(11 月 16 日出刊之「祝壽專號」)。
薛化元（1996）。《自由中國與民主憲政——1950 年代台灣思想史的一個考察》，台北：稻香。
戴潮聲（1955）。〈美國新聞自由的保障與限制〉，《報學》一卷七期。
羅敦偉（1951）。〈返回大陸後的新聞政策〉，《報學》一卷一期。
羅敦偉（1952）。〈我國新聞政策的基本原則〉，《報學》一卷二期。
羅敦偉（1953）。〈新聞自由與個人自由〉，《報學》一卷四期。
蕭同茲（1951）。〈運用自由．善盡責任——紀念三十九年第七屆記者節〉，《報學》一卷一期。

附錄一

編輯人協會理監事、幹部及《報學》編委、幹部名單

屆次／ 年／月	常務理事	理事及候補	監事	幹部	報學編纂委員會 （出版委員會）
一 民國 40 年 一月	王德馨 周培敬 沈宗琳	**理事：** 林家琦、姚　朋、鄭炳森、姚勇來、耿修業、闕源民 **候補：** 方國希、劉成釋、冷楓、宋仰高	**監事：** 陳訓畬、李荊蓀、唐際清 **候補：** 梁容若	嚴仲熊（總務） 呂健甫（組織） 林家琦（研究） 黃慶祥（圖書） 胡閬仙（康樂）	**主任委員：** 陳訓畬 **副主任委員：** 耿修業、姚勇來、沈宗琳 徵集組：耿修業 編輯組：鄭炳森 印刷組：王德馨 發行組：周培敬
二 民國 40 年 七月	沈宗琳 耿修業 劉成幹	**理事：** 簡　勁、劉昌平、胡傳厚、姚勇來、鄭炳森、邱　楠、何伊仁、夏承楹、袁開業、周培敬 **候補：** 唐際清、王　芒、冷　楓、林家琦、關潔民	**常務監事：** 陳訓畬 **監事：** 李荊蓀、王德馨、宋仰高 **候補：** 鄭拯人、呂健甫	嚴仲熊（總務） 沈仲豪（組織） 汪煥鼎（研究） 黃慶祥（圖書） 周培敬（康樂）	**主任委員：** 陳訓畬 **副主任委員：** 鄭炳森、姚勇來 **總幹事：** 胡傳厚 **副總幹事：** 李爾康 編輯組：鄭炳森 財務組：姚勇來
三 民國 41 年 三月	沈宗琳 耿修業 單建周	**理事：** 劉成幹、夏承楹、宋仰高、李　約、關潔民、方國希、邱　楠、周　新、冷　楓、江德成 **候補：** 周培敬、唐際清、李荊蓀、王德馨、盛維棨、卜惠民	**監事：** 陳訓畬、林家琦、趙效沂、姚勇來 **候補：** 梁容若、孫如陵	嚴仲熊（總務） 宋仰高（組織） 李　約（研究） 童　常（圖書） 夏承楹（康樂）	**主任委員：** 李荊蓀 **副主任委員：** 陳訓畬、王德馨 **總幹事：** 耿修業 **副總幹事：** 周培敬 編輯組：陳訓畬 財務組：王德馨

四 民國 41 年 十月	沈宗琳 李荊蓀 關潔民	**理事：** 陳訓畬、耿修業、馬星野、劉成幹、王德馨、周培敬、賀楚強、唐際清、鄭炳森、宋仰高 **候補：** 冷　楓、姚勇來、錢　震、劉光炎、童　常、夏承楹	**常務監事：** 陶百川 **監事：** 盛維燊、程滄波、單建周 **候補：** 梁容若、周　新	嚴仲熊（總務） 周培敬（組織） 劉成幹（研究） 林家琦（圖書） 宋仰高（康樂）	**主任委員：** 王德馨 **副主任委員：** 陳訓畬、李荊蓀 總幹事：姚朋 **委員：** 沈宗琳、鄭炳森、荊溪人、周培敬、姜白鷗、童　常
五 民國 42 年 五月	趙效沂 吳鴻藻 周培敬	**理事：** 李荊蓀、沈宗琳、王德馨、劉成幹、耿修業、唐際清、關潔民、夏承楹、宋仰高、單建周 **候補：** 冷　楓、劉昌平、馬星野、徐　政、路世坤、童　常	**常務監事：** 陳訓畬 **監事：** 曾虛白、成舍我、程滄波 **候補：** 梁容若、胡秋原		**主任委員：** 關潔民 **副主任委員：** 陳訓畬、李荊蓀 **總幹事：** 劉昌平 徵集：沈宗琳 編輯：鄭炳森 廣告：周培敬 發行：童常 印刷：王德馨 校對：李一丹
六 民國 42 年 十月	單建周 嚴仲熊 宋仰高	**理事：** 沈宗琳、李荊蓀、劉成幹、王德馨、周培敬、汪煥鼎、趙效沂、耿修業、夏承楹、關潔民 **候補：** 王振濤、徐佳士、楊仲揆、林家琦、馬星野、冷　楓	**常務監事：** 陳訓畬 **監事：** 唐際清、曾虛白、成舍我 **候補：** 程滄波、陶百川	郭竹林（總務） 黃慶祥（組織） 鄭炳森（研究） 查立平（圖書） 周培敬（康樂）	**主任委員：** 趙效沂 **副主任委員：** 陳訓畬、沈宗琳 **總幹事：** 冷　楓 徵集：沈宗琳 發行：童常 編輯：鄭炳森 校對：周培敬 印刷：王德馨 廣告：張我風

七 民國 43 年 八月	冷　楓 劉成幹 嚴仲熊	**理事：** 單建周、唐際清、王振濤、沈宗琳、周培敬、耿修業、王德馨、夏承楹、宋仰高、張士丞 **候補：** 范劍平、關潔民、趙效沂、汪煥鼎、邱　楠、林家琦	**常務監事：** 陳訓畬 **監事：** 曾虛白、成舍我、阮毅成 **候補：** 程滄波、梁容若	王敬仁（總務） 譚　瀛（組織） 鄭炳森（研究） 查立平（圖書） 袁笑星（康樂）	**主任委員：** 耿修業 **副主任委員：** 陳訓畬、沈宗琳 **總幹事：** 耿修業 徵集：沈宗琳 編輯：鄭炳森 印刷：王德馨 廣告：周培敬
八 民國 44 年 五月	唐際清 范劍平 胡傳厚	**理事：** 周培敬、沈宗琳、劉成幹、黃晉生、耿修業、徐　政、王德馨、冷　楓、楊白星、宋仰高 **候補：** 單建周、袁笑星、關潔民、劉昌平、夏承楹、嚴仲熊	**常務監事：** 成舍我 **監事：** 盛維棨、程滄波、阮毅成 **候補：** 陳訓畬、陶百川	王敬仁（總務） 張士丞（組織） 王振濤（研究） 查立平（圖書） 袁嘯【笑】星（康樂）	**主任委員：** 宋仰高 **副主任委員：** 陳訓畬、王德馨 **總幹事：** 周培敬 編輯：鄭炳森 徵集：胡傳厚 印刷：王德馨 廣告：南曉邨 發行：王敬仁 校對：周培敬
九 民國 44 年 十二月	陳訓畬 馬志鑠 劉昌平	**理事：** 唐　雄、周培敬、余紀忠、冷　楓、劉成幹、徐　政、黃晉生、唐際清、楊白星、臧遠侯 **候補：** 耿修業、夏承楹、沈宗琳、宋仰高、童　常、錢塘江	**監事：** 盛維棨、程滄波、成舍我、梁容若 **候補：** 陶百川、阮毅成	馬志鑠（總務） 周培敬（組織） 胡傳厚（研究） 查立平（圖書） 黃慶祥（康樂）	**主任委員：** 余紀忠 **副主任委員：** 陳訓畬、王德馨 總幹事：周培敬 徵集：胡傳厚 編輯：鄭炳森 印刷：王德馨 廣告：袁笑星 校對：周培敬

十 民國 45 年 六月	陳訓畬 卜惠民 蔡少伯	**理事：** 唐際清、馬志鑠、劉成幹、周培敬、徐　政、劉昌平、王德馨、范劍平、冷　楓、宋仰高 **候補：** 錢塘江、耿修業、黃晉生、邱　楠、單建周、胡傳厚	**常務監事：** 闕潔民 **監事：** 石玉圭、帶潮聲、臧遠侯 **候補：** 許　超、阮毅成	侯連來（總務） 周培敬（組織） 冷　楓（研究） 龔選舞（圖書） 王振濤（康樂）	**主任委員：** 蔡少伯 **副主任委員：** 陳訓畬、王德馨 **總幹事：** 王振濤 徵集：胡傳厚 編輯：鄭炳森 校對：周培敬 廣告：湯約生 印刷：王德馨
十一 民國 45 年 十二月	陳訓畬 唐際清 沈宗琳 戴潮聲	**理事：** 徐　政、譚　瀛、穆賡虞、張　明、范劍平、宋仰高、卜惠民、冷　楓、盛維棨 **候補：** 趙效沂、成舍我、胡傳厚、劉成幹、周培敬、耿修業	**常務監事：** 石玉圭 **監事：** 吳博全、錢　震、許　超 **候補：** 程滄波、陶百川	侯連來（總務） 周培敬（組織） 冷　楓（研究） 王振濤（康樂）	**主任委員：** 沈宗琳 **副主任委員：** 陳訓畬、王德馨 **總幹事：** 胡傳厚 編輯：鄭炳森 徵集：胡傳厚 印刷：王德馨 廣告：黃應彭 校對：方國希
十二 民國 46 年 七月	劉成幹 錢　震 穆賡虞	**理事：** 沈宗琳、馬志鑠、譚　瀛、胡傳厚、徐　政、范劍平、李子弋、林　良、錢塘江、冷　楓 **候補：** 周培敬、李荊蓀、宋仰高、章楚業、朱劍雲、鄭炳森	**常務監事：** 唐際清 **監事：** 方國希、許　超、臧遠侯 **候補：** 王德馨、單建周	侯連來（總務） 馬志鑠（組織） 童　常（研究） 袁嘯星（康樂）	**主任委員：** 張煦本 **副主任委員：** 沈宗琳、王德馨 **總幹事：** 李子弋 編輯：鄭炳森 徵集：胡傳厚 印刷：李子弋 廣告：陳景農 校對：方國希

十三 民國47年 二月	錢 震 劉昌平 黃晉生	**理事：** 唐際清、周培敬、沈宗琳、姚 朋、李子弋、李世傑、袁笑星、冷 楓、錢塘江、譚 瀛 **候補：** 夏承楹、孫祖城、劉成幹、耿修業、王德馨、李荊蓀	**常務監事：** 馬志鑅 **監事：** 盛維棨、徐 政、方國希 **候補：** 康志農、許 超	侯連來（總務） 周培敬（組織） 姚 朋（研究） 袁笑星（康樂）	**主任委員：錢震** **副主任委員：** 沈宗琳、王德馨 **總幹事：** 馬志鑅 徵集：周培敬 編輯：鄭炳森 校對：方國希 印刷：馬志鑅 廣告：黃應彭 發行： 周培敬、袁笑星
十四 民國47年 九月	馬志鑅 沈宗琳 李子弋	**理事：** 穆賡虞、袁笑星、單建周、楊虹邨、李世傑、羅振民、黃慶祥、姚 朋、錢塘江、夏承【檻】楹 **候補：** 冷 楓、唐際清、宋仰高、曾憲宦、方國希、包遵彭	**常務監事：** 盛維棨 **監事：** 徐 政、張煦本、康志農 **候補：** 許 超、袁睽九	侯連來（總務） 沈仲豪（組織） 嚴仲熊（研究） 袁笑星（康樂）	**主任委員：** 單建周 **副主任委員：** 沈宗琳、王德馨 **總幹事：** 姚 朋 徵集：嚴仲熊 編輯：鄭炳森 校對：方國希 印刷：姚 朋 廣告：顏伯勤 發行：袁笑星
十五 民國48年 三月	沈宗琳 劉昌平 馬志鑅	**理事：** 黃晉生、楊虹邨、姚 朋、袁笑星、李子弋、徐 政、宋仰高、侯斌彥、單建周、羅振民 **候補：** 穆賡虞、夏承楹、黃德涵、許 超、李若岩、盛維棨	**常務監事：** 冷楓 **監事：** 石玉圭、王德馨、李世傑 **候補：** 林叔東、朱式斌	侯連來（總務） 沈仲豪（組織） 嚴仲熊（研究） 袁笑星（康樂）	**主任委員：** 侯斌彥 **副主任委員：** 沈宗琳、王德馨 **總幹事：** 錢塘江 徵集：嚴仲熊 編輯：鄭炳森 校對：方國希 印刷：盛 聲 廣告：錢塘江 發行：侯連來

<table>
<tr>
<td>十六
民國 48 年
九月</td>
<td>周培敬
丁文治
姚　朋</td>
<td>理事：
冷 楓、單 建 周、張煦本、沈宗琳、康志農、徐　政、李　正、董　涵、柳蔭栻、安振瀛
候補：
馬志鑅、虞長源、宋仰高、曾虛白、侯彥斌、李荊蓀</td>
<td>常務監事：
石玉圭
監事：
喻舲居、錢塘江、楊虹邨
候補：
許　超、李世傑</td>
<td>侯連來（總務）
朱式斌（組織）
焦家駒（研究）
王世正（康樂）</td>
<td>主任委員：
劉昌平
副主任委員：
沈宗琳、王德馨
總幹事：
焦家駒
徵集：焦家駒
編輯：鄭炳森
印刷：蔡元藩
校對：方國希
廣告：錢存棠</td>
</tr>
<tr>
<td>十七
民國 49 年
四月</td>
<td>沈宗琳
董　涵
冷　楓</td>
<td>理事：
曾駱平、尹元甲、劉成幹、徐　政、張煦本、姚　朋、臧遠侯、秦保民、李正、王繼樸
候補：
胡 傳 厚、 袁 嘯【 笑 】星、宋仰高、周培敬、楊虹邨、劉昌平</td>
<td>常務監事：
李子弋
監事：
石玉圭、喻舲居、夏承楹
候補：
張雲家、鄭南渭</td>
<td>侯連來（總務）
朱式斌（組織）
周培敬（研究）
袁 嘯【 笑 】星（康樂）</td>
<td>主任委員：
宋仰高
副主任委員：
沈宗琳、王德馨
總幹事：
周培敬
徵集：胡傳厚
編輯：鄭炳森
校對：方國希
印刷：周培敬
廣告：南曉村</td>
</tr>
<tr>
<td>十八
民國 49 年
十二月</td>
<td>胡傳厚
劉昌平
李子弋</td>
<td>理事：
安振瀛、喻舲居、沈宗琳、陳天一、李　正、劉成幹、秦保民、宋仰高、董　涵、徐　政
候補：
盛　聲、周培敬、唐際清、王洪鈞、曾虛白、余紀忠</td>
<td>常務監事：
張煦本
監事：
尹元甲、冷　楓、康志農
候補：
石玉圭、夏承楹</td>
<td>侯連來（總務）
章楚業（組織）
焦家駒（研究）
李敬洪（康樂）</td>
<td>主任委員：
余紀忠
副主任委員：
沈宗琳、王德馨
總幹事：袁嘯星
徵集：胡傳厚
編輯：鄭炳森
校對：方國希
印刷：周培敬
廣告：袁嘯星（兼）</td>
</tr>
</table>

資料來源：《報學》，作者整理。

附錄二

1951 年到 1961 年間《報學》雜誌所刊登與「反攻大陸新聞學」相關的文章

卷期	出版時間	相關文章	作者或譯者	起始頁數
1-1	1951.07	創刊辭	編委會	1
		真理——民主新聞的原則	胡秋原	2
		返回大陸後的新聞政策	羅敦偉	3
		宣傳技術在報紙上的運用——兼論現階段新聞宣傳政策的檢討	荊溪人	5
		泛論匪共的新聞政策	劉紹唐	7
		運用自由・善盡責任——紀念三十九年第七屆記者節	蕭同玆	31
		新聞界的自省與自衛——介紹英美報壇近年一種新趨勢	沈宗琳	33
		應再辦一個領導性的軍報	劉昌平	69
		論鄉村報紙——反攻後我國報業努力的一個方向	姚　朋	85
		我對香港報業的觀感	林友蘭	161
		一年來匪區新聞界概況	中央社徵集室	169
1-2	1952.01	我國新聞政策的基本原則	羅敦偉	6
		三民主義的新聞政策	劉偉森	8
		新聞自由與自重	李秋生	19
		在反攻前後期中對新聞事業的幾點意見	溪　居	20
		反攻期間的新聞政策	沈旭步	28
		新聞文藝與文藝新聞	王藍	72
1-3	1952.08	替共區報紙做一次總清算	成舍我	2
		總統對新聞事業的指示	劉偉森	18
		收復大陸後中國之報業	張明煒	23
		新聞自由的八大威脅	王洪鈞	26
1-4	1953.03	言論自由	胡　適	2
		新聞自由與個人自由	羅敦偉	14
		新聞與真理	沈宗琳譯	8
		新聞心理戰	江龍昭	42
		反攻戰爭中的「聲戰」--- 廣播	原　逵	45
		未完成的使命	煥鼎譯	65

1-5	1953.10	地方報的復原準備	伍陶雅	40
1-6	1954.07	反攻前後的新聞事業 儲備人才與報業企業化 隨軍記者應享有的方便（劉毅夫、康繼宏、張明烈、漆高儒） 發展農村及邊疆報紙 如何加強對匪心理戰 配紙制度是否需要 （以上均為該期「編協筆談會：反攻前後的新聞事業」之內容）	曾虛白 荊溪人 劉毅夫等 宋漱石 朱新民 范鶴言	2
1-7	1955.04	建立新疆報紙應怎樣著手	宋念慈	70
		新聞自由之理論與實際——從公法學的見地論新聞自由	楊幼炯	2
		美國新聞自由的保障與限制	戴潮聲	8
1-8	1955.12	全力維護新聞自由（國際報業協會）	楊文譯	31
1-9	1956.06	新聞自由的商榷與維護	彭思衍譯	58
1-10	1956.12	新聞限制（Frank Luther Mott）	朱信譯	8
2-2	1957.12	我國的新聞政策	徐詠平	2
		怎樣發布大陸新聞	徐　政	110
2-5	1959.09	新聞事業及其對社會的責任（小野秀雄）	傅寶齡譯	6
2-6	1960.04	新聞事業的本質與功能——美國新聞學者對新聞事業的基本概念	胡傳厚	2
2-7	1960.12	新聞自由基本改念的演變	謝然之	2
		新聞事業的四項理論——從權力主義到社會責任論	胡傳厚	8
2-9	1961.12	編協十年	沈宗琳	2

資料來源：《報學》，作者整理。

控制到自律：
新聞獎與台灣新聞專業的變遷[1]

黃順星

壹、引言

在專業化的過程中，獎項象徵著特定職業中的標準或範例實作的建立，而獎項也意味著在該專業社群中所標舉的倫理守則（Bogart, 2004；Heinich, 2009）。獎項不只發揮承認專業化實踐與認同的功能，更是衡量專業自主程度的指標（Larson, 1977）。2002 年仿效美國普立茲新聞獎而成立的台灣「卓越新聞獎基金會」，在官方網站（http://www.feja.org.tw/modules/tinyd/）說明基金會的成立目的：

> 為了扭轉日益惡化的新聞商品化趨勢，並減低政治力對新聞獨立的干擾，卓越新聞獎基金會除了透過年度頒獎活動建立新聞倫理及專業標竿，並將積極喚起國人對媒體改革的意識，期以具體行動實踐，投入台灣媒體改革大業。

相較於早先戒嚴時期台灣新聞業無所不在的新聞檢查，以及國家以外控

---

1 本文初稿曾以〈新聞獎不完：台灣新聞獎的歷史分析〉為題，於 2012 年 5 月世新大學舉辦的中國新聞史國際學術研討會上發表。修改後以 From contron to autonomy? Journalism awards and the changing journalistic profession in Taiwan 為題，刊登於 *Chinese Journal of Communication,* 6(4):436-455，現以中文收錄。

方式對新聞事業的控制，卓越新聞獎的設置不但展現為台灣新聞從業者試圖建立自主的專業典範，更被視為新聞專業的提升。因為就職業專業化的發展而言，專業獎項的設置，象徵該專業群體在抽象的倫理守則外，以具體的人物或實踐範例確立可資遵循的行為。專業獎項的設置不但意味對專業實踐與從業身分的認可，更是衡量專業團體自主程度高低的指標。於是，新聞獎項之於新聞專業群體的意義也就在於：對內取得專業社群的認同，對外取得專業聲望與地位。

但這種樂觀的期許，簡化了新聞的專業化過程以及新聞獎的社會意義，亦即忽略透過專業化的發展與獎項之頒贈而行控制新聞生產的目的。以獎勵業內傑出人員與表現的新聞獎，所產生的權力效果正是將特定實踐正當化的機制。不但藉此劃分專業與否，也使獲獎者在新聞場域中具有崇高的象徵地位，更使後繼者仿效相同的實踐方式，穩定新聞專業實踐，也讓眾多的從業者對新聞工作產生一致性的想像。但先前對新聞獎的研究中（Beam, Dunwoody, & Kosicki, 1986; Coulson, 1989; Gladney, 1990），多從獎項與工作滿意度、與是否提昇新聞表現，或是否存在為競逐獎項而衍生特定編輯策略等層面分析。至於藉由正面、積極、獎勵方式而達到控制新聞產出的批判分析，則相對闕如。

以台灣新聞獎項的演變為分析焦點，其意義在於過去半世紀以來，台灣新聞業從早期嚴密的言論審查，演變到相對自由的開放環境。在不同的發展階段，都可發現政府當局藉由設立不同的獎勵機制，以鼓勵、引導新聞從業者以特定方式完成新聞工作。新聞獎之於台灣新聞業的意義並非西方世界中，代表新聞專業化發展的最終階段。相反地，在台灣的經驗中呈現為政府當局藉由獎項而行新聞控制之實。過去對台灣戒嚴時期新聞事業發展的研究，多著重於言論、出版自由的箝制、對人身自由的殘害等鎮壓性手段的分析，對於影響日常新聞產製的實踐問題則相對忽視。

為了更進一步地理解報禁時期政府當局是如何影響報紙的新聞產製，本文首先回顧社會學中對專業主義的不同論述，特別著重透過新聞專業意識型態對專業行為與實踐所產生的控制效果。繼而透過文獻整理 1950 年代後台灣曾出現過的重要新聞獎，從主辦單位、獎項設置目的與得獎作品等層面，分析在台灣不同的報業發展階段中，新聞獎所扮演的角色以及對新聞產製產生的影響。

貳、權力與專業主義

將某個職業稱呼為專業，並聯繫上相對更高的社會地位的使用方式，從十三世紀就已經出現，這也是現代專業的原形：神學、法學及醫學在該時代的意義。這些專業團體的成員在社會中佔有顯著相對優勢的社會地位，專業同時也隱含著古典傳統的紳士教育精神，專業組織也與公共道德、社會責任的精神相連（Brint, 1994）。但十九世紀工業資本主義發展後，這種以受教育與博雅等標準區分專業的準則開始發生動搖。先是英國稍後則是美國，湧現眾多新型態的白領職業，如工程師、會計師等。這些新類型的職業認為自己也有充分的理由將所從事的職業視為專業，因為指導這些職業行為的基礎是來自特定理論與正式知識，而且所提供的服務更與公共利益高度相關。

十九世紀後半期職業專業主義的發展，主要是借助於特定職業所獨具的特殊知識、正式的訓練、資格能力的檢驗、專業組織的管理以及國家的認證等因素而確立（Brint, 1994:30-31）。職業專業主義的發展固然受惠於工業革命的需求，但除此外更重要的是這些職業的專業化過程，而確立起為今所認識的專業主義雛形。這種社會信託專業主義（social trustee professionalism）的發展，主要的行動者是專業組織，這些組織尋求提昇他們職業活動的地位與標準。而大學教育的承認則成為認可專業地位與否的基本標記，也就是讓某些職業進入大學門檻，或者拒絕某些職業，而認可專業知識作為正式知識的正當性基礎。

但到 1960 年代，這種社會信託專業主義的解釋受到學界的攻擊，先是

Hughes（1963）為文主張，過去關於專業的研究走錯了路，問題不在於一門職業是否是專業（擁有或缺乏那些專業特質），而是在怎樣的情況下，職業從業者會爭取社會對其專業地位的承認。Wilensky（1964）主張，權威與自律是判斷是否為專業的重要指標，但許多人力服務專業在他看來只是半專業。因為在這些職業中的自治只存在於有限的範圍內，所謂專業活動則是由組織權威所控制。Freidson（1970）更指出，專業團體的自治只是技術性的而非絕對性的。專業最終必須依賴國家權力，專業的出現是源自國家保護的恩寵，專業的特殊地位是由菁英的政治與經濟影響力所提供。

如此一來，專業化與否就不單純是否與公共利益相關，又或者獨特的技能是否發展為正式的知識類型，而是權力造就專業。Larson（1977: 47）因而主張以「專業計畫」（professional project）的概念從事分析，專業計畫的最終目標是達成特定職業的社會封閉（social closure）。為達成這目的，一門專業必須存在能夠為從業者掌握的密傳與穩定的知識體系，更藉由設立專業＼職業學校與專屬課程等方式，確保新進的專業者能夠學習、掌握與接受專業知識，並使提供專業服務的從業人員能夠有標準化的服務。專業組織在市場的獨佔外，同時建構專業主義論述，確認並說服社會接受專業者所提供的服務與公共利益相關，是所有人都需要、也為所有人服務。

依照Larson的觀點，專業與否並非技能層次或倫理標準的本質性差異，這些差異是專業計畫的產物。一個職業的專業計畫能否成功，取決於職業之外的因素，尤其是是否能取得社會既得利益者的贊同與支持。一項專業計畫若未取得權力階層的奧援，或者專業的內涵抵觸統治階層的利益，這個專業計畫便難以成功，更遑論取得自治地位與社會聲望。如此一來，所謂專業無非是特定職業的控制手段，問題不是誰能履行專業工作，或者這專業如何被定義，而是特定團體如何控制及如何聲稱在社會階層體系中所佔有的優勢地位。所謂專業，對社會而言乃是專業群體壟斷知識技能的說詞；對群體內部而言則成為馴化新進人員的再社會化控制手段。專業乃是社會中各種權力團體競逐下的產物，關鍵在於如何運用權力塑造專業論述。

參、新聞獎與新聞產製

對於新聞事業是否具備專業知識的特質，向來充滿爭議（Goldstein, 2007; Reich, 2012）。但根據陸曄、潘忠黨（2002：47）的歸納，新聞專業主義在美國的建立有幾個重要的標誌：（1）專業組織的建立，如 1909 年的專業記者協會（The Society of Professional Journalists）、1922 年的美國編輯人協會（The American Society of Newspaper Editors）；（2）專業行為準則的公布，如 1911 年 W. Williams 起草的《報人守則》、美國編輯人協會於 1923 公布《新聞準則》（Cannons of Journalism）；（3）新聞教育的開始，如 1904 年伊利諾與威斯康辛大學開始新聞本科教育，1908 年密蘇里新聞學院創立；（4）專業自律機制的建立，包括對新聞教育課程的認可、新聞獎勵的建立。

而就學術研究而言，在早期新聞專業化的研究中，學者也接受這種功能主義的特質分析，著重於探討專業的特質與功能，強調專業的存在乃符合社會所需並服膺公眾之利益，例如 McLeod & Hawley（1964）發展的測量新聞從業人員專業性的「專業導向」量表，透過操作化的方式明確定義新聞專業的內涵。此一量表的內涵儘管在後續時間中有所修正，但此一量表也成為其他地區學者衡量各地新聞專業與否的主要參照。但 1960 年代後，將權力引入作為分析專業的關鍵因素後，對專業的興起也就不再以客觀的社會事實對待，而是將專業化與否視為權力鬥爭的過程，開啟以意識型態分析新聞專業的相關研究。

對新聞事業而言，由於新聞此一產品具有高度的易變性，科層組織必須賦予記者與編輯一定程度的自主性從事新聞生產工作。但強調獨立自主的生產活動，往往不利於組織的例行化新聞生產，加上新聞工作的天性使然，記者多數時候不在編輯室中，組織的監視與規範難以迄及。於是透過新聞專業意識型態的灌輸，以成文或不成文的編輯政策規範新聞記者的行為減輕科層組織的責任，成為最有效且經濟的管理方法。而新聞組織主要藉由兩種相互關連的手段達成：（1）設定標準與行為規範；（2）決定專業獎賞系統（Soloski, 1997:142）。前者必須仰賴專業教育與工作場所中的社會化過程培養，後者則以具體的獎勵措施積極鼓勵新聞記者遵循特定的新聞價值從事新聞工作，以穩定化日復一日的新聞生產工作。

以這樣的角度重新詮釋新聞專業的最後一個里程碑：「對新聞教育課程的認可、新聞獎勵的建立。」就不只是抽象專業準則的落實，而是藉由設置新聞專業課程，確立何謂專業技能；透過獎項而表揚傑出作品，則促使新聞記者在潛移默化中不自覺地朝向專業組織的規範體系靠攏，進而形塑舉辦者所期待的專業文化樣貌（Bogart, 2004; Heinich, 2009）。新聞獎項的意義猶如制度化的文憑，是使場域內行動者神聖化（consecration）的主要方式（Bourdieu, 1993）。藉由神聖化，也就是參賽評比的過程，將平凡無奇且毫無價值的日常生產工作，透過象徵資本（獲獎）的加冕，成為眾人所崇敬與追求的神聖事物。

例如在陸曄、潘忠黨（2002）對中國新聞記者何以具備專業名望的研究中就指出，專業名望之獲取可分為正式與非正式兩種途徑。非正式的專業名望是以民間化的口碑方式表現，正式的專業名望則是由官辦的中華全國新聞新聞工作者協會舉辦的新聞評獎呈現。獲獎對個人與組織的回饋，就是藉由獎項的象徵資本而換取經濟上的獲益，或社會關係的擴展；而對個人或團體而言，其一言一行都被彰顯為新聞場域內具有價值或者象徵地位的行為。於是對新聞場域內的其他競爭者而言，若欲在新聞場域內取得更具權力的位置或者上升至更具象徵意義的地位，不但必須接受獎項所彰顯之價值偏好，更必須以相同的方式獲得其他人的認可，導致的結果就是原先被尊奉的新聞專業意識型態的複製，也能將流動易變的新聞生產予以穩定化。

就如 Beam, Dunwoody & Kosicki（1986）等人的研究所呈現的，新聞獎

之類的競賽活動是一種提供職業團體與企業組織爭取承認的活動，透過獎項之爭取，個人與組織得到回饋，但專業行為亦即新聞產製也同時受到控制。Blankenburg（1974）探討新聞獎究竟發揮何種社會功能的研究中，也發現多數編輯認同新聞獎是提供個人與報社被同業承認的機會，但從問卷中也發現受訪者認為影響新聞獎信譽的關鍵在於主辦者或贊助者的身分，這將影響參與評選者的動機以及評價標準。Hansen（1990）指出多數的新聞記者將獎項視為職業規範性結構的一部分，而專業化程度較高的新聞組織則將新聞獎項視為一種同儕間的評論機制。

另一方面，Coulson（1989）的研究則發現多數報社都存在著正式或非正式的編輯政策，以利爭取新聞獎項。得獎與否與報社是否具有明確的編輯政策相關，而能否以明確的編輯策略規劃、獎勵有利於獲獎的採訪工作，則因報紙之大小而有差異。

在這些有限的研究中，都發現新聞獎是取得專業地位的重要手段，也注意到獎項對新聞產製的影響。但如果以場域的概念深入分析新聞獎項，則必然會指涉到一個問題，決定專業與否的標準究竟如何而來？Benson & Neveu（2005）延伸 Bourdieu 對文化生產場域的分析，認為新聞場域是處在大量生產的文化場域之中的次場域，是一個極易受經濟與政治力量影響的他律性場域。而新聞場域的界限是由新聞專業意識型態所區分，並透過新聞專業意識型態規範從業者的信仰、價值與行為方式。所有處在新聞場域中的記者，都承認並接受「新聞專業」作為新聞場域中具有交換價值的文化資本，繼而在此基礎上彼此互相競爭與累積。對新聞場域內的行動者而言，若欲在新聞場域內取得更具有權力的位置，不但必須接受這套新聞場域內的價值偏好，更必須以相同的方式獲得其他人的認可，導致的結果就是原先被尊奉的新聞專業意理，能夠被穩定地傳遞延續。

就此而言，新聞獎或者其他文化生產場域中的獎項，都成為各場域中行動者所亟欲爭奪的象徵性資本。藉此行動者不但得到承認，並可以此從事經濟資本或社會資本的轉化。因而決定新聞場域內地位高下的標準，並非如傳統專業社會學中所採信的是客觀存在、且具有倫理規範性的普遍特質。傑出、專業與否的標準，反映的是新聞場域的內在結構，同時也受所處政治社會等外部結構的影響。換言之，不同的政治社會結構形塑出迥異的新聞專業意識型態，不同內涵的新聞專業意識型態又經由新聞獎或其他專業獎勵措施，而影響日常的新聞產製。不但促成新聞生產工作的穩定化，同時也複製既存的專業意識型態。

肆、新聞獎在台灣

新聞場域受政治結構影響的實例，可以清楚地在 Ha（1994）對美國普立茲獎與中國 National Award for Good Journalism 的比較研究中發現。儘管美中兩國的新聞獎皆意在追求卓越新聞、頌揚專業準則，但根據得獎作品主題的分析，卻可以觀察到兩國對於何謂卓越新聞，存在不同的判準。在中國，得獎作品隱含著道德教化的功能，得獎作品也多為人情趣味、財經等議題；但創立於 1917 年的普立茲獎，得獎作品多側重公眾議題與社會改革，報導方向則以揭露貪汙腐敗與社會問題為大宗。兩項專業新聞獎項的評選方式也截然不同，普立茲獎由學院與專業人士從事評選工作，而 National Award for Good Journalism 則由官方主導。

倘若在美國的資本主義市場體制中，新聞專業是藉由市場控制與社會流動而確保少數專業人士的特殊利益，那麼在如中國之類的威權政治體制中，新聞專業本身就成為國家的社會控制方式。在陸曄、潘忠黨（2002：30-31）對中國記者的研究中就發現，官方收編新聞從業者的重要方式是建立主導框架，鼓勵新聞從業者在這個框架內成名，並且力圖透過各種官辦的專業獎勵闡釋這個話語框架。無論是操辦這些評獎的專業團體之構成和評獎之機制都說明，專業評獎其實是控制的手段，同時藉由獲獎人士的表揚活動，而彰顯特定的價值偏好。與中國類似的新聞控制方式，在早年的台灣也曾存在過。

自 1949 年起，台灣即實施長達 38 年的《戒嚴法》，在此期間台灣的言論與出版受到政府當局的嚴密檢查，僅存在有限的新聞自由。但在實際執行的方式上，台灣與中國兩地又存有諸多差異。如李金銓（2004：137）比較中港台三地新聞管制的異同時所指出的：中國採取鎮壓的新聞政策；港英政府時期則是籠絡；戒嚴時期的台灣則是既鎮壓又籠絡的收編關係。鎮壓指的是戒嚴時期台灣國民黨當局透過法令限制、人事支配、情治監控等直接介入的方式，影響新聞報導的內容與方向。籠絡則是透過經濟補貼、獨佔利益的方式，給予直接的獲益，同時更藉由意識型態的教化方式進行新聞控制。

相對於個別化的籠絡或鎮壓，藉表揚新聞專業為名，以樹立新聞典範為目的的新聞獎勵活動，更能夠深刻地刻畫統治者所意欲、偏好的新聞專業實踐型態。如陳順孝（2003）所歸納的，國民黨於戒嚴時期對台灣新聞界控制，除了透過法令限制、人事支配、情治監控、編採指令外，更藉由意理教化的方式進行控制。但這種意理教化，不只宣揚黨國意識型態，對新聞界而言更輔之以新聞專業意理的灌輸，而這也是新聞獎之於台灣與西方新聞專業發展的重要差異。

一、新聞專業的萌芽，1951 ～ 1960

1950 年代台灣當局為與共產中國在國際宣傳上有所區隔，因此特別重視新聞自由的形象塑造，藉此強調台灣屬於西方民主陣營，爭取外國當局對台灣的國際地位的承認。因此儘管實際上這時台灣的出版與言論自由受到政府管制，但是象徵新聞專業意識型態的自律措施與組織等形式化要素卻相當完整。前述所列舉代表新聞專業化程度的象徵事件：建立新聞專業組織、公布新聞專業行為準則、開啟專業新聞教育、新聞獎勵的建立等，在 1950 年代的台灣皆逐一完備。

【表 1：台灣重要新聞獎 [2]】

獎項名稱	主辦單位	單位性質	舉辦年份
新聞獎金	台北市新聞記者公會	專業組織	1953～1956
嘉新新聞獎	嘉新新聞獎理事會、台灣新生報	民間組織 官方機構	1965～1969
金鐘獎（廣播電視）	行政院新聞局	官方機構	1965～2000
曾虛白新聞獎	曾虛白先生新聞事業獎基金，2008年後委由卓越新聞獎基金會辦理	專業組織	1975～迄今
省政新聞獎	台灣省政府	官方機構	1977～1998
金鼎獎（優良出版）	行政院新聞局	官方機構	1980～2000
市政新聞金橋獎	台北市政府	官方機構	1981～1998
市政新聞金輪獎	高雄市政府	官方機構	1984～1998
社會光明面新聞報導獎	台北市新聞記者公會	專業組織	1984、1989、1998、2003～迄今
吳舜文新聞獎	財團法人吳舜文新聞獎助基金會	民間組織	1986～迄今
兩岸新聞報導獎	行政院陸委會中華發展基金	官方機構	1997～迄今
卓越新聞獎	財團法人卓越新聞獎基金會	專業組織	2002～迄今
優質新聞獎	行政院內政部	官方機構	2004～迄今
客家新聞獎	行政院客委會	官方機構	2006～2010
消費者權益報導獎	行政院消保會	官方機構	2006～迄今
公益新聞金輪獎	國際扶輪社	民間組織	2006～迄今
星雲真善美新聞傳播獎	公益信託星雲大師教育基金	民間組織	2009～迄今
雲豹新聞獎	原住民族文化事業基金會	官方機構	2010～迄今

（資料來源：作者整理）

依據《中華民國新聞年鑒》（台北市新聞記者公會，1961）的記載：1951 年 1 月仿效美國編輯人協會的台北市編輯人協會成立，協會並於 1952

2 表 1 主要根據歷年的《中華民國新聞年鑑》（1961, 1971, 1981, 1991），並參考報紙新聞報導所整理而成。

年 7 月發行專業刊物《報學》半年刊；1953 年台北市新聞記者公會理監事會議通過舉辦新聞獎，贈予優良從業人員；1954 年政治大學新聞系在台灣復校；1955 年 8 月，中華民國報紙事業協會成立，會中通過《中國記者信條》為記者行為規範。儘管代表新聞專業與言論自由的象徵組織與規約都存在，但實際上的新聞生產受制於《戒嚴法》的威嚇，1950 年代的台灣報紙在新聞報導上充斥著自我審查，極力避免報導政治新聞。

民營報紙為避免惹禍上身，因而多以社會新聞為報導重點而吸引讀者、刺激銷量。但大量的社會新聞也引來政府與社會各界的不滿，先是 1951 年當局欲修改《出版法》，其理由即為遏止社會新聞之氾濫。但因修法涉及侵害出版自由，而終究作罷。但至 1954 年民間團體「中國文藝協會」，仍舊發起文化清潔運動，主要目標之一就是掃除社會新聞的不良影響。在這樣的脈絡下，1953 年由台北市新聞記者公會所倡議的新聞獎金評選活動，就可以理解為當時臺灣的新聞專業人士，試圖在他律介入新聞專業前，先行以內部自律的方式改善新聞生產。

新聞獎金活動的構想源自台北市新聞記者公會，後由台北市編輯人協會草擬詳細辦法（台北市編輯人協會，1953：156），並於 1953 年第一次舉辦。該年原預計頒發「新聞採訪」、「新聞編輯」、「新聞圖畫」、「新聞攝影」、「新聞評論」、「特別獎」等六種獎項，但由於籌備不及，第一年（1953）僅舉辦「新聞採訪」的徵件評選工作，評選結果為從缺。1954 年則進行「新聞採訪」與「新聞攝影」兩種獎項的評選工作，與第一年相同，得獎者從缺。1955 年則頒發七個獎項：「新聞評論」、「新聞攝影」、「新聞採訪」、「採訪錄音」、「新聞廣播」、「廣播評論」、「廣播劇」（聯合報，1955.08.21）。1956 年又頒發「攝影」、「財經新聞採訪」、「社會新聞採訪」、「廣播新聞」、「廣播評論」。「評論」、「政治新聞採訪」、「軍事新聞採訪」、「文教新聞採訪」、「錄音採訪」及「廣播一般節目」等六項，由於評選結果未達及格分數而予以保留（聯合報，1956.08.21）。1957 年後，新聞獎金即在無任何公告下無疾而終。

【表 2：歷年「新聞獎金」獲獎者所屬單位】

	1953	1954	1955	1956
新聞採訪	從缺	從缺	《香港時報》于衡，黨營	—
財經新聞採訪	—	—	—	《中華日報》姚鳳磐，黨營
社會新聞採訪	—	—	—	《自立晚報》安冉冰，民營
政治新聞採訪	—	—	—	從缺
軍事新聞採訪	—	—	—	從缺
文教新聞採訪	—	—	—	從缺
新聞攝影	未徵選	從缺	《中央日報》郭琴舫，黨營	《中央通訊社》秦炳炎，黨營
新聞評論	未徵選	未徵選	《新生報》王民，公營	從缺
新聞編輯	未徵選	未徵選	—	—
新聞圖畫	未徵選	未徵選	—	—
特別獎	未徵選	未徵選	—	—
採訪錄音	—	—	《中國廣播公司》 王大空，黨營	從缺
新聞廣播	—	—	《中國廣播公司》 王玫，黨營	《中國廣播公司》王玫，黨營
廣播評論	—	—	《警察電台》 鄒仲嵐，公營	《中國廣播公司》邱楠，黨營
廣播劇	—	—	《中國廣播公司》 中廣廣播劇團，黨營	—
廣播一般節目	—	—	—	從缺

（資料來源：作者整理）

從獲獎者任職的機構屬性分析，廣播部分的獎項全由黨公營電台獲得，報紙部分在頒發出的六個獎項中，只有一個獎項由民營的《自立晚報》獲得，顯示評審對黨公營新聞機構的偏好，可以解釋為新聞獎金活動正是當局收編、籠絡新聞人士的手段。但如此一來就無法說明，最具正當性的黨報：《中央日報》，為何不再參加新聞獎金的後續評選活動。由於新聞獎金活動已停辦許久，組織也早已裁撤，無法查找評審會議記錄確認獲獎原因。但若從當時的報業環境推論分析，黨公營報社所以獲得評審青睞的原因可能在於，1945 年國民黨來台接收後，將日本殖民政府所遺留的新聞機構與設備，全數移交給公營的《台灣新生報》與黨營《中華日報》經營。1949 年後，《中央日報》與《中央通訊社》更從南京載運大批設備與人員來台，讓黨公營新聞機構在硬體設備與人員素質上領先其他民營報社。換言之，黨公營報社之獲獎不見得完全是符合執政者的意識型態，也可能是由於在採訪、編輯等層面上的傑出表現而或肯定。

另外從第一屆新聞獎金評審委員的成員（成舍我、程滄波、陶希聖、陳博生、胡健中、陶百川、蕭同茲）組成分析，當中除成舍我未曾與黨營媒體發生關係，有五人都曾於黨報《中央日報》擔任要職，蕭同茲則長期擔任《中央通訊社》社長。但若以此認定新聞獎金僅為黨國樣板，則又忽略七位評審委員相異、衝突的政治立場。例如 1960 年雷震案爆發前，陶百川長期替《自由中國》撰稿，之後更以監察委員的身分對雷震案進行調查。這群由中國來台的早期報人固然有其不得不然的先天侷限，但以此檢視 1950 年代早期的台灣新聞業界，也非死水一灘地腐朽僵化，仍有部分新聞從業者秉持著西方新聞專業的理念並試圖在台灣落實。

儘管台北市新聞記者公會乃至台灣新聞相關事業的從業者，仿效美國普立茲獎，以舉辦新聞獎勵活動提昇新聞事業的社會地位、樹立新聞專業典範，企圖促使台灣的新聞事業朝向地位專業主義的方向發展。但就新聞獎金的發展而言，這樣的嘗試顯然是失敗的：一方面由於對何謂新聞專業缺乏共識 ，使得從缺獎項多過於獲獎者，無法達到以獎項彰顯專業典範的功能；另一方面，由於黨公民營報社的基礎條件不同，導致少數的獲獎者幾乎皆由黨公營報社所掌握，獎勵活動失去競爭意義。儘管當時臺灣的新聞從業者對新聞專業的內涵可能缺乏共識[3]，但不意味對新聞自主與自律也充滿分歧，

3 根據《聯合報》在 1956 年的新聞報導，《聯合報》因為不認同獎項的評審標準，加上當時台灣第一大報：《中央日報》不參加該年度的評選活動，《聯合報》因而決定不提供作品參與新聞獎金的評選活動。

例如 1951 與 1958 年民營報社經營者都曾公開聲明反對政府修正《出版法》但這樣有限的專業自主空間，於 1960 年查禁《自由中國》，並逮捕發行人雷震後，新聞專業的空間就被逐步地侵蝕。

二、侍從報業的獎勵，1961 ～ 1987

李金銓（2004）對台灣戒嚴時期新聞政策的描述是既鎮壓又籠絡，認為這是一種保護主與侍從關係，主要的控制策略就是蘿蔔與棒子。這種兩手策略，在官方政策上就是限制報紙登記發行的權利，並且以嚴厲的出版法規給予撤銷登記或停刊的處分；但同時又透過特許的方式，讓遵循統治意識型態的民營報社，得以兼併其他經營不善的報社，取得發行登記的特權藉此蒙獲暴利。在非官方的意識型態層面，則是透過民間新聞專業組織，從事獎勵或懲戒工作，而慣行其意識型態的教化工作。

但這裡的意識型態教化工作，不只限於對被統治者灌輸威權思想，對新聞界而言更以西方新聞理論於以轉化，而接受當時統治當局的新聞管制政策。1960 年代台灣新聞學界，引進二戰後由美國新聞自由委員會所倡導的社會責任論，強調新聞自由並非不可限制，為因應國家社會發展的不同需要，採取不同的管制措施乃是合理之舉（林麗雲，2004）。而報紙的功能除了監督政府施政，更必須配合國家社會需求而從事政策宣傳，以利國家發展。

在社會責任論的基礎上，民營報社於 1963 年組織成立台北市報業新聞評議會，主要任務就是接受因不當報導而受害的當事者申訴，或者對有爭議的新聞事件進行探討，約束各家報社的新聞報導方向，以實踐報社的社會責任。在消極的懲戒管理外，同樣也由民間組織負責籌辦新聞獎勵活動，以正面公開的表揚活動，鼓勵符合國家政策與社會發展的新聞報導與從業者。1965 ～ 1969 年間舉辦的「嘉新新聞獎」，就發揮這種正面獎勵的功能。

這個專門以表揚報紙新聞的獎項，與十年前嘎然而止的新聞獎金活動不同之處在於，嘉新新聞獎並非由新聞專業組織所主辦，而是由民營事業嘉新水泥出資，與公營的《台灣新生報》共同舉辦。嘉新新聞獎共設置四種獎項[4]：「新聞評論」、「新聞採訪」、「攝影漫畫」、「社會服務」，獎金額度是新台幣 40,000 元，在新聞報導中並特別強調「與美國普立茲新聞獎金額相同」（徵信新聞報，1965.06.28）。在前三種個人獎項中，獲獎者的服務單位有民營報社出身，也有任職於黨公營報社的新聞從業者，但在頒贈給新聞機構的社會服務獎上，就僅有黨公營報社獲獎（黨營：《中央日報》一次；黨營：《中華日報》三次；公營《台灣新生報》三次）。

社會服務獎的評選標準為何？根據主辦單位的得獎理由，《中央日報》所以能獲得第一屆的社會服務獎是因為：

> （1）所刊文字裨益社會、國家；（2）配合社會需要，舉辦各項服務作業；（3）代辦各種獎學金；（4）隨收隨轉捐款數多效速；（5）針對特殊問題，展開重要服務；（6）適應社會需求，印贈珍貴文圖（徵信新聞報，1965.06.28）。

根據主辦單位的說明，此處的社會服務與普立茲的公共服務獎顯然是獎勵不同的行為。就嘉新新聞獎而言，獎勵標的不在於報社如何藉由新聞報導而凸顯社會問題或揭露政府弊端，而是著眼於新聞機構如何回饋社會或讀者大眾的公益行為。這樣的獎勵概念，也足以說明 1960 年代以降，台灣新聞界所接納的「社會責任論」是如何地不同於美國，轉變為符合國民黨當局限制新聞自由的正當性論述。

與早期視專業化為功能分化的角度不同，許多學者（Freidson, 1986; Fourcade, 2006）已經指出任何職業的專業化過程，關鍵在於國家的認證，專業並非全然與國家無涉的自主性象徵。但由於新聞事業向來與言論自由相關，更代表獨立的公共輿論，新聞團體不願、國家機關也無法以考試等認證手段促成新聞業的專業過程，無法以傳統專業的方式，將此類象徵資本轉變

4 嘉新新聞獎的獲獎記錄不見於《中華民國新聞年鑑》，主辦單位也早已裁撤。此處資料是根據數位報紙資料庫（包含《聯合報》、《中國時報》與《中央日報》）搜尋而得，故部分獲獎者所屬機構不祥。

為由官僚機構所保證的客觀化象徵資本（Bourdieu, 1994）。於是英美乃至西方國家的新聞工作者，只能透過專業自治組織自行頒贈獎項提升社會地位，並且更須強調獨立自主的新聞專業，是符合多數公眾利益。20 世紀以來，社會信託專業主義的發展，正是不斷強化專業行為的公益性質而為社會大眾所接納與承認。

但 1960 年代的台灣報業環境，一方面依舊受到嚴格的出版法規影響，而侷限新聞報導的題材與方向；另一方面，在社會責任論的指導下，由政府與國民黨經營的報社，必須在日常的新聞生產上擔任宣傳政策的傳聲筒角色，使黨公營報社的編輯政策趨於保守，而在市場銷售上不敵民營報紙的競爭（王惕吾，1981；林麗雲，2004）。於是只能由政府當局頒贈授與榮耀，塑造黨公營報紙的正當性並受予其象徵資本。相較 1950 年代萌芽的台灣新聞專業化過程，在 1960 年代開始反倒走向另一極端。台灣新聞從業者不但無法捍衛影響新聞事業生存甚鉅的新聞與言論自由，甚至連同判斷專業與否的品評機制，也逐漸由新聞場域之外的國家機關所掌握。

這種以積極承認的獎勵活動，鞏固強化官方偏好的新聞實踐，就不斷在往後的時間中被複製，例如：1977 年台灣省政府設立「省政新聞獎」，1981 年台北市政府設立「金橋獎」，1984 年高雄市政府設立「金輪獎」。以台北市政府舉辦的金橋獎為例，負責承辦該項業務的新聞處長黃老生，在向台北市議會的工作報告中，說明舉辦金橋獎的目的：

> 金橋獎之評審工作，係委託中華民國編輯人協會臺北市分會辦理……，計七項獎類，每一獎類各發金橋獎獎盃一座，獎金五萬元，第一屆「金橋獎」頒獎典禮，已於本年七月十七日下午在中山堂與本府動員月會同時舉行。由於「金橋獎」之舉辦，今後對鼓勵新聞從業人員，加強市政新聞報導，提供市政興革意見，促進市政建設，將有極大助益（台北市議會，1981：221）。

顯見這些由台灣地方政府所舉辦的新聞獎勵活動，目的都在鼓勵記者報導建設成果，向民眾宣導政績。新聞專業與否不是重點，而是誘使新聞從業人員正面報導，以利政令宣導工作，履行黨國體制下新聞事業所應盡的社會責任。

在上述幾項由政府官方主辦，以專業獎勵形式，實則進行政令宣導並誘導新聞媒體進行正面報導的籠絡之外，1974 年對台灣新聞政策與新聞教育有重要影響力的曾虛白教授，成立「曾虛白先生新聞事業獎基金」。雖然曾虛白本人有濃厚的黨政背景，而委託辦理獎項評選的《中央通訊社》直到 1995 年前仍屬國民黨黨營媒體。但從獲獎作品的報導議題分析，不難發現該曾虛白新聞獎所獎勵的專業貢獻，與之前存在過的或同時期舉辦的新聞獎有明顯的不同。曾虛白新聞獎所頒贈的獎項迭有更替，但主要以新聞學術獎與公共服務報導獎兩項為主。新聞學術獎，是先前任何新聞獎勵活動中所不存在的，以獎勵及提昇台灣新聞學術研究風氣。若以獲獎最多次公共服務報導獎的《聯合報》為例，可以清楚地看到在2000年前《聯合報》的得獎作品，其新聞類別以衛生醫療新聞居多，即便不屬於衛生醫療的得獎報導，仍可劃歸為廣義的民生新聞。

對特定新聞類型的偏好，也可見諸於 1986 年，由企業家吳舜文捐助成立的「吳舜文新聞獎」。吳舜文新聞獎的獎勵類別迭有更替，得獎作品不像曾虛白新聞獎多集中於民生新聞，但對財經新聞、衛生醫療新聞的獲獎次數，相對高於其他新聞類別。透過這兩個非政府單位舉辦的新聞獎，可以發現 1970 年代中後期開始，在官方機構外的新聞專業團體與民間組織，正試圖尋找新的新聞專業實踐典範，並且以更貼近讀者大眾生活的角度，實現新聞報業應盡的社會責任，符合任何一種專業意識型態都應當承擔並兌現的社會職責。

三、混沌不清的專業典範，1988～

1979 年台灣政府解除雜誌出版的登記限制後，在野人士興起創辦雜誌的熱潮，以雜誌期刊取代無法辦報的限制，並在合法登記的報紙外，傳遞無法通過新聞檢查的新聞資訊。無法見諸報端的新聞，紛紛透過這些隨時有被查禁可能的雜誌流傳，受到衝擊的是合法登記，但卻又屬特許經營的黨公民營報紙在新聞專業上的正當性。於是官方主管新聞出版事務的行政院新聞局，即於 1980 年的出版金鼎獎中增列報紙新聞類別的獎項；行之有年的電視廣播金鐘獎，也於 1980 年在電視獎中，增列新聞主持人與新聞採訪獎兩種新獎項。

金鐘獎與金鼎獎所以增列新聞獎項，性質與意義和前述幾項由地方政府舉辦的新聞獎類似，也就是希望透過正面獎勵的方式，規訓勸誘新聞從業者接受統治當局所意欲偏好的新聞實踐，並影響日常新聞生產中的新聞價值及專業判斷。但從獲獎者工作的新聞機構分析，卻可發現到顯著的變化。例如 1980 ～ 2000 年間的金鼎獎，民營報社共獲得 16 次公共服務獎，黨公營報社僅獲得 1 次。但在 1960 年代舉辦的嘉新新聞獎中，性質類似的社會服務獎，獲獎單位卻全為黨公營報社。在 2000 年金鼎獎中關於新聞獎項的獎勵活動停止舉辦前，民營報社共獲得 73 個獎項，黨公營報社則為 18 項。[5]

【表 3：1980 ～ 2000 年金鼎獎獲獎報社屬性 [5]】

獲獎年份	黨營	公營	民營	獲獎年份	黨營	公營	民營
1980	3	4	3	1990			3
1981		1	5	1991	1		2
1982	1		2	1992			4
1983	1		2	1993			5
1984		1	3	1994	1		4
1985		1	3	1995	1		4
1986			4	1996			4
1987	1		3	1997		1	4
1988	1		4	1998			5
1989			4	2000			5
				合計	10	8	73

（資料來源：作者整理）

懸殊的數字容易造成誤導，以為黨公營報社進入 1980 年代後的新聞專業表現，遠不如民營報社。但實際上若參考【表 3】依得獎年份所整理的表

5　由於更改會計年度，1999 年未舉辦金鼎獎。

格，可以看到黨公營報社在 1980 年代初期的表現並不遜於民營報社。關鍵是 1987 年統治當局宣布解除戒嚴，更於 1988 年 1 月開放報紙登記，媒體市場不再處於寡頭壟斷的局面。各類新聞獎主要得獎者由黨公營報社轉變為民營報社，反映出台灣新聞場域逐漸變化的軌跡。1980 年代台灣社會逐漸民主化，無視新聞檢查與《出版法》管制的地下刊物，發揮民主國家中新聞媒體所應擔負揭露資訊的功能，不斷削弱民眾對合法大眾傳播媒體的信賴。

特別是對黨公營報社而言，由於必須負擔政策宣傳的意識型態功能，只能謹守官方立場扮演傳聲筒的角色。但民營報社由於無需承擔此一宣傳喉舌的功能，因而具有相對開放的言論空間，加上憑藉報禁時期因為壟斷所累積的龐大經濟獲益，得以在 1970 年代中後期開始投入資金與人力於特定議題的新聞採訪工作。例如多次榮獲曾虛白新聞獎的聯合報系（擁有《聯合報》、《民生報》、《經濟日報》、《聯合晚報》），即以調查新聞的報導形式專注於民生議題，並揭露多項食品衛生、醫療保健與消費問題而獲得極大的成功。

對特定議題類型的偏好並以此獎勵表彰新聞媒體，在歷屆曾虛白新聞獎、吳舜文新聞獎與金鼎獎都可發現。不分官方或民間舉辦的新聞獎勵活動中，受到青睞的得獎作品多為民生消費、環境保護與健康醫藥議題。台灣記者協會曾邀請新聞從業者舉行座談，探討歷年來台灣新聞獎的成效與意義時，與會者就指出：

> 台灣社會雖然相當泛政治化，政治新聞也一直是各媒體投入最多心力、時間經營的領域，但似乎很少見政治新聞專題得過獎，反而是關懷弱勢的環保、醫療新聞是比較討喜的，明顯跟新聞界的主流不同，這是新聞獎最弔詭之處（梁任瑋，2002：21）。

這樣的現象，反映的也就是在前述 Beam, Dunwoody & Kosicki（1986）等人研究中所指陳的，獲獎固然使組織與個人得到金錢或社會聲望上的回饋，但新聞產製也因此受到限制。在台灣新聞教育中也被引以為典範的：水門案或五角大廈文件等高度政治性的調查報導相比，1980 年代之後台灣新聞獎所表彰的是一種去政治化的新聞專業實踐。

累積新聞從業者長期的呼籲與爭取，行政院新聞局於 2000 年停止金鼎獎中新聞獎項的頒贈，改以捐助基金的方式，成立非政府組織的卓越新聞獎基金會，負責台灣最高新聞榮譽的評選與頒贈事宜。卓越新聞獎獎勵對象涵蓋平面、電視與廣播三種主要媒體作品，自 2002 年舉行第一屆頒獎活動以來，卓越新聞獎成為台灣最具規模的新聞獎勵活動，以 2012 年為例，頒贈獎項計有 14 種，參賽作品件數有 520 件。論文一開頭引述卓越新聞獎創設目的的說明，清楚揭示卓越新聞獎希望以確認專業典範的方式，樹立新聞專業應所當為之事，進而改造新聞媒體環境。

但以獎勵活動而提昇新聞表現的設立宗旨，不獨見於卓越新聞獎。2000 年之後出現各種新設置的新聞獎項，就不斷地重申意欲改造媒體環境、新聞專業的目的，但弔詭的是這些新設立的獎項多數由政府單位主辦。根據【表 1】的整理，2000 年後台灣陸續出現：行政院內政部優質新聞獎、行政院客家事務委員會委會的客家新聞獎、行政院消費者保護會的消費者權益報導獎、行政院原住民族原委員會的雲豹新聞獎等四個官方主辦的新聞獎。這四個獎項獎勵對象是以特定新聞報導類型為限，並且具有明確的政策目標：優質新聞獎的獎勵對象是針對兒少事件、家庭暴力、性侵害案件，在顧及被害人隱私、避免二度傷害的平衡報導；消費者權益報導獎則是鼓勵新聞媒體報導有關消費者權益之新聞；客家新聞獎與雲豹新聞獎則是提倡客家族群與原住民族的新聞報導。加上 1997 年由行政院大陸事務委員會開始舉辦的兩岸新聞獎，這些獎項的性質，就如同 1980 年代初期地方政府所舉辦的新聞獎，究其根本，無外乎政令宣導，因此也引起正反兩面不同的評價。

政府與新聞獎的矛盾之處在於，本應被新聞媒體所監督的對象變身為監督者，新聞媒體反而成為被主辦的政府單位審查、評比的對象。報禁時期各種由政府單位出面主辦的新聞獎，所以無法被新聞從業者廣為接受，甚至引以為教科書中傳頌的新聞專業典範，問題不在於新聞技術的高下優劣，而是議題選擇與報導方向已經受到限制，並非出於純粹的專業判斷。而更令人困惑的是，何以先前爭取不受政府評品的新聞媒體，在已有其他民間與專業組織舉辦的獎勵活動外，仍舊競相參與政府單位舉辦的新聞獎勵活動？而且就成立十年的卓越新聞獎中獲獎的新聞類型分析，前述弱勢、環保與衛生醫療等議題，仍舊佔有優勢。但 2000 年後，台灣社會的政治化程度、讀者與編輯對政治議題依舊熱中，日常產製與卓越新聞兩者仍舊呈現極大落差。這種被凸顯的卓越新聞，是否真能反應台灣新聞界的現狀？

伍、結論

回顧台灣新聞業的專業化發展過程，可以發現台灣新聞業的專業化是相對完備的。無論是專業組織、自律機制、正式教育與獎勵機制，在 1950 年代即略具雛形。但由於一方面新聞專業團體缺乏共識，另一方面缺乏相對穩定的經濟基礎，使民營報社無餘力追求卓越，於是當 1960 年代國民黨統治基礎穩固後，剛萌芽的專業化自律機制即為統治當局收編。對報社、經營者而言，在侍從報業體系下所獲得的獎賞是壟斷的登記證與豐厚的獲利，對第一線的新聞從業者而言，則是透過獎項的頒贈獲得新聞場域中的象徵資本與地位。對於必須負擔宣傳任務的黨公營報社而言，由於無法在市場上獲得肯定，更為仰賴獲得官方舉辦新聞獎的加冕，正當化黨公營報紙在這時期台灣新聞場域的神聖性。

1970 年代中後期開始，當台灣的市民社會逐漸展現自主力量，市面上流通的非法刊物衝擊合法大眾傳媒的公信力與專業地位時，主流報紙開始改變採訪報導方式，在非政治性議題上堅持客觀專業的新聞專業意識型態，而獲得各類民間或官方新聞獎的青睞，以此維繫在新聞場域中岌岌可危的象徵地位與正當性。但當 1987 年解除戒嚴，民主化的要求蔓延至新聞界，對於新聞專業的自覺與爭取更為明顯。在報社內部有爭取尊重新聞專業的內部新聞自由運動，就專業社群而言，新聞從業者呼籲擺脫政府獎助的模式，改由新聞從業者自行舉辦新聞獎助活動，以提升新聞工作的社會地位與聲望。不但希望能夠透過新聞從業者的自身標準評判何為新聞專業，更深刻的意義是擺脫政府藉由此類外控評選機制而影響新聞產製。因為新聞從業者接受被政府機關的評選乃至獎勵，與強調獨立自律的專業精神截然不相稱，更遑論參與者深陷主辦者的既定框架，而逐漸將特定的新聞價值內化。爭取專業自主的評選機制，具體的成果就是於 2002 年所設置的卓越新聞獎基金會。

從這些曾經或仍舊存在的新聞獎出現的政治社會背景，不難發現，新聞獎項不可能只單純從新聞專業的標準思考，並認為這是不受其他力量影響的專業自主判準。相反地，應當將專業場域之外的影響納入考慮。從新聞專業場域內部而言，分析新聞獎的評選準則，得以一窺主流新聞實踐意識型態的侷限，而從外部分析是那些因素的介入而形塑成為典範的新聞獎，新聞獎又如何影響日常新聞產製，才能夠相對完整地理解當下台灣新聞專業實踐的困境所在。

如先前對台灣戒嚴時期新聞業的研究者所言（李金銓，2004），戒嚴時期的新聞控制是鎮壓與籠絡。透過台灣新聞獎的歷史分析可以看到這期間，統治者是如何以賦予獎項桂冠的籠絡手段，將新聞控制的工作施及於日常新聞產製與個別記者身上。控制，不見得直接施及於記者身上，而是經由媒體機構的中介輾轉發揮影響。藉由新聞獎的象徵價值，誘惑新聞從業者追尋獎項強調的新聞價值與新聞實踐，順從於統治者所偏好的新聞專業意識型態，同時內化這些外部的新聞控制。

1960 年代後的台灣報業受制於政治場域中威權統治的影響，與市民社會中的任何部分一樣，無論是民營或黨公營報紙，都必須依附於戒嚴時期威權體制下的侍從關係，依循著統治者的邏輯確立新聞專業的實踐準則。這樣的準則，在新聞專業意識型態上強調的是接受言論管制與檢查的社會責任論，在新聞獎上就是以黨公營報社的新聞實踐為學習典範。台灣的新聞報業不但無法完整地實踐資訊傳遞的社會功能，在規範層次上更無能實踐民主國家中新聞作為第四權所應盡的監督職責。一直到 1988 年報禁解除前，台灣的新聞獎不但發揮「煉金術」的功能：藉由獎項的加冕而賦予報社神聖地位，以正當化新聞報業的專業實踐；同時也以獎項為誘餌，主導特定的新聞專業實踐模式。台灣各類新聞獎的演變與存續，反映的不是專業社會學中象徵專業化的最終階段，相反地，在台灣的個案研究中呈現的是，以官方所支持的民間專業組織行新聞控制之實。

這也是本文的限制所在。研究中所整理的新聞獎，多數由於時間久遠主辦組織已不復存在，僅能夠利用報紙資料庫找尋獲獎者名單。但獲獎理由、獲獎作品往往付之闕如，更無法從評審名單作更深入的判斷與解讀。即便是2000年後由政府舉辦的新聞獎勵活動，承辦人員也多以保護評審隱私之名，拒絕提供評審名單。倘若往後能夠有更多資料佐證，從主辦單位的資金來源、評審人員的挑選組成，以及得獎理由的整理，應當能夠更細緻地分析戒嚴時期統治當局是如何藉由塑造範例人物的方式，對新聞產製發揮影響。甚至，進而根據更完整的獲獎名錄，逐一分析在往後新聞生涯中的社會流動，更能充分填補此一歷史空白。

1988年解除報禁，到2002年卓越新聞獎成立，儘管獎勵機制上已經不再由官方機構主導，但新聞從業者仍舊無法認同新聞獎助的意義與價值。無法認同新聞獎與新聞專業的關聯，部分必須歸咎於報禁時期，新聞獎勵活動成為官方樣板的例行活動，另一方面則是新聞獎勵成為例行性活動，報社、電台能夠針對主辦單位而精心規劃的採訪議題與報導方向，獲獎作品往往與日常新聞工作無關（李國英，2002）。倘若如此，何以新聞機構仍大量參與各式各樣的新聞獎勵活動？部分原因在於，儘管時代不同，新聞獎乃至更為廣義的獎項，都在各個不同的場域發揮煉金術的功能，提供行動者可觀的象徵資本（Bourdieu, 1993; Street, 2005; Rossman, Esparza and Bonacich, 2010）。

在戒嚴時期這象徵資本意味著遵從國家發展的政策角色，媒體自由化後則意味著傑出新聞，亦即對比於台灣目前充斥黃色新聞的脈絡下，以此凸顯媒體、從業者對新聞專業的信仰與堅持。但就得獎作品的主題類型而言，依舊是弱勢、環境、衛生醫療等議題受到青睞。如果獲獎作品反映場域獨尊的價值體系，那麼顯然這些議題仍舊是台灣新聞場域及從業者所信以為真的信念。但藉助先前的歷史分析不難看到，對弱勢、環境議題的重視，是在1980年代受限於有限的言論自由的環境下而生的。如今被台灣新聞從業者所尊奉的專業價值，究竟是毫無反思的因循繼承，抑或是台灣此刻社會所迫切關切的實踐，也是值得研究者繼續深入擴展的議題。

參考文獻

王惕吾（1981）。《聯合報三十年的發展》，台北：聯合報。

王景弘（2004）。《慣看秋月春風》，台北：前衛出版社。

王鼎鈞（2008年5月4日）。〈霓虹燈下的讀者：六十年代台灣文學一隅〉，《聯合報》，〈聯合副刊〉。

王曉寒（2000）。《白色恐怖下的新聞工作者》，台北：健行文化。

台北市新聞記者公會（編）（1961）。《中華民國新聞年鑑，開國五十年紀念》，台北：台北市新聞記者公會。

台北市新聞記者公會（編）（1971）。《中華民國新聞年鑒，開國六十年紀念》，台北：台北市新聞記者公會。

台北市新聞記者公會（編）（1981）。《中華民國新聞年鑒，七十年版》，台北：台北市新聞記者公會。

台北市新聞記者公會（編）（1991）。《中華民國新聞年鑒，八十年版》，台北：台北市新聞記者公會。

台北市編輯人協會（1951）。〈台北市編輯人協會會務報告〉，《報學》第一卷第一期，頁173-175。

台北市編輯人協會（1953）。〈台北市編輯人協會會務報告〉，《報學》第一卷第四期，頁156-157。

台北市議會（1981）。《台北市議會第三屆第八次大會工作報告》，台北：台北市議會。

江詩菁（2007）。《宰制與反抗：中時、聯合兩大報系與黨外雜誌之文化爭奪，1975~1989》，台北：稻鄉。

李金銓（2004）。《超越西方霸權：傳媒與文化中國的現代性》，香港：牛津大學出版社。

李國英（2002）。〈台灣需要怎樣的新聞獎〉，《目擊者》，No.29，頁23-25。

林麗雲（2004）。《台灣傳播研究史》，台北：巨流。

客委會（2011）。〈行政院客委會中止辦理客家新聞獎說明〉，取自 http://www.hakka.gov.tw/ct.asp?xItem=120903&ctNode=2159&mp=2013。

馬西屏（2007）。《新聞採訪與寫作》，台北：五南。

梁任瑋（2002）。〈新聞獎，獎什麼？〉，《目擊者》，No.29，頁 19-22。

習賢德（2006）。《聯合報企業文化的形成與傳承》，台北：秀威。

陳順孝（2003）。《新聞控制與反控制》，台北：五南。

陸曄、潘忠黨（2002）。〈成名的想像：中國社會轉型過程中新聞從業者的專業主義話語建構〉，《新聞學研究》，第 71 期，頁 17-59。

楊秀菁（2005）。《台灣戒嚴時期的新聞管制政策》，台北：稻鄉。

管中祥（2009）。〈台灣媒體改造運動的歷程與展望〉，卓越新聞獎基金會（編），《台灣傳媒再解構》，頁 279-310，台北：巨流。

徵信新聞報（1956 年 8 月 21 日）。〈本年度新聞獎 評議結果揭曉〉，《徵信新聞報》，3 版。

徵信新聞報（1965 年 6 月 28 日）。〈首屆嘉新新聞獎 獲選名單揭曉〉，《徵信新聞報》，2 版。

聯合報（1953 年 7 月 20 日）。〈記者公會創設新聞獎 今年舉辦採訪獎 辦法標準已訂定〉，《聯合報》，3 版。

聯合報（1953 年 7 月 23 日）。〈新聞採訪獎 將接受提名 評議委員昨推定〉，《聯合報》，3 版。

聯合報（1954 年 4 月 27 日）。〈北市報業公會 昨宴長谷川 王惕吾於席間致詞 記者公會舉辦新聞獎〉，《聯合報》，3 版。

聯合報（1954 年 6 月 12 日）。〈記者會舉辦兩種新聞獎〉，《聯合報》，3 版。

聯合報（1954 年 8 月 30 日）。〈新聞採訪獎攝影獎 今年無人膺選 候選人獲票均不夠〉，《聯合報》，3 版。

聯合報（1955 年 8 月 21 日）。〈四種新聞獎昨評定 將於記者節日頒發獎金〉，《聯合報》，1 版。

聯合報（1956 年 8 月 21 日）。〈本年新聞獎 昨經評定〉，《聯合報》，3 版。

聯合報（2002 年 7 月 18 日）。〈首屆卓越新聞獎來了 總獎金 250 萬 盼成為台灣普立茲〉，《聯合報》，14 版。

Beam, R. A., D, S. & Kosicki, G. M. (1986). The relationship of prize-winning to prestige and job satisfaction. *Journalism Quarterly*, 63:693-699.

Benson, R., & Neveu, E. (Eds.). (2005). Bourdieu and the journalistic field. Cambridge, UK: Polity.

Blankenburg, W. B. (1974). How editors regard contests, *APME News*, 76:8-9.

Bogart, L. (2004). Reflection on content quality in newspaper. *Newspaper Research Journal*, 25: 40-53.

Bourdieu, P. (1994). Rethinking the state: Genesis and structure of bureaucratic field. *Sociological Theory*, 12(1): 1-18.

Bourdieu, P. (1993). *The field of cultural production*. New York: Columbia University Press.

Brint, S. (1994). *In an age of experts: The changing role of professionals in politics and public life*. Princeton: Princeton University Press.

Coulson, D. C. (1989). Editors' attitudes and behavior toward journalism awards. *Journalism Quarterly*, (66): 143-147.

Fourcade, M. (2006). The construction of a global profession: The transnationalization of economics, *American Journal of Sociology*, 112(1): 145-194.

Freidson, E. (1970). *Profession of medicine: A study of the sociology of applied knowledge*. New York: Dodd.

Freidson, E. (1986). *Professional powers: A study of the institutionalization of formal knowledge*. Chicago: University of Chicago Press.

Gladney, G. A. (1990). Newspaper excellence: How editors of small & large papers judge quality. *Newspaper Research Journal*, 11(2): 58-71.

Goldstein, T. (2007). *Journalism and truth: Strange bedfellows*. Evanston: Northwestern University Press.

Ha, L. (1994). In search of journalistic excellence: A comparative study of American and Chinese news reporting awards. *Gazette*, 53:53-72.

Hansen, K. A. (1990). Information richness and newspaper Pulitzer Prizes, *Journalism Quarterly*, 67(4): 930-935.

Heinich, N. (2009). The Sociology of vocational prizes: Recognition as esteem, *Theory, Culture & Society*, 26(5): 85-107.

Hughes, E. C. (1963). Professions. Daedalus (Fall), pp. 655–669.

Larson, M. S. (1977). *The rise of professionalism: A sociological analysis*. Berkeley, CA: University of California Press

Reich, Z. (2012). Journalism as bipolar interactional expertise, *Communication Theory*, 22: 339-358.

Rossman, G., Esparza, N., and Bonacich, P. (2010). I'd like to thank the Academy, team spillovers, and network centrality, *American Sociological Review*, 75(1): 31-51.

Soloski, J. (1997). News reporting and professionalism: Some constraints on the reporting of the news. In Berkowitz, D. (Ed.). *Social Meanings of News: a Text-Reader* (pp.138-154). Thousand Oaks: Sage.

Street, J. (2005). Showbusiness of a serious kind: A cultural politics of the arts prize. *Media, Culture & Society*, 27(6):819-840

Wilensky, H. L. (1964). The professionalization of everyone ?. *American Journal of Sociology*, 2:137-158.

《破》世界：
另類媒介的文化想像與實踐

葉思吟

壹、前言

於 1995 年獨立出刊的《破報》自詡為另類左翼文化刊物，至今發行超過 16 年，其文化議題設定及批判言論，乃至於《破報》人的獨特形象，廣為文化流傳，而以城市藝文訊息及活動作為議題主軸的定位，區辨於偏重政治改革的小眾媒介，無論在內容及形式上，與台灣其他主流媒介發展有明顯之區隔。《破報》的創刊，奠基於創辦人成露茜的理念，加上世新大學大力支持下，匯聚來自校方挹注與個人資金而創立，一路走來，《破報》在有限的經費基礎上，開展出台灣新聞報業領域中「異於主流」的獨特案例。

曾經和《破報》創辦人成露茜教授生前幾次談論《破報》[1]，她總愛問：「那麼，你覺得《破報》還能做什麼？」這句話蘊含雙層意義：一是可知《破報》在作什麼？二是《破報》還有什麼是未作而應作的？

而這句話：「能為《破報》做什麼？」，也是《破報》總編輯黃孫權應

1 成露茜時為筆者博士論文指導老師，課堂或讀書會上經常討論有關另類媒介的議題。本篇為筆者在擔任「世新大學舍我紀念館」博士後研究期間的論文，在此特別感謝世新大學和舍我紀念館提供機會與支持贊助。本文於編修出版期間，傳出《破報》於 2014 年 4 月 30 日正式停工。

徵記者時總是必問的一句話[2]。對於《破報》，讀者或該報刊的編輯、記者是怎麼給予認知定位，如何跳離主流媒介思考框架，《破報》究竟賦予閱聽人什麼樣的另類媒介獨特文化想像？是對於曾經是文青，或者現在依然是文青者來說，難免好奇想一窺究竟。而這，也是此篇研究的發端。

然而，從這句話衍生出的，並非要針對《破報》市場面進行調查，也非藉此畫定另類媒體之定義，而是試圖釐清對於《破報》，在慣常性的出刊過程中，如何定位與想像文化的意涵？以及透過哪些新聞採訪與編輯方法，實踐其「另類」媒介的理念？突顯哪些文化議題，以形構及維繫其不同於主流媒介的定位？進而連結社群促進文化行動[3]？

《破報》創辦人成露茜（2009）認為，對抗不僅指內容取向的不同，而是整個媒介的目的、運作、產製過程、組織等各方面均與主流媒介所奠基的價值觀相左。黃順星（2010）於〈舊聞新史：對台灣新聞史研究的思考〉一文中援引西方學者 Carey 概念，提及主流的新聞史研究途徑主要缺陷在於將新聞事業等同於社會建制，而忽略新聞的文化特徵。Carey（1974 ／ 1997）主張當代新聞史研究，應視新聞為一種文化行動，以文化史的角度重新審視新聞報業的發展，將新聞視為一種文化行動、一種文學行動，新聞是創造性與想像性的作品；某種新聞報導與寫作形式所以出現，乃是源自於特定人對於某些事務的分類與認知圖示，但這一切都不斷地在時間中演變、定義和再定義。

將上述概念應用於另類媒介的探討十分切合，尤其《破報》本身一向將自身定位為「城市另翼文化」發聲刊物，強調對抗主流、為弱勢發聲的立場，那麼在新聞產製和文化行動上理當有所區隔，並具體展現在新聞採集（記者可啟用的文化資源不同）和敘述的形式上。記者和編輯處理新聞時，正是挪用先前存在的經驗加以組織和編排新聞，文化資源及想像提供新聞敘述的形

2　黃孫權（2010）在成露茜的追思會上，一篇〈Lucie與破報：我們的左派辦報的經驗〉文章中寫道：「Lucie 的總總影響著我。在招募新記者的時候，我總會問應徵者興趣為何？喜歡做的事與《破報》的工作一致嗎？能為《破報》做什麼？而不是希望新進的同仁符合《破報》的要求。」

3　成露茜、邱德貞（2006）認為以「社群」概念取代讀者兩字，更能凸顯另類媒介的閱聽人特性。

式，不同的形式組織成不同的新聞內容，因此，是形式決定讀者如何接受與認識世界。

換言之，當探究《破報》新聞報導內容時，其對於何謂「新聞」的獨特文化想像，及其與所衍生的新聞產製過程和敘述形式才是決定內容之所以如此的主因，處理新聞的技術、程序、規範，決定什麼可以寫，以什麼方式寫，新聞技術並定義什麼能被思考為真實。

若以文化史觀點檢視《破報》，那麼其所反映的不僅是一種媒介理念的主張，更是一種不同於主流媒介的文化想像與行動結果，並藉由特殊的新聞寫作框架、組織運作形式、新聞產製過程予以實踐。然而，另類媒介所對抗的主流媒介生態並非固定不變，《破報》創刊時正值台灣地下電台風起雲湧、反核運動及學運尾勁，各類文化議題遍地開花，而後，隨著政治、社會多元文化的崛起，過去《破報》強調的命題假設或許不再新鮮，或者為主流媒介所吸納，由此假設，所謂「另類」的觀點和議題，勢必因應時空演變有所轉折。

進一步來說，《破報》的另類媒介及文化發聲形象是變動的，其在不同時空中，由編輯部及讀者之間，藉由各種文化議題與事件的互動、折衝、對抗逐漸形構而出。文化研究典範 Raymond Williams（1972）認為媒介之所以具有某種特性，是在與各種社會實踐結合的過程中形成的；主張探究媒介文本形式，應當探究的是：文本是在什麼樣的產業機制與技術形式、如何在讀者群之中運作？吉見俊哉（2004：102）提出文化研究的媒介研究重點，並非單純捨棄文本分析，而是重新回頭問：文本是在什麼樣的社會場域中戰鬥情境中被生產？消費？

因此，本研究循此研究發想，將首先探討《破報》長期以來對於文化議題設定的偏好與轉變，分析其在不同時空中，產製出哪些「另類」新聞框架、寫作形式及文化觀點，進而檢視其編輯和採訪部門如何堅持「另類」立場，如何持續站在主流媒介所依恃的政商權力對立面？其所秉持的文化想像與新聞產製過程，如何不斷區辨於主流媒介？提供何種相對的文化思維與行動？

在不同時空情境下，其刊物內容與形式出現哪些不同樣貌？本研究將從上述發問切入，由兩大面向加以檢視：（一）《破》世界的想像：新聞內容及文化議題設定之演變分析；（二）形式作為一種文化行動：探究新聞議題設定、論述形式、寫作模式、組織決策過程，以及免費報發行模式。

本研究目的，除了嘗試梳理《破報》作為另類媒介的發展歷史外，透過分析其新聞議題內容及產製，進一步理解台灣社會文化的演變，並試圖釐清另類媒介相對於主流媒介的概念定位與文化實踐過程，其可能性與所面臨的困境，一方面希望提供實務經驗案例參考，另方面豐富多元化新聞史研究。

貳、文獻回顧與理論背景

一、《破報》創刊歷程

1995 年從《立報》周末報獨立出刊後，歷經 1998 年轉型為免費報刊再出發，從十幾個取閱點，增加到二百多個點[4]，並進入各大專院校與高中職校園，由最初四、五千份，之後呈現多倍數成長，如今遍及全台灣大學校園、live house、pub、另類表演場所與替代空間（黃孫權，2010）。發行至今所探討的議題迥異於主流媒介，例如〈墮胎的一百種態度〉、〈美體帝國 瘦身子民〉、〈陰道歡慶，V-Day Coming!〉等，堪稱開創台灣「另類」文化觀點的先鋒。

環顧多處主流藝文表演空間或展示空間，例如台北市「城市舞台」、「台北光點」等，曾經常可見《破報》被放置於顯眼之處。相較於其他藝文報刊未被獲得相同重視，頗有一枝獨秀之風，此也說明標榜為另類媒介的《破報》在台灣主流媒介市場上占有足以抗衡的一席之地，由此來看，其影響力不容小覷。如此進一步促發本研究希望深入了解另類媒介如何在主流文化中突圍，檢驗其所提供的文化想像及報導內容如何區辨於主流媒介，以及透過

4　《破報》放置公共取閱點參見 http://pots.tw/wheretogetpots。

哪些文化實踐模式以取得更多讀者共鳴。

自詡為台灣另類媒介，創辦人成露茜在1995年《破報》發刊詞上寫道：「質疑所有權威，只為營造一個容納各種聲音的空間，去勾勒未來社會的想像」；1998年2月復刊時[5]，總編輯黃孫權（1998）則標舉「有一個空間可以作為不同世代、多元文化的探詢」、「結合全世界左翼與另類雜誌，預備發行一本台灣版的另類文摘月刊」、「在資本主義體系裡獨立自主撐起一個制度化的戰鬥堡壘」的鮮明立場。《破報》標榜「青年文化」，以作為「孽世代之聲」自居，或為所謂的「非主流的青少年次文化」代表，自《破報》創刊以來一直擔任總編輯的黃孫權則聲稱：《破報》的立場是「自由派偏左」（黃俊良，2004）。

因此，標榜另類的《破報》，其創立的宗旨，不只意在內容上區辨於主流媒介觀點，其存在便是挑戰主流媒介，成立一個批判改革資本主義問題的發聲平台，具有強烈的社會運動性格，其最終目的更希望促進社會改革，成為一個獨立且制度化的戰鬥空間。就此，《破報》從發行、內容乃至於組織成員，都刻意尋求凸顯和維繫其另類媒介的立場，進而連結、參與、引導社會上的多元文化議題及行動；乃至於其所設定的讀者、甚至置放提供取閱的空間，也需帶有和主流商業媒介不同的想像和策略。

不過，《破報》從1995年創辦後，一度停刊再復刊後。復刊後的《破報》重新定位以紐約《村聲》雜誌（*The Village Voice*）為範本，創辦台灣第一份免費資訊報，提供大量藝文節目消息，同時針對不同社會議題發表立場尖銳的報導和專欄，強調「只要活動資訊有價值，被人認同與拿取，那前面批判的報導與專題就能影響讀者，另類媒體不僅在於內容，也在於形式」（黃孫權，2010）。

此時的《破報》不再只宣稱為另類媒介，更亟待扮演「台北市另類資訊的通路」，「既不是另類小眾的喧囂也非菁英的文字遊戲，而是從調查與探索開始……，希望能有一個空間可以作為不同世代的、多元文化的探詢，可

5　1995年2月推出〈試刊號〉，9月發行〈創刊號〉。

以記錄多於宣傳，探索多於品論。我們既不膽怯，也不敢大意。孽世代之聲必須，也非得先從聯絡、建築另翼族群與文化開始（黃孫權，2010）。」上述這段話顯示，《破報》雖然聲稱為偏左媒介，但在台灣的社會情境與意識形態下，想要生存及擴展，則還須仰賴策略性的文本生產及串連模式，並以台北城市作為主要發行範圍；「免費報」概念與現身特定文化空間成為《破報》存在的重要關鍵。

此外，1995 年《破報》由台灣《立報》副刊獨立創刊，一度進駐台北捷運站提供取閱，但後被捷運局方面以「危害青少年健康和捷運局形象」要求退出[6]；之後，《破報》於 1998 年 2 月復刊，復刊後延續至今（2014 年 4 月 30 日）已發行逾 800 期。近年來，《破報》開始將報紙形式電子化[7]，成立台灣部落格與台灣獨立媒體中心（twimc.org）等論壇式網站。然而，隨著取閱點及網路讀者的擴增，偶爾也會出現批判《破報》言論過於偏激及為了反主流而反主流的言論。

由此觀之，《破報》帶有鮮明的立場與文化批判言論，透過特定的議題選材和論述框架予以傳達，但也因此在主流社會上得經常面臨遭受抨擊或吃閉門羹的處境，但是其反主流的文化批判立場，卻也隨著社會變遷展開另一種鬥爭及對話交流的可能性；而讀者對《破報》，存有多種想像及詮釋的角度，關於另類媒介該是如何、如何反主流又不過於偏激、他們選擇接受或反對哪些言論等，甚至以捷運局官方來說，寧可接受《爽報》，卻認為《破報》「危害青少年健康和捷運局形象」，其中便存在值得玩味的矛盾詮釋。

2010 年 1 月 27 日《破報》創辦人暨社長成露茜教授不幸辭世，其與總編輯黃孫權的長期合作關係就此打住，之後轉由魏瀚先生接手社長，直至本研究展開之時，《破報》並未因此出現風格上的大變動；然而，受到內部資金與外部傳播科技匯流發展等影響，《破報》於廣告、編制成員任用上仍難

6　參見 http://www.my1510.cn/article.php?id=875cc74962843e36。

7　《破報》電子報網址：http://pots.tw/。

抵變動，未來動向還待進一步觀察。也因此，本研究將鎖定 1995 年創刊至 2010 年 2 月 5 日期間（紀念專刊發行之日），一來較能掌握分析資料的一致性，再者 15 年的文本資料已達到相當數量，在結果解釋上已達一定信、效度。

下文將先回顧另類媒介的相關理論與研究發現；再者，檢視目前國內外有關《破報》的研究結果，融合梳理出本文研究的具體分析取徑。

二、另類媒介理論與研究

綜觀學者對於「另類媒介」的界定，Raymond Williams（1980）曾歸納出「另類媒介」操作三原則：另類經營手法、去專業化、去制度化。成露茜（2005）整理傳播學者對於「另類媒介」研究，指出可從目的、媒介接收者、收入來源、發行、內容所有權、觀點來源、結構、組織與創新和適應等十條件檢視另類媒介與主流媒介在理想型態上的差別。

但包括 Williams（1980）、Downing（2001）、Atton（2002）等學者均指出任何實際存在的媒介都不會完全符合所有條件，也就是若要將另類媒介與主流媒介完全區隔在現實上是有困難的，例如有些另類媒介仍須靠廣告生存、有些主流媒介也會反映弱勢族群的觀點，但兩者間仍存在本質上的差異，資本主義社會中的主流媒介最大的分別在於為資本主義的共生結構，而另類媒介則是以推動社會正義、顛覆資本主義為目的的另類公共領域之一。是以，另類媒介的特徵從存在的目的、經營與生存方式、寫作形式乃至是否需要新聞專業，都與主流社會對新聞傳播體制的構思截然不同，並刻意挑戰主流媒介與資本主義商業媒介形態。

然而，許多傳播學者質疑在資本社會中另類媒介存在的可能性。面對這些質疑，許多學者和另類媒介經營者不以為然，指出另類媒介並非狹義的媒介，而是他們所支持、報導及推動的社會運動整體中不可或缺的一部分，他們的效益不能以資本主義的經濟效益來衡量，而必須以他們在社會運動中所發揮的功能而定。另類媒介的存在是為了提供主流媒體所不願說、不能說、不敢說的發聲機會，以激發民眾自願性地參與社會改革與行動。因此，個別的另類媒介存亡並不重要，重要的是更多的、不同的另類媒介不斷地出現，共同營造一個另類的公共領域。

因此，有別於主流媒介經常被質疑產生「依賴理論」、「文化帝國主義」、「資訊流通不對等」等問題，如何避免霸權宰制，並促進如哈伯瑪斯所提出的「公共領域」：強調人人皆應有參與公共事務意見與辯論的機會，另類媒介則著重如何能讓不同種族、性別與族群均有平等發聲的機會，成為當代傳播學者關注的課題。成露茜曾清楚地表達另類媒介存在的意義：

> 另類媒介最基本的原則是她以推動社會整體進步為目標，而非自我保存，也就是說這個媒介是否能存活對他並不是最重要的。因此它需要的資本很低，另類媒介認為智慧財產是公共財，反對它的私有化，自己也開放智慧財產權；它提倡DIY，任何人都可以做媒介，說自己的話唱自己的歌，它力主去制度化；讀者也是作者，意見同樣重要。它是多元的。她不要反映社會上已經很大的聲音，而是讓許許多多還沒有發聲的人用自己的形式發聲（成露茜，2004）。

另類媒介如何區別於主流媒介？Duncome指出另類媒介傾向於採取「一個參與化生產的模式以及便於行動的組織形式」，有一種促成社會改變的生產模式，為了改變社會可能產生立場與態度不同層次的爭辯（Duncome, 1997：129；Atton, 2002：18）。從社會學的觀點，Williams 曾對 Downing 另類（alternative）與對立（oppositional）實踐做了區別。另類往往尋求和霸權共存位置，而對立文化目標在於取代霸權文化（McGuigan, 1992：25）。雖然兩者有些差別，但可被視為同處一個陣營，都是以社會改革作為核心（Williams, 1983：250）。

從文化研究觀點檢視另類媒介，Gramsci所提出的文化「霸權」[8]概念和

8　學者們認為文化的建構可從意義串流的多樣性展現，其包含許多不同的意識形態和文化形式。然而其中有一組特殊的意義可被稱作是主控的或優勢的，形成、維持和複製這類權威性的意義與實踐的過程，葛蘭西將其稱為霸權（Williams, 1973, 1979, 1981；Hall, 1977, 1981）。

主張文化乃是一個意義的衝突和鬥爭場域，因此弱勢具有對抗可能性，其概念與《破報》所主張的理念不謀而合。Gramsci 認為霸權是不同的社會團體之間達成一種暫時性的安排與動態的結盟關係，這種暫時性的安排與結盟是必須被贏取的，而非給定的。更有甚者，它需要經常被贏取、重新協商，是以文化是一個有關意義的衝突與鬥爭的場域。霸權不是一個靜態的實體，而是一系列本質上與社會權力息息相關且不斷變遷的論述和實踐（Barker, 2000／羅世宏譯，2004）

霸權乃是一個與不穩定的均衡狀態的形成與瓦解有關的持續過程，存在於基礎團體與從屬團體的不同利益之間（Gramsci, 1968：182）。但也由於霸權必須一直被再造與贏取，因此也開啟霸權被挑戰的可能性，亦即從屬團體、階級形成一個反抗霸權的集團，此一反霸權抗爭可透過結盟關係，在市民社會中取得領導權。是以，市民社會之中的意識形態和衝擊變成了文化政治的核心領域，葛蘭西思想的核心重要性被置於流行文化研究中，通常被引用作為一種意識形態抗爭的場域，對於霸權的分析，則成為思索其中各種相關勢力折衝的方式（Barker, 2000／羅世宏譯，2004：76）。

尋此脈絡，《破報》創辦人成露茜向來主張新聞傳播從來不是目的，而是推動社會進步的工具與力量，更是提供一個人人都可以發聲的平台，其思想服膺另類媒介的想像（黃順星，2010：11），也就是以提供不同文化論述的發聲平台，作為社會進步的鬥爭基地，並且連結其他社會運動等對抗組織，以暫時性結盟關係奪取政治文化的權力。也因此，其關於新聞典範的想像和實踐，以及所創設媒介的組織機制、設定目標讀者等面向上，必然與主流媒介有相當大的不同。而事實上，《破報》在報導議題與寫作格式上的確刻意採取和主流媒介迥異的作法，在編輯組織及新聞議題設定上，也採取共同決定而非由上對下的組織模式（黃孫權，2010）。

然而，從文化霸權鬥爭場域觀點來看，另類媒介的存在不僅在於反抗主流觀點，甚者，隨著時空的更迭，有一天其另類主張也可能為主流文化價值所跟隨或接納。另類媒介好比任何文化生產的型式，它們創作者立場清楚的表明「我們都是從一個特別的地點和時空，從一個獨特的歷史和文化點切入書寫或發表」（Hall, 1990：222）社會關係、技術形式和論述的風格以及他們的組合，促成另類媒介在特別的地點或時間點成為改變的可能性。因此，當我們為另類媒介分類或界定時，應該更仔細地觀察它們在特殊文化或歷史脈絡下實際經驗處理上的再配對（Atton, 2002：22）。結合上述，本研究也將特別關注《破報》的論述形式、書寫風格、報導者與其關係網絡，在不同社會情境下促成哪些文化議題的轉向，及其和整體社會文化潮流之間的相互關係。

陳子軒（2007）則認為當今民主實踐不能忽略美學層面，主張美學形式不該被以軟性、甚至劣等資訊看待，認為另類媒介行動主義透過美學傳達的政治意涵，要比其他形式強烈得多，媒介產製與配置過程的民主化固然重要，但另類媒介產品本身的品質也需重視。就此，該文將嘗試探討《破報》所傳達的美學形式，尤其是封面產製、設計形式的實踐過程，以及所欲傳達的獨特文化理念。

此外，另類媒介與社會、文化運動之間的關係也是西方學者關注的議題，是否參與？或其存在目的是否為了鼓吹社會改革或作為社會運動的推動基地？被視為另類媒介界定的重要指標。Downing（2001）以另類媒介相對於大眾流行文化的觀點，指出兩者的閱聽人無法截然予以區分，但另類媒介的閱聽人對於訊息的解讀和使用，顯得更為主動、參與度高，尤其另類媒介的閱聽人，不同於一般閱聽人習慣坐在家裡看電視，而是經常上街頭參與社會運動，因此與其視他們為消費者，不如稱為行動者來得貼切，倘若另類媒介的定義本身便無法以同質性歸類之，那麼對於另類媒介的閱聽人研究，更須以異質性檢視之，而且必須扣連他們對於社會運動的參與及過程。如此看來，《破報》也不能閉門造車，適度地參與社會、文化運動，甚者策略鼓吹社會改革主張也有必要，對於另類媒介的工作者，如何在報導者和運動者身分之間取得平衡？本研究將進一步探討。

成露茜、邱德貞（2006）合寫之〈逃逸主流、獨樹一格：台灣《破報》

群像〉一文，指出另類媒介的讀者，不該採取如同主流媒介將個別讀者視為可數量化的分析單位觀點，而應以「社群」概念分析之，指出如同 Downing（2005）所言，另類媒介與社會運動的時空延續和其中特殊事件的連結，不是傳統對公共、閱聽人、媒體使用者的研究所能處理的，對於另類媒介的讀者研究，應轉向探究另類媒介如何挑戰、顛覆或逃逸主流媒介，進而集結一個未成形的社群（community）。 這裡的社群概念偏靠社會學家包曼 Bauman 所指出的新部落關係，在新部落的形構過程中，成員間對現成的價值觀保有某種不確定性，但還是不斷地自行對部落社群進行定義（1992：137）。《破報》社群成員存在對於媒介現成新聞專業價值不信任的取向，從而轉向從《破報》尋求另類實踐願景。《破報》賴以維繫其社群的，在於其新聞專業以外另闢蹊徑得精神（成露茜、邱德貞，2006：177）；而這些閱讀者經常也是製作者，兩者互動頻繁，甚至角色互換。

此外，「免費」報的概念對於另類媒介具有獨特的文化意涵。英國 *Livepool Free Press* 是長歷史的免費報刊，提供在日常生活中有用的新聞和資訊給一般民眾，其界定三種主要的另類媒介概念如下：獨立於商業（或反商業），刊物免費且自由取閱方便；編輯群獨立於政黨或其他組織，賦權特定的社群利益。*Livepool Free Press* 認為只要是服務於商業利益的媒介，將會有某些部報導的新聞，而 *Livepool Free Press* 目標便指向報導這些新聞，為社群團體、工廠工人、租賃者或其他人，除了提供有趣的，更提供有用的資訊（Whitaker, 1981：103；Atton, 2002：18）。除此之外，西方學者也發現另類媒介「免費」概念，對於讀者來說具有不同於主流商業媒介的特性，因為閱讀或使用另類媒介本身便具有行動的意義，而參與批判或甚至投入《破報》寫作行列，則是另類媒介讀者的積極、主動特質展現。

是以，欲深究《破報》的文化實踐過程，必須考量《破報》透過哪些發行策略及特別關注哪些文化社群及互動過程、那些讀者轉而成為作者的實踐歷程，以及《破報》和其參與社會運動或文化行動的關連性。

參、研究方法

一、內容分析法

為了解《破報》歷年來所關注與設定的文化議題偏向，以及《破報》對於新聞事件的分類及價值取捨，本研究將首先以內容分析法針對《破報》所設定的文化議題內容進行概念及數量化統計分析。根據《破報》每周發刊的主要版面定位，並參酌《破報》網路版[9]來看，大致可區分為幾項：「編輯室手記」、「封面故事」、「時事」、「書評」、「影評」、「專欄」、「破觀點」、「破世界」、「關於破報」、「漫遊者日記」、「破商店」；在專欄方面，一段時期曾慣常性出現的欄目包括：「聖約翰的草藥」、「宋國誠的專欄」、「難攻博士的搧胡椒秘密基地」、「Film Review」、「音樂靠邊站」等；這些單元大多仰賴特約撰述來稿刊登，不過撰稿寫手及專欄時間出現時間長短不一。

是以，根據以上版面定位和專欄類目來看，若想深入探究《破報》文化議題設定與新聞產製過程，「封面故事」可視為最適當的內容分析單位，一來其為每一期必定出現的版面，也是每一期主標題和封面美編設計的議題來源；再者，「封面故事」的文化議題與新聞事件，幾乎全由《破報》記者或編輯群所採訪撰寫，最能呈現《破報》對於文化事件的關注和議題設定取向。所以，本研究將以「封面故事」作為內容分析的主要對象，分析每一期的文化議題類型，檢視以另類文化自許的《破報》在文化議題設定上，偏重哪些議題和那種類型的事件，其分類和主流媒介有何明顯差異？此外，在不同時期，《破報》對於文化議題和事件選擇的偏好取向有什麼樣的轉變? 並藉此進一步了解另類文化議題在不同時空中的演變及消長趨勢。

「封面故事」分析時間從 1995 年 8 月 14 日創刊至 2010 年 2 月 5 日為止，期間 1997 年 11 月 27 日一度停刊，1998 年 3 月 28 日復刊，復刊後持續發

9　《破報》網路版網址：http://pots.tw/ 。

行至今，但本研究將主要針對《破報》創辦人成露茜在位期間進行分析。分析類目針對文化議題主題或內文探討議題加以區分，共有包括：音樂、性別、藝術、教育、文化／次文化、社會運動、戲劇／電影、疾病、文學、毒品／藥物、占星、犯罪、媒體、政策、城市規劃、科技、社會變動、建築、世代變革、司法、政治經濟、網路、NGO ／ NPO、政治、書、環保、反全球化、網咖、生命、人權、青年活動、思想／哲學、舞蹈、運動、品牌、社團、動物倫理、留遊學、回顧專題、跨年、勞資關係、著作權、攝影、反全球化、人物悼詞、自由軟體、戶外派對、旅行、獨立書店、漢學、消費文化、樂生療養院、外籍配偶／勞工、學者、黑心企業、著作權、黨外運動、廣告、拉丁美洲、土地、數位典藏。

二、文本分析法

本研究除了採取量化方法分析《破報》在文化議題設定上的數量消長外，並將以文本分析法檢視「封面故事」的文本內容，其包括文字論述、新聞事件框架形式、圖片選擇、封面設計美學符號等，藉此掌握《破報》在議題設定上的價值取捨及另類觀點，並進一步分析《破報》記者與編輯在書寫上的是否存在一種「另類」的新聞框架與論述形式。文本分析法的目的在於深入探究《破報》在文化議題上的另類價值取捨，是否存在對於特定文化事件的關注？以及如何凸顯處理相關文化事件。

此外，相對於主流媒介經常被認為存在一種特定和服從於威權的新聞框架及新聞事件處理模式，本研究希望透過文本分析，試圖理解《破報》的文化議題文本是否也存在一種不同於主流模式的「另類」報導方式？並分析在專欄特約撰稿或寫手來稿中，是否也呈現一致性的另類觀點。再者，透過文本分析法將能更進一步了解《破報》成員和社會運動、被報導者之間的關係，另類媒介的界定著重該媒介是否參與或鼓吹社會運動，本文也將就此加以分析。

三、深度訪談法

訪談曾在《破報》擔任主編、記者、美編、專欄寫手等數人，採立意抽樣選擇訪談對象。

（一）主編、美編：考量《破報》除了總編輯黃孫權外，主要的編務與每周報導主題選材、邀稿內容、封面美編設計概念等，通常和主編社會關係及決策權關係密切；本研究擬邀訪不同時期主編，共四位。在《破報》美編方面，從創刊至今，長期均由一位美編負責每一期涵蓋封面設計、版面內容編排，每位美編任職期間不等，本研究計畫訪談兩位任職期間較長的美編，了解《破報》美學風格概念及設計操作。

（二）記者、特約撰述：至於《破報》記者礙於人力編制限制，從創刊以來，正式記者人數最多編制為四位，通常維持在二至三人左右，其他還包括專欄、書評等特約撰述（亦稱為寫手），人數與面向不等；本研究計畫訪談不同時期的記者三位，採取立意抽樣，並依照內容分析法所歸納出的《破報》議題偏好趨勢進行篩選，根據初步分析，將主要針對藝術、音樂、電影與劇場路線作者進行訪談。而在專欄寫手方面則訪談「難攻大人」。

（三）發行、廣告業務：相對於主流或商業媒體重視積極擴展廣告業務的操作模式，以另類定位的《破報》，雖也仰賴廣告業務收入支撐，但在發行、廣告業務人員配置上卻相對有限，發行部門幾年來正式員額僅有一人，廣告業務單位維持在二至三位，人員流動性相對於其他單位不高；本研究訪問兩位《破報》發行、廣告業務相關人員，訪談題綱如下：

1、主要的發行對象、廣告來源？

2、發行模式和《破報》文化屬性關連性？

3、廣告內容如果牴觸《破報》立場？

4、在市場競爭下，如何維持「另類」立場和商業廣告主的平衡？

5、廣告類型、發行空間和駐點的消長？

本研究訪談對象共計 12 人，其訪談者編碼、職稱、任職《破報》工作年資及訪談進行時間整理如下表 1：

【表 1：《破報》研究訪談對象編碼一覽表】

順序	受訪者編碼	受訪者職稱	工作大約年資	訪談時間
1	受訪者 A	主編	3 年	2011 年 12 月 18 日
2	受訪者 B	記者	2 年	2012 年 1 月 10 日
3	受訪者 C	廣告發行	10 年	2012 年 1 月 15 日、4 月 13 日
4	受訪者 D	廣告	7 年	2012 年 1 月 18 日
5	受訪者 E	攝影記者	3 年	2012 年 3 月 16 日
6	受訪者 F	記者	2 年	2012 年 3 月 16 日
7	受訪者 G	記者	2 年	2012 年 3 月 16 日
8	受訪者 H	特約撰稿	從創刊至今	2012 年 3 月 15 日
9	受訪者 I	主編	5 年	2012 年 4 月 3 日
10	受訪者 J	美編	4 年	2012 年 4 月 25 日
11	受訪者 K	美編	5 年	2012 年 4 月 28 日
12	受訪者 L	總編輯	從創刊至今	2012 年 5 月 20 日

肆、研究結果

一、不同時期下，《破報》的文化議題類型設定趨向

（一）「音樂」、「藝術」、「戲劇／電影」議題比例居前三名

本研究運用內容分析法針對《破報》「封面故事」之文化議題類型進行統計分析，請見表 2。檢視《破報》自從 1995 年至 2010 年封面頭版新聞的議題類型，從創刊之初，「音樂」、「藝術」及「戲劇／電影」類別即長期占據封面故事極高比例，其次，「性別」議題在《破報》中也受到相當重視，在前幾年也經常列居前三名，關於該刊「性別」談論尺度與主題，也相較當時主流媒介尺度開放許多，例如同性戀等話題時常出現。

至於另類媒體往往被期待對於社會運動事件應給予相當關注，尤其是回應 Gramsci 所主張之霸權概念，《破報》初期在勞工運動、挑戰威權政體上

【表 2：《破報》「封面故事」之文化議題類型統計數量前三名】

	議題第一名	議題第二名	議題第三名	涵蓋（新增）議題類型
1995 年	社會運動	音樂	性別	音樂、性別、藝術、教育、文化／次文化、社會運動、戲劇／電影、疾病、文學
1996 年	音樂	性別	藝術、毒品／藥物	音樂、性別、藝術、教育、文化／次文化、社會運動、戲劇／電影、文學（毒品／藥物、占星、犯罪、媒體）
1997 年（1997 年 11 月 27 日停刊）	音樂	性別	藝術	音樂、性別、藝術、文化／次文化、戲劇／電影、疾病、文學（政策、城市規劃）
1998 年（1998 年 3 月 28 日復刊）	音樂	戲劇／電影	藝術	音樂、性別、藝術、文化／次文化、戲劇／電影、文學、政策、城市規劃、媒體（科技、社會變動、建築）
1999 年	音樂	戲劇／電影	藝術	音樂、性別、藝術、文化／次文化、社會運動、戲劇／電影、文學、城市規劃、媒體、（世代變革）
2000 年	戲劇／電影	音樂	藝術	音樂、性別、藝術、文化／次文化、毒品／藥物、政策、戲劇／電影、城市規劃、世代變革、（司法、政治經濟、網路、NGO／NPO）
2001 年	音樂	戲劇／電影	性別	音樂、性別、藝術、文化／次文化、社會運動、毒品／藥物、戲劇／電影、世代變革、文學、網路（政治、書、環保、反全球化、網咖、生命、人權、青年活動）
2002 年	音樂、戲劇／電影	文學	藝術、教育、次文化	音樂、性別、藝術、教育、文化／次文化、社會運動、毒品／藥物、戲劇／電影、政策、世代變革、文學、媒體、建築、網路、環保（思想／哲學、舞蹈、運動、品牌、社團、動物倫理、留遊學、回顧專題）

【表 2：《破報》「封面故事」之文化議題類型統計數量前三名（續）】

	議題第一名	議題第二名	議題第三名	涵蓋（新增）議題類型
2003 年	戲劇／電影	音樂	藝術	性別、社會運動、政策、媒體、建築（跨年、勞資關係、著作權、攝影）
2004 年	音樂	戲劇／電影	藝術	性別、教育、社會運動、媒體、建築、世代變革、環保、思想／哲學、舞蹈、品牌、網路、NPO/NGO、舞吧、綜藝、回顧專題、（政治）
2005 年	戲劇／電影	藝術	音樂	性別、教育、社會運動、媒體、建築、世代變革、環保、思想／哲學、舞蹈、品牌、回顧專題、（反全球化、人物悼詞、自由軟體、戶外派對、旅行）
2006 年	戲劇／電影	藝術、社會運動	音樂	性別、教育、文化／次文化、社會運動、城市規劃、文學、政治、環保、戶外派對、（獨立書店、漢學、消費文化、樂生療養院）
2007 年	戲劇／電影、音樂	藝術	城市規畫	性別、社會運動、城市規劃、文學、媒體、建築、政治、司法、書、反全球化、人權、舞蹈、樂生療養院、（外籍配偶／勞工、學者、黑心企業）
2008 年	戲劇／電影	藝術	音樂	社會運動、城市規劃、文學、媒體、環保、人權、回顧專題、貧富議題（著作權、黨外運動、廣告、拉丁美洲）
2009 年	戲劇／電影	藝術	社會運動	性別、教育、文化／次文化、城市規劃、文學、建築、環保、人權、思想／哲學、回顧專題、（土地、數位典藏）
2010 年（研究分析至 2010 年 2 月 5 日為止）	回顧專題	藝術	人物	Lucie in the Sky：永遠的社長，老師與朋友（2012 年 2 月 5 日）

分析時間：1995 年 8 月 14 日創刊 ~2010 年 2 月 5 日為止

資料來源：《破周報：15 年全紀錄》、《破報》網站（http://pots.tw/）。

與運動團體多所結合，因此第一年的周刊封面多與社會運動緊密結合，並與當時風起雲湧的勞工運動、反污染、護家鄉運動一起跳動。

然而，復刊後的《破報》似乎有所轉向，採取在藝術與表演戲劇領域中爭取更多的文化發言權，挑戰主流文化權威。其所反映的並非對於主流文化的靠攏，乃是轉移開闢文化霸權爭奪的另一個場域，藉由小眾、非主流的文化議題報導切入，例如〈2006 表演藝術回顧〉、2009 年〈左派行為藝術家們〉等。一方面《破報》提供另類藝文團體在非主流媒介以外的曝光機會，另方面則提出不同於總是以商業市場作為主要考量的批判角度，呈現關於藝術文化產業中各種不為人知的面向，尤其針對藝術工作者的勞動過程和藝術所能扮演的社會意義多所著墨。

事實上，透過揭露及挑戰主流文化藝術觀點，《破報》揭示出如 Chris Barker（2000）強調的一系列藝術文化本質與社會權力息息相關且不斷變遷的論述和實踐過程，而如此的另類文化報導策略，相當貼切《破報》所鎖定及緊密連結的讀者社群，諸如小劇場表演者、紀錄片或非商業台灣電影工作者，以及地下樂團等，該周刊因此逐漸成為台灣另類文化團體的發聲平台與代言人，服膺創辦人成露茜（2004）所倡議之「不要反映社會上已經很大的聲音，而是讓許許多多還沒有發聲的人用自己的形式發聲」另類媒介精神。換言之，《破報》透過議題切入角度不同，特別是帶點批判精神的報導方式，突顯出與主流媒介商業考量掛帥的不同之處，尤其是提供不受主流媒介關注的藝文團體或弱勢族群傳達心聲的平台，讓讀者有機會看到不同於主流媒介的報導觀點與意識形態。

鎖定非主流藝文圈人物的破報專題報導時期。圖片來源：《破 :15 年全紀錄 1995~2009》。

在「音樂」議題方面，《破報》領先主流媒介以大篇幅報導非主流樂團、批判音樂節慶或現象等，試刊號「封面故事」便是以〈Roll Generation 音樂政治與青年文化〉為題，創刊前兩年分別推出諸如：〈北京搖滾世代〉、〈美國獨立廠牌四十周年一起來！飽受壓迫的 Indies〉、〈台灣南管瑞士噪音〉、〈顛覆啥？黑鳥全台行動〉、〈亞洲的吶喊〉專題，從標題字義上便能一窺《破報》選材的獨立與「對抗」主流性格；不過，透過文本分析發現，近年來頻頻出現在主流媒介上的恆春春納演唱會、夾子、濁水溪、亂彈等獨立樂團、代表工人發聲的黑手那卡西、〈音樂就是社會實踐——反美濃水庫運動中的鍾永豐與交工樂團〉、〈偽另類真角頭——張四十三和他的角頭音樂〉，不管是關乎其背景介紹或在著重整體社會結構下的另類發聲平台之處境，上述主題在 1990 年代便已經出現在《破報》封面上，而在選材上，與其說《破報》偏愛樂團的地下性格，毋寧說，音樂和社會運動其所實踐才是另類媒介所關注的議題焦點。

以「春吶」為例，相關的議題多次在不同年分被檢視探討，例如 1999 年〈兔年之春天吶喊，讓我們灌流行音樂的腸〉標題極為聳動，而 2000 年復刊 103 號封面〈春天吶喊六年記一除了吶喊，春天還有什麼？〉、2006 年〈叫春十二年一派對、複象與殘酷〉一文似乎早已對「春吶」提出困境及深層批判，相對於近年主流媒介對於春吶大幅報導領先許多。

在「戲劇／電影」議題方面，1998 年之後，《電影》類的封面故事逐漸成為主要報導類型之一，1990 年代經常以專版報導各類大小影展，尤其是另類、非好萊塢、金馬影展之外的小眾票房影片，例如〈面紗下的吉光片羽一專訪伊朗導演洛珊．班妮蒂瑪〉、〈黑色幽默是存活的唯一武器——2002 年奧斯卡最佳外語片《三不管地帶》〉。反觀主流媒介上有關此類影片報導極少數，就算有報導，也偏重年度的選片焦點、特別導演嘉賓、參展明星等，深度探究影展背後的結構關係仍屬少數。

根據分析結果發現，《破報》於 1990 年代的封面故事便曾經論及〈台灣國際紀錄片雙年展特別報導（上）——紀錄一個借錢影展的始末？〉、

〈台灣國際紀錄 雙年展特別報導（下）——評審口味，作為你進入雙年展的搜尋引擎〉、〈誰在台北電影節的後面？——小野、陳國富、何瑞珠，還有四千萬與夢想〉、〈金馬獎國際影片觀摩展——動畫與紀錄片不完全挑剔簡介〉、〈搞怪有理！畢展萬歲——孽世代獨立新浪潮的震撼策略〉、〈搖滾寶貝 女人恰恰——第四屆女性影像藝術展〉、〈莫妮卡楚特和她的好姊妹們——2002 第九屆女性影展〉等，藉由標題可看出《破報》在這些影展議題呈現出鮮明立場，拒絕平衡式、光鮮亮麗表象的影片、導演介紹，甚者站在女性主義立場大力推銷女性影展，乃至直搗影展幕後，提出問題予以批判。

此外，透過分析《破報》每年不定期訪談華語電影圈或紀錄片導演的紀錄來看，如果當時這類型電影及導演被視為「另類」文化代表和合宜題材，那麼，也意味著，華語電影在過去十幾年間在主流媒介相對地受到冷落對待，換言之，亦即華語電影和紀錄片都被歸屬於「非主流」；舉例來說，〈感謝王家衛與張叔平的缺席—杜可風與《三條人》〉、〈破輪胎：紀錄片工作者的幽默自嘲—專訪導演黃明川〉、〈逼出港人 97 冷感症—陳果與《去年煙花特別多》〉、〈奪回攝影機，紀錄自己—原住民影像工作者〉、〈「搞」個紀錄片！絞碎紀實神話的《流影島影》〉、〈排灣笛吹奏的不只是歷史—胡台麗《愛戀排灣笛》〉、〈不用兩億元只要有好演員—專訪《一年之初》導演鄭有傑與三位演員柯宇綸、張榕容、柯佳嬿〉等封面主題，聚焦電影劇情和所面對的社會情境，這類電影均非票房熱門作品，甚至有些還是學術研究作品，但《破報》透過大篇幅的深度訪談介紹，讓讀者看到主流媒介長期忽略、好萊塢票房賣座之外的各類型電影，尤其是結合住民及文化議題的紀錄片，提供另一種影片觀看的角度。

劇場表演在本研究中和電影歸為同一類，主要考量兩者均可視為表演藝術的一環，加上在《破報》文本裡，談論電影往往也會提起表演課題，或者聚焦在劇情張力上，而談論劇場表演時，也經常會論及明星、表演、舞台影像等內容，因此，本研究試圖將兩者合併為一類，避免斷然切割的模糊地帶，如〈四齣戲狂放一整晚，台灣渥克劇團一夜高潮—專訪台灣渥克團長張碩修〉、〈但得見的導演，看不見的城市〉、〈電影導演，女人，牧民的荒謬劇場《圖雅的婚事》〉、〈如真似假，即行即停——賴聲川〉；然而，根據內容分析後發現，每年劇場和電影類目占《破報》封面故事比例約略達三分之一，議題報導內容逐年強化分殊性，間接看出《破報》加強對劇場議題的關注，也透露出台灣劇場表演逐漸豐富多元化。

至於其他文化議題類目，包括「反全球化」、「城市規劃」、「環保」、「人權」、「獨立書店」等，則是逐年增列，重要性雖不似前三名，但通常針對當年度的文化事件提出批判或另個角度的報導，例如〈協力造屋：公共藝術與住宅問題之對話與挺進——專訪謝英俊建築師〉、〈替代性空間的市民方案——台北市公共空間再利用〉、〈告別台灣秋葉原——光華商場拆遷預事〉便是針對年度城市改造和生活文化藝術之間提出觀點，呼應當代多以「文化運動」取代社會運動一詞，聚焦市民生活方式與文化風格所從事的各種抗爭行動；但整體來說，此趨勢和《破報》一開始便言明作為「城市另翼文化陣地」宣稱依然謀合，只是隨著停刊後重新出發，將焦點鎖定城市文化議題，並以「一個城市值得欣賞，不在於其現代地景與傲人的全球支配性力量，而是這個城市有無對應豐富地下文化與批判聲音的媒介」，而此媒介扮演讓人「理解城市的最好方法，也是當代異形與另類選擇的寄生之地」（黃孫權，2010：8-9）；是以，「音樂」、「藝術」及「戲劇／電影」文化議題在《破報》上更強調地下、非主流或異文化團體報導，至於「反全球化」、「城市規劃」、「環保」、「人權」、「獨立書店」則又與城市發展過程中持續面對的政經問題息息相關。

（二）「反反毒」議題對抗主流價值觀，批判泛道德論點

在《破報》發行前5年文化議題類型中，毒品／藥物主題曾多次躍登「封面故事」，並且以此系列為主題連續刊載好幾期，〈Drug Generation〉、〈反反毒藥物護照〉、〈反反毒藥物護理、老叛客回巢〉、〈反反毒政策大哉問〉、〈反反毒之青年文化、被壓迫的請舉手——巴西壓迫劇場理論行動家〉連續列登於1996年3至4月號「封面故事」，以不同於主流媒介泛道德論的方式，

對於藥物相關議題的報導，另類媒介採取社會文化層面全面性的關照。
圖片來源：《破 :15 年全紀錄 1995~2009》。

提出反「反毒」的想法及論述，涵蓋法律、醫藥管理等政策面，著重宏觀式的探究毒品之所以流行的社會因素，其言論相當「對抗」主流價值觀；此外，根據統計資料也顯示，在1996 年期間，該類議題比例高居當年度「封面故事」前三名，之後於 2000 年、2001 年、2002 年也曾出現多篇專題文章探討。

2000 年從復刊 136 號至復刊 144 號連續製作九期有關毒品之封面故事，〈你還在用意識形態反毒嗎？〉標題清楚點出《破報》的立場，〈大藥進—毒蟲革命軍總路線〉、〈群魔亂舞藥世代——Happie、Rave、Subculture…. What a Wonderful World〉則深入報導地下團體和毒品之間的關係，在破除意識形態之後，《破報》更深入揭露主流媒介不敢接近的「藥世代」，甚至將地下音樂、運動組織和毒品藥物之間的曖昧情仇搬上台面，可見《破報》明顯反對以道德論述或意識形態看待毒品議題，其所倡導的事關於毒品在這些群體間流傳的真正原因，接露問題而非掩飾問題，這樣的另類文化立場可說是當時媒介所少有。

（三）議題跟隨社會變遷時有起伏，2000 年以後出現明顯轉折

90 年代台灣社會中有關小劇場運動、新電影、毒品氾濫、爭取性別平權等社會現象及輿論逐漸加溫，向來報導議題以支持或和社會運動結合的《破報》，根據文本分析顯示，當時報導的議題也率先關注同志議題、地下樂團、新電影浪潮、大小劇場等面向，關於勞工運動和藝術家對於體制的批判也不遑多讓，當時在《破報》工作的主編和記者們感受當時刊物的氣勢如虹：

> 《破報》是比較綜合性的刊物，很難找到和他可以齊名的……，

> 在那個眾生喧嘩的時代，《破報》就好像跟著當時的社會思潮一起「進步」成長，尤其在90年代隨小劇場運動、毒品、性別運動的興起，《破報》正好扮演記錄者與共同進步者的角色（受訪者I，2012）。

不過，2000年以後，有關勞工或社會運動的議題則呈現銳減趨勢，此種現象似乎又與當時台灣政黨輪替，過往主要的運動分子紛紛進入執政體制內，一時間社會中的勞工與社會運動數量不再像以往興盛不無關連，檢視《破報》議題報導，也可發現2000年以後在相關的議題報導上也出現明顯轉折。換句話說，《破報》雖然秉持透過文化進行霸權鬥爭，並經常選擇主動支持社會運動的立場，但在封面故事的報導上，卻仍必須有所本，而非憑空誕生；從另一個角度來說，透過《破報》上的議題分析，也能反映出台灣社會在文化議題和社會運動趨勢上的轉變與更迭，兩者相互映照，也相互影響。

主張挑戰主流思維的另類媒介，一創刊就投下震撼彈。
圖片來源：《破 :15 年全紀錄 1995~2009》。

二、對比主流框架，《破報》新聞產製過程彈性、自主

對於《破報》主編和記者來說，真實往往是隱藏在主流媒介所報導的新聞事件後面，它們著重探討事件背後的結構因素（受訪者B，2012），所謂的真實與主流媒介偏重現象的描述有明顯區隔。至於文化議題的價值選擇與設定，雖然《破報》也有慣常性的路線分配，但卻迥異於主流媒介的分配方式，通常先考量記者的興趣和出身背景，以文化議題屬性區分，例如電影又可分為女性主義電影、紀錄片等不同區塊，音樂則可區分為勞工而唱、獨立發行，或者地下樂團等，記者路線的分配不像主流媒介分工的嚴密，彼此之間界線也可視主題打破，因此「封面故事」上的文化議題設定趨勢，難以避免和當時線上記者的專長及興趣緊密相關，在專欄邀稿方面，主編也採取類

似處理取向：

邀稿名單主要來自過去主編留下的資料、或者周遭朋友及離職的記者，關於每周寫的主題則通常會互相討論後定案，但寫手必須同時有許多個，一來每周出稿時間壓力挺大，再者這樣才能確保來稿面向多元性（受訪者 A，2012）。

事實上，在《破報》所出現的彈性、自主的新聞產製模式，一方面乃是基於該報刊所依存的另類立場，因此無論在寫作、路線分配或者新聞室的控制上都不若主流媒介的既定規範和制度化；但就另方面看，如《破報》這樣的另類媒介礙於經費、人力、截稿時間和封面議題的屬性，以及寫作脈絡的需求，尤其是結合弱勢團體、社會運動與文化行動組織等共同介入和參與改革，在某種程度無法便如同主流媒介規制化，因此，顯得彈性與自主化的主流模式顯得必要且必需，甚者《破報》封面議題報導形式需要的是如同田野調查式的蹲點，或如「社會寫實報導」呈現，記者面對例行供稿和參與社會運動團體等諸多事務，更必須採取彈性的組織模式：

《破報》的作業模式是，記者想做什麼，主編 SUPPORT 他，而不是主編分配記者作什麼。有很短暫時間有分線……，我的話就基本上沒分過線，她倆不碰的我就去碰，想一些專題，或者黃孫權認為什麼重要就叫我去做（受訪者 E，2012）。

在面對社會運動議題上會更謹慎，但我們所追求的並非主流媒介自以為是的那種「客觀」報導，而是如何讓問題更加清晰多元的呈現，加上《破報》要求的寫作方式，不是那種蜻蜓點水式的，正常的話都需要蹲點並且投入運動中才能釐清且掌握重點（受訪者 B，2012）。

在編採制度上，《破報》以對抗主流媒介自稱，並強調「進步」概念，在理想上的確刻意凸顯內部自由和自制的風氣，也因此，經常搶先在許多議題上的報導，或者報導其他媒介所忽略或者忽略的現象，進而提出檢視批判，可說在媒介角色立場定位相當清楚。只是，在現實情況下，另類媒介礙於人力調度和資源分配上也經常遇到瓶頸，所以，雖然有不同於主流媒介的革命性主張與組織運作方式，卻往往無法持續延展，甚至也無法避免勞資，或者理念立場爭鋒相對的問題：

這其實是另類媒體的一個特色也是大問題。不像主流媒介，特別是《破報》，自詡為「進步媒體」，有些不管是在內容生產上或人事上要有一定的進步性，但裡面也有勞資關係，但又具有革命情誼，所以很複雜（受訪者F，2012）。

在《破報》並沒有甚麼不能做的，有時候先作領先其他媒介跟進。從藝術、社會運動切入，《破報》最大貢獻往往在於第一個發現這議題、先談，引起很大的討論，但後來可能因為資源有限，所以難以延續（受訪者L，2012）。

離開純粹是因為個人因素，出於個人疲乏感，這種感覺是來自於覺得對它有責任，而不只是當作打工，如果覺得玩不出新花樣就會覺得不該混下去，這和在主流媒介裡面僵化、固定框架、缺乏討論空間的工作環境很不同，面對的態度也差很多（受訪者J，2012）。

換句話說，即使在另類媒介，堅持資金來源上的某些獨立和自主，卻也勢必無法逃避生存條件上的嚴苛，以及雇主與勞工兩種角色的對待方式問題，只是，選擇到另類媒介工作者往往較具有相對的理想性格與主觀認同感，也比較願意接受彈性、機動的工作模式，甚至很多人是因為喜歡這樣的工作模式而進入《破報》：

充分享受那種在《破報》的自由，可以把主觀的觀察與解釋放進去，我們這群人本來就對所謂平衡報導很不屑，刻意強調客觀已經不是我們《破報》關心的事情，是否為「解釋性」的新聞報導也有很多人討論（受訪者F，2012）。

> 週期性累積下來會感覺疲累，當時三個人輪流，保持兩年多後來才陸續離開，後來人力也變少了，壓力應該無形增加很多……。但是剛好遇到那時候主流媒體藝文版大幅裁減的時期～藝文版不賺錢啊！所以沒法像《破報》那樣有趣或深度……（受訪者G，2012）。

根據文本分析與訪談結果顯示，許多記者編輯選擇到《破報》，最初往往是受到其鮮明立場與相對進步開放色彩所吸引，但到最後卻又可能因為這樣的模式，導致自己在工作上面臨瓶頸與生活價值觀的抉擇而離開，許多人選擇離開往往並非受限於理念或負面情感因素，反而是因為對該媒介有更多的期待和使命感，受訪者往往在自認為無法「玩」出更多不同的議題或美學風格呈現情況下自行辭去。如此看來，另類媒介所具有的對抗主流和強調獨特性的性質，也正好是其人才或議題生命難以如主流媒介存續的主因。

三、強調與眾不同，「為弱勢發聲」乃不變原則

根據訪談十多位相關人員的結果，發現曾在《破報》工作的記者與編輯、美編或發行等，對於該報刊一開始均抱有一種明確的「另類媒介的想像」，那種想像並非如學院理論一般提出幾點分析要項，例如財源獨立、編輯完全自主權，或者必定與社會運動連結密切等，而是他們對於《破報》的文化形象有普遍一致的認知：《破報》可以做到其他媒介所不為的、《破報》可以提供他們實現某些理想的空間、《破報》能夠讓他們盡情的嘗試在主流媒介框架下所無法完成的表現形式，無論是報導議題或觀點、或者是美編的封面設計，「好玩」和「與眾不同」這件事情，對於曾在《破報》工作過的同仁來說都是很重要的想像，也是他們所推崇與珍惜的實踐過程：

> 我從小就看《破報》，有聽說那是一個你可以提出想要做什麼，會給你空間去做想做的事情的地方，加上《破報》關心的主題是我始終在讀和關心的東西，只有開編輯會議時會稍微提起哪些面向可以處理的建議，至於主編更是不會干涉記者寫稿內容，但會經常保持連繫，電話討論報導的方向和採訪等問題（受訪者B，2012）。

> 在《破報》可知道很多事情，透過討論會了解更多背後脈絡和觀點，五年來從這群人得到很多收穫。每位美編和主編個性都不同作的東西也不同，但都很有趣，「選人的時候就會選對人」吧（受訪者K，2012）！

針對訪談結果與相關學術理論的探討，對於另類媒介的想像，並無法歸結於單一的論斷，然而，對於曾在《破報》工作過的同仁來說，他們其實存有看似模糊卻又明確的文化想像及實踐方式，雖然這樣的想像可能無法十分清晰地對比於主流媒介的特質，對於《破報》主編和記者來說，真實往往是隱藏在主流媒介所報導的新聞事件後面，它們著重探討事件背後的結構因素，在每一次封面主題探討會上，總不厭其煩地爭辯「這樣的角度和其他人有什麼不同？」、「相關主題寫過很多次，還能有什麼新的角度與訊息提供？」、「你認為這個題目為何應該被報導」等等：

> 我覺得《破報》15年來都在尋找很微小的東西，或者說是沒有被別人看到的東西，例如另類文化、藥物問題等，還有許多未成名的藝術家等；只是寫過的東西常常不會想再寫，除非有劇烈的轉變才會寫……，如果比較《破報》與其他另類媒介的異同，那我認為《破報》比較重視脈絡性，不像《立報》或《苦勞網》強調即時性，《破報》以文字為主，習慣性冗長但也是他的特色……（受訪者K，2012）。

至於在寫作形式或美學設計上，《破報》秉持實驗報刊的性質，一方面不推崇如主流媒介單一的寫作格律，甚至強調記者和美編突顯個人特色，對於專欄寫手的內容也往往不加修改全文刊登，因此第一人稱的主觀論述方式在《破報》屢見不鮮，不同記者或寫手之間各自遵行一套典範，長期以來反而變成《破報》的獨特風格與品牌意象，例如電影和音樂寫手專欄數年不變，經常引用的範例也維持一定招牌特色；不過，在新聞資料蒐集與「讓弱勢者說話」上卻達成相當共識：

> 新聞寫作形式上，主流媒介很簡單，有一定典範可以遵循，但《破報》還在實驗，希望不一樣的呈現方式，包括寫作方式，但我們可惜沒有好好的把經驗歸納出來。不過難得是，自詡為「進步」媒體，卻又不大可能建立一套典範，要大家FOLLOW，這是兩難（受訪者F，2012）。

> 通常記者報新聞的時候就會大概知道這一周的題材，共同討論想要呈現什麼觀點，然後各自回去想；開會就像在討論，老大會提新點子與方向，主編也會來和我討論，至於風格、媒材、視覺就我自己去發揮。（受訪者K，2012）。

> 通常作者怎麼寫就怎麼登，例如寫電影的但唐謨一寫十幾年……，「有時候讀者還會問『為什麼都是這些人在寫？』」我想是一種慣性的堅持吧。好比李幼新不管什麼電影永遠都會扯安東尼奧尼……。「他寫這麼久，就是他了，他們就是《破報》的品牌」，許多前衛的電影深度、保護動物和環境等觀念在《破報》早已見怪不怪了（受訪者I，2012）。

不過，由於強調對比於主流媒介，《破報》面對外界社會問題和時空的更迭，不免產生另一層的矛盾與困境，畢竟，「先有事情發生才有報導」是先決條件，但是面對社會議題看似不斷發生但無新意或新發展窘況時，例如都更條例、藥物防治、老農生存權遭剝削與農業發展困境、墾丁春吶等，雖然在這些議題上，《破報》無論在報導時間或觀點上早已超前，但許多當其他主流媒介也開始加入探討時，它們也無法避免落入「還能有什麼觀點」與眾不同，或者提出其他人還未關注到的探討面向：

> 例如樂生、都蘭沙灘的事件，《破報》都是率先報導關注者，通常一開始在別人還不關注這些議題時會率先為這些弱勢團體發聲、引爆話題，提出結構面下的議題事件爭議點，反而後來很多媒體開

始跟進的時候，我們則很少報導了，主要是認為報導的角度都已經差不多報導過了，而且是越來越有一種無力感，深感不知道繼續報導下去又能怎麼樣？或者還能如何撼動改變整體結構或政治決策（受訪者B，2012）？

在這裡我不覺得苦，反而覺得很好玩，只是以前可以做的東西很多，但現在環境不同，許多議題，例如音樂、社運、都更、核能、怪手等都做過太多次，有時候會遇到瓶頸（受訪者K，2012）！

從以前到現在，有些是因為商業化，有些有足夠媒體可以報導，就比較不報。例如北美館有些議題還是會做，但後來發生北美館事件，彼此之間關係就變了……；例如台大、交大第二校區的問題，《破報》做了後，都更議題被炒起來。因此在《破報》並沒有甚麼不能做的，有時候先作領先其他媒介跟進（受訪者L，2012）。

根據訪談結果顯示，搶先某些社會或文化議題報導對《破報》來說並非難事，但困難的是如何延續和真正引起效應，對於另類媒介來說，媒介的角色並非單單只是為了報導事件的經過，而是為了希望引起大眾的關注和革命的可能性；更甚者只是希望提供一個真的多元化的公開討論平台，以及不同於主流媒介新聞生產的機制：

我認為網路科技固然改變了一些事情，但儘管如此，台灣仍沒有一個公開的資訊平台可以談事情，例如每個人都用藥，但沒有一個公開平台談這個事情，我們不該有一個這樣的平台嗎……？新聞媒體都在說謊話，要用最快速的成分去製造新聞，這樣才能產生二十四小時新聞網，這是新聞產製的過程有問題（受訪者L，2012）。

《破報》比較可惜的是沒有花很多力氣撼動媒體生態。我們花很多時間介入關心族群議題，但花在媒體同業本身的力氣卻是相對少的，導致現在整個行業出問題，所以自身也被拖累（受訪者F，2012）。

> 至於地下文化與另類文化，《破報》這幾十年來做這些文化的議題數量算不少，算是有意義的生存。我們也可談電影、藝術，雖從社會運動角度來看很怪，但其實在文化研究裡面有很大一塊即使提到對抗霸權，建立弱勢發聲平台的主張，根據葛蘭西的霸權理論認為權力關係是可以鬥爭改變的，這也是《破報》存在和努力的目標（受訪者L，2012）。

然而，從另一個角度來看，「另類媒介」的想像與存在，難道就只能依附在主流媒介之外的界定和附屬位置嗎？換言之，當我們思索「另類媒介」之所為與不該為的問題時，是否又再次落入非黑即白的區辨之中，而這種劃分法卻又是在主流媒介的角度來探討，那麼，試問：另類媒介的主體性在哪？它們存在的目的不能單純只是為了提出他們所認定的媒介角色與文化想像而存在嗎？

根據本研究結果，《破報》存在的目的與自我定位，總是以改變社會和撼動政經機制為宗旨，雖然在現實上往往面臨無法存續的困境，或是新媒介的挑戰衝擊，但內部的從業人員或刊物的立場上仍以此為準則，甚者許多人是因為受到《破報》不同於主流媒介的生產機制而主動加入，弔詭的是，這些的堅持與獨特性也正是導致《破報》在主流媒介壓迫下難以伸張的原因之一。然而，誠如《破報》創辦與發行人成露茜生前所言：「另類媒介存在的目的並非為了自身的存續，乃是為了完成階段性的任務」，又或者「『少數服從多數』不難」，「難的是多數能夠了解在尊重少數後，在少數與多數共同努力下，總體文化將更多元、力量將更壯大，受惠的，是所有的人。」[10] 那麼，關於《破報》這樣的另類媒介角色的立場與報導形式是否應該為了存續而進行妥協的課題，似乎已清楚揭示。

---

10 資料節錄自謝明玲（2012）〈成露茜 豐富的靈魂 辯證的人生〉一文，《天下》雜誌網站441期：http://www.cw.com.tw/article/article.action?id=5000634&page=5。

四、進駐藝文、咖啡空間，《破報》連結知青網絡

根據深度訪談初步結論，歸納出《破報》作為一種另類媒介的模式，其在產製與發行策略上確實刻意採取某些異於主流媒介的形式。例如《破報》復刊後改採「免費報」發行贈閱模式，除了方便拓展及接近所設定的目標（弱勢）社群，並藉此和主流商業媒介進行區隔，「免費」本身便具有特殊的立場及另類義涵；此外，相較於主流媒介為擴展廣告和銷售的需求，大量聘用業務行銷相關人員，《破報》自詡為台灣城市另翼青年文化刊物，存在數十年，也始終維持一位發行人員編制，並無特意在發行業務上積極作為，此與主流媒介思維模式十分不同。

觀察《破報》發行模式，可以發現其採取的是「點」至「線」然後至「面」的擴展方式，初期又以從形象獨立、另類的空間開始著手，例如唐山書局、地下表演空間、女書店等開始，逐漸擴充發行網絡，台大公館附近的社會運動者聚集處、同志活動空間、小型獨立書店、大小劇場等如今均可見其蹤影；而根據訪談發現，這些發行點的增設經常是來自於店家主動爭取，時至今日，由於免費報形式已被商業媒介模仿，加上報刊發行成本日漸增高，許多放置空間便開始改用訂閱方式，但仍維持兩百多個免費放置和取閱的定點。

總觀《破報》所置放的地點，以學校、獨立書店、誠品書店、藝文表演空間、人文咖啡館等為主，這些空間本身已具備清楚的文化定位及功能性，有些在《破報》成立之初，便同意或商請其進駐，主要吸引空間消費者取閱、討論，間接增添文化象徵意涵，包括城市劇場、台北光點等藝文展演、咖啡館均放置於顯眼之處。

五、《破報》促發社會運動 進而主導文化行動

自我定位為另類媒介，初期還以左派加以主張，逐漸就不再特別突出左派的主張，而是將其反對資本主義與站在社會弱勢團體一邊的主張，落實於刊物內容的生產實踐上，並且透過刊物報導刻意地介入社會運動及文化行動，凝聚讀者關注的力量。換言之，《破報》的存在不只是為了發行刊物，而是為了成為社會運動一環，《破報》主要是為了創造一個溝通管道：一個

讓弱勢發聲、或者讓微小者得以被看見的平台，其概念立基於「文化霸權」概念下之理論延伸和實踐。

因此，剖析其過往議題設定，特定報導數量多寡或議題言論，是否維持客觀、平衡並非其從業人員首要考量；相反地，能否透過《破報》引起更多人關注某些社會現象，並且起而支持運動者，甚至進一步成為運動者，又或者在報紙上決定為與不為的過程，本身便具有挑戰主流機制的意義。所以，《破報》工作者所真正關切的是行動的必要性與意涵，並具體落實在編採行動實踐上：

> 記者與參與者兩者的位置並不違背。若是要報導，就把工作做完就好，慢慢學習，若不是要報導，則是參與運動。例如貢寮音樂祭，縣政府要買五百萬要買沙來填，其中一個記者剃光頭去抗議，然後寫成報導；例如「建國百年報導」，記者到現場放國歌，問年輕人看法？為何不能創造事情，去探討一個問題……？對於運動和報導之間的關係，我做這個報導是要幫助這個運動，若無法報導這個運動，就不需要報導，例如王家、北美館、護士事件，我們運動是要讓運動有效果，而不是只是去運動，而是去讓這個運動發聲（受訪者L，2012）。

> 例如樂生、都蘭沙灘的事件，《破報》都是率先報導關注者，反而後來很多媒體開始跟進的時候，我們則很少報導了，主要是認為報導的角度都已經差不多報導過了，而且是越來越有一種無力感，深感不知道繼續報導下去又能怎麼樣（受訪者B，2012）？

> 通常我是自己有興趣就會去參加，例如樂生事件。在抗爭活動中幫忙拍照、參與活動，也會看電影觀賞表演看展覽等等，倘若在活動中被特別介紹反而會感到不自在；而且許多社會運動成員往往會反過來希望我們多幫忙（受訪者K，2012）。

然而，正因為《破報》記者通常十分重視自己的報導是否對運動有所助益？這樣的報導還能如何吸引更多共鳴與支持者？如此自我要求卻往往導致另一種迷思：繼續報導下去的意義何在？還能透過什麼樣的角度突破僵局？自己還算是運動者嗎？或者無形中也變成文化行動「消費者」？種種思考困境倘若無法獲得紓解，或者在任職期間無法看到社會現狀和政經結構的大改變，久而久之，《破報》人很容易會產生自我質疑、矛盾及萌生退意：

> 當記者比較多是自己過不去，同樣參與社會運動，當記者到後來卻會覺得自己有點害怕自己變成在「消費」社運朋友，會這樣說是因為當了記者後很忙，無法能有過去那麼多參與社會運動的時間，自己心裡反而會覺得很過不去，當然這只是我個人的想法，未必所有的人都會有這樣的疑惑（受訪者 B，2012）。

> 《破報》人一副破報樣，穿得邋遢，受訪者也是這樣的人居多，聊起來多半也很放鬆也不會打發你。作小眾議題，在溝通言語上都還好，直接聊……，受訪者對主流媒體還要裝個樣…。2006 年樂生我有去過幾回，收到簡訊能去就去……通常一兩年會遇到瓶頸，會想離開，週期性累積下來會感覺疲累（受訪者 G，2012）。

從訪談結果歸納發現，《破報》人對於和社會運動之間的關係，向來選擇站在支持與投入的角色，鼓吹及參與社會運動若是另類媒介重要的指標之一，那麼《破報》在這方面始終有所行動：透過報導編採過程加以實踐。

是以，報導過程本身便須具備社會運動的理念和實踐行為，這對於仍然必須慣常寫作的報導者來說也是極大的挑戰，也就是說，他們在如同主流媒介的例行性編採與寫作工作之外，還需投注多數時間參與或主導運動議題，盡可能讓報導與行動結合，是另類媒介的理想，卻也是另類媒介人力資源流動耗損的主因。一方面來自於編採人員本身的精神體力長期下來面臨挑戰，另方面也來自於社會外部的權力消長影響，如何堅持、維繫進而能夠時時突破僵局？這些疑問不斷衝擊社會運動者，更是對於像《破報》這類標榜另類媒介工作者的挑戰。

伍、結論：「另類」媒介不只是對抗主流

《破報》自詡和定位為另類媒介，透過分析其歷年來報導內容，以及深度訪談多位在《破報》裡工作的成員，釐清其所偏好的議題設定與報導、寫作形式，首先是建立在「有事情發生然後報導」的前提，秉持為弱勢、幾乎「不被看到」、缺乏發聲平台的族群說話的立場，他們一方面自詡為「和主流對抗」，但更明確地說，應該是採取「站在非主流、相對弱勢的一方」，讓微小、不被看見的聲音或族群被看見，乃是創辦人成露茜的創刊理念，透過總編輯和多年來投入其中的編採、發行和廣告等成員共同努力達成。

因此，對抗主流並非設定議題報導與角度時唯一的思考，但是如何站在弱勢族群角度思考，鋪陳其所面臨的生存處境，尤其強調為社會大結構中的邊緣族群發聲，才是每一次的編輯會議上不斷討論辨認焦點。從 Gramsci 文化霸權角度來看，《破報》採取先有發聲才可能凝結對抗的可能性，而《破報》的存在，除了提供閱聽人對於新聞事件不同於主流媒介觀點的認識外，其本身便具有社會多元文化之象徵意義。

基於如此立場，《破報》開展許多包括地下樂團、墾丁春吶、貢寮音樂季、毒品及藥物管制等文化議題，藉由分析《破報》內容，一方面協助了解主流社會文化思潮的流變，其中透露多元文化議題如何被吸納或依舊排擠在主流文化之外；另方面，隨著時空和社會價值觀的轉變，當某些議題成為主流媒介積極報導的議題時，《破報》反而選擇降低報導次數，或者積極尋找另一種可能的切入角度。即使是同一個議題，嘗試找出還未被報導的角度與尚被忽略的族群，似乎是《破報》在新聞報導和封面故事專題製作上始終的堅持，卻也是不斷的挑戰，或者可以說，是編輯、採訪、美編成員每周勞心勞力最大的比例。

在新聞編採過程中，《破報》也採取自成一格的新聞編輯台模式，相較於主流媒介慣常性由上而下直接交付新聞內容及主題撰寫方向，《破報》在每一次的過程中採取更為彈性和交代「為什麼要寫」的理由？總編輯並不直

接或者決斷地指定編輯、記者該如何而為。這樣的模式出發點並非出於對抗主流，乃是因應其另類新聞操作的必要。換句話說，彈性、水平式的編採會議雖可視為另類媒介的充分條件，但值得進一步追問的是，獨特的編採會議模式對於另類媒介的意義。

不過，另類媒介相對於主流媒介的組織形態和寫作形式，卻也是反映另類媒介現實資源受限的一面，根據《破報》研究結果來說，受到有限人力配置、講究深度報導、廣告來源難以大幅拓展，與廣告商之間的立場謀合等問題，以及追求議題設定及美學風格的不斷自我突破和創新可能性，其獨特屬性雖然因此吸引許多年輕人願意投入共同奮鬥，但也往往成為無止盡的壓力，加上每周出刊的時間壓縮，形成難以避免的人才流失和如何在報導角度上始終維與眾不同的困境。而《破報》所面臨的問題，也普遍存在於其他另類媒介中，似乎預言了另類媒介無法逃避的存續問題。

然而，《破報》並非以追求自身的存續為目的，相反的，乃是為了提供一個讓弱勢者發聲的平台，讓那些想說話的人得以說話，也因此，客觀、平衡方式的所謂客觀新聞報導從來不是他們首要的新聞價值框架，強調或者大幅放寬其主觀的文字用詞和報導方式，卻是《破報》一貫的再現事件模式與新聞格律，自然也難以逃避受到外來者對其觀點過於武斷之批判。面對這些問題，《破報》人以強調文化脈絡探討、深度蹲點的新聞編採模式試圖彌補，可觀的寫作論述篇章由此形成，並成為《破報》一種風格。只不過，在新聞生產有限的時空限制下，這般的新聞生產模式也面臨極大壓力，如何確實掌握資訊和證據完整性，如何盡量親臨現場、甚至隨著運動進程長期蹲點、田野訪查及深度訪談，往往也成為《破報》人最大的考驗。由此看來，雖然具有高度連結媒介和社會運動的理想性，但另類媒介的新聞生產模式與組織機制，卻已然無可避免地扮演主導新聞事件再現的重要因素。

總而言之，《破報》提供台灣另類媒介一個具研究及參考的典範，透過了解其獨特的文化想像和實踐過程，除了一窺主流媒介外的另一種新聞模式的可能性，更期待開展主流新聞學外更多元的文化視野與想像空間。此外，作為鼓吹與促發社會運動推手的《破報》，透過釐清其報刊內容數十年來的文化議題與論述轉變，進一步提供對於台灣社會運動及文化行動理論和實踐轉變的深刻理解，不啻為相關領域及延伸研究的可貴資產。

參考文獻

成露茜（1995）。〈1995 發刊詞〉，收錄於《破周報 15 年全紀錄》，台北：破周報。

成露茜、邱德貞（2006）。〈逃逸主流、獨樹一格：台灣另類《破報》群像〉，《世新五十學術專書－公民的新聞與社群想像》，台北：世新大學。

成露茜（2004）。〈全球都在找的新聞典範：台灣立報社長、世新大學新聞傳播學院院長成露茜發言稿〉，《2004 年 4 月 11 日公視演講廳：與大師對話》，台北：天下出版。

成露茜、羅曉南主編（2005）。《批判的媒體識讀》，台北：正中書局。

吉見俊哉著、蘇碩斌譯（2009）。《媒介文化論—給媒介學習者的１５講》，台北：群學。

黃俊良（2004・11・21）。〈青年造反之音——破報十年〉，《聯合報》。

陳子軒（2007）。〈另類媒體與社群建構 –《破報》與台灣都會次文化的實踐〉。台北：「公民意識的實踐與社群自主研討會 .。

黃順星（2010）。〈摸著石頭過河：成露茜的另類／新聞史研究〉，發表於《理論與實踐的開拓：紀念 Lucie 研討會》〉。

黃孫權（1998）。〈復刊 1998〉，收錄於《破周報 15 年全紀錄》，台北：破周報。

黃孫權（2006）。〈我們是免費的，但我們可不廉價 We may be free, but we´re not cheap!!〉，http://pots.tw/freeweekly，2007 年 1 月 6 日上網。

黃孫權（2010）。〈Lucie 與破報：我們的左派辦報經驗〉，http://www.pots.tw/node/4303，2010 年 2 月 5 日上網。

羅世宏等譯（2004）。《文化研究：理論與實踐》，台北：五南。（原著：Chris Barker(2000), *Culture Studies: Theory and Practices.*）

Atton, C. (2002). *Alternative Media*, London: Sage.

Bauman, Z. (1992). *Intimation of Postmodernity*. New York: Routledge.

Douglas K. (1990a). *Television and the Crisis of Democracy*. Boulder. Colorado : Westview.

—— (1995). *Media Culture: Cultural studies, identity and politics between the modern and the postmodern*. New York : Routledge.

Downing, J. D. H. (1984). *Radical Media : the Political Experience of Alternative Communication*, Boston, MA: South End Press.

—— (2001). Radical Media: Rebellious Communication and Social Movements, London: Sage.

McKay, G. (ed.). (1998). *DiY Culture: Party and Protest in Nineties Britain*, London: Sage.

Williams, R. (1974). *Television: technology and cultural form*. London: Fontana.

—— (1980). "Means of Communication as Means of Production." *In Problems in Materialism and Culture: Selected Essays*. London: Verso . pp50-63.

馬來西亞「華文日報研究」回顧與整理（2001 ～ 2011）

曾麗萍、黃招勤

壹、前言：填補空白

2001 年之後的馬來西亞華文日報（以下簡稱馬華報業）研究取向，或多或少、直接或間接，受到 2001 年「528 報變」及 2007 年兩大報業集團與香港明報企業正式簽署合併案，共計兩個階段[1]的華文報業發展影響。這個現象可以從許多碩士論文、專門著作及期刊與研討會論文中得知一二。另外留學台灣政策的修訂，許多馬國學生以外籍生或僑生身份投入碩士班或博士班研讀，因而出現更多從學術角度研究馬華報業品牌形象、集團化與壟斷、新聞自由與法令和民族想像與認同等各項議題。根據筆者從臺灣國家圖書館「臺灣碩博士論文系統」、馬來西亞大將書行網站（http://www.mentor.com.my）、華藝線上圖書館（http://www.airitilibrary.com），以及透過友人取得

1 一是 2001 年政黨介入報業集團營運，俗稱「528 報變」—馬來西亞執政政府國民陣線（簡稱國陣，Barisan Nasional，2012）成員黨馬來西亞華人公會（簡稱馬華公會，Malaysian Chinese Association）於 2001 年透過投資公司華仁控股（Huaren Holdings Sdn Bhd）全面收購南洋報業集團；二是 2007 年 4 月 24 日，兩大報業集團—星洲媒體集團有限公司、南洋報業控股有限公司與香港明報企業正式簽署合併案（東方日報，2007.04.24）。並於 2008 年 4 月 30 日以世界華文媒體有限公司（Media Chinese International Limited，以下簡稱世華媒體）名稱，在香港證券交易所及大馬交易所雙邊上市，成為中國、香港、台灣及新加坡以外最大的華文報業集團之一（中國報，2008.04.30）。

相關書籍、期刊文章、碩士論文等各類出版物高達數十餘冊和篇（以下統稱為出版物），筆者認為詳讀這些出版物，有助於理解 2001 年之後馬華報業研究觀點與偏向。透過重新認識文本內容，讓我們未來處理這一時期馬華報業研究課題時，有一個由內到外更加完整的歷史脈絡可循，包括報業集團正式合併後的回響、青年學子的反思與批判立場等。

本文並非第一篇處理此類問題的文章，莊迪澎（2011：7-8）在 2011 年於古玉梁出版的《報業風雲半世紀》一書中就已提及 90 年代之後，世界各地有關馬華報業學術研究成果。他認為馬國缺乏華文報業學術專書主要原因有三點，一是馬國國立大學傳播系所缺乏華人學者；二是 90 年代的專書內容呈現手法以作者親身經歷的微觀現象、雜談或是編年史方式整理這些史料，缺乏嚴謹的論述分析；三是缺乏研究經費和資源。至於 2000 年之後馬華報業研究專書以中國學者居多，莊氏認為，雖然以中國學者為主的專書有助於填補馬國華文報業專書出版的空白，可是，

> 這些著作雖然以較大篇幅和範圍陳述我國中文報業和報社的演變，但對於中文報紙在我國之處境、定位、文化角色的論述和內容分析，大多出於一種大中華民族主義的思維，與在地政經脈絡脫節，以致流於一廂情願的想像（莊迪澎，2011：8）。

所以筆者希望透過接下來的資料蒐集和分析文本範圍的界定，嘗試尋找專書空白或不足之處，是否可以藉由碩士論文及期刊與研討會論文填補？這種填補是否有助於提升青年學子投入馬華報業研究的動力？協助我們了解馬國業界與學界有關馬華報業的異同之處，以聚合成一股力量更新已有 198 年歷史的華文報業發展之路。

貳、文本界定：揭開面紗

馬華報業發展源頭可追溯到 1815 年荷蘭人統治下的馬六甲州（Melaka State），由英國傳教士 William Milne 及 Robert Morrison 創辦的《察世俗每

月統計傳》（*Chinese Monthly Magazine*），迄今被記載下來且規模不一的華文報刊數量多達 299 家（葉觀仕，2010：257-266）。由於報刊數量及性質眾多，且每個發展階段創刊的華文報與當下社會情境息息相關，提供馬來西亞和新加坡學者專家不少研究材料[2]。綜觀這些作者大部份都是新聞記者出身，曾擔任報社總編輯或其他部門主管、部份轉任學院講師或院長，以及擔任研究中心研究員等職務。若筆者從這時候開始著手處理這些著作將面對幾個無法解決的問題。首先龐大資料量已超負荷，非個人能力所及。作者角色轉變和馬國社會發展變遷等因素會左右作者的論述策略，若筆者冒然著手並隨意的排除社會發展變遷和作者角色轉變等背景，單純從書面文字進行理解，無助於解決接下來提到的誤讀問題，勢必會深陷文獻泥沼無法自拔，最後決定本文章只將研究範圍鎖定在 2001 之後的出版物。

2001 年之後的出版物除了上一節中提及，華文日報發展可能刺激了相關研究因素之外，透過這樣的大膽嚐試重讀這些出版物，也有助於筆者重新理解和檢視近 11 年來馬華報業發展脈動與當代社會發展歷程之間的關連性，以及另一個報業集團啟德行集團（以下簡稱啟德行，KTS Groups）[3] 旗下傳播業

2 參照葉觀仕（2010：275）著作《馬來西亞華文報業史》的〈附錄五：本書主要參考資料〉，學者專家撰寫的專書或文章可分成三大類，一是報社自行編輯出版著作，如《星洲十年》（1977）、《南洋商報六十年》（1983）、《光華日報七十五週年紀念刊》（1985）等。第二種類型有報社總編輯等高階主管撰寫的專書或負責編輯的文章合輯，例如朱自存的《縱觀華報五十年：馬來西亞華文報發展實況》（1994）、劉鑑銓編的《新聞背後》（2004）、葉觀仕的《馬來西亞華文報業史》（2010）等。第三種類型以期刊、副刊文章為主，包括曾任《光華日報》總編輯溫梓川撰寫的〈檳城報壇春秋〉（1970）、歷史學家李業霖的〈戰前「星洲日報」八位編輯—紀念「星洲日報」創刊六十週年〉（1989 年 1 月 9 日）等。

3 共有 6 份中文、英文、巫文報章；6 份雜誌及兩個電子資訊網站（包括《詩華日報》、《新華日報》、《東方日報》、《*The Borneo Post*》、《*The Sunday Post*》週日報、《*Utusan Borneo*》、《資匯》財經週刊、《小樂園》兒童月刊、《豆苗》學生週刊、《自然與健康》、《婆羅洲風采》週刊、《樂》週刊、詩華資訊（網站）及 *Borneo Post online*）（詩華資訊，2012）。

的發展形成雙雄鼎立的局面，這裡的局面非指兩大集團報紙銷量上的比較[4]，而是兩大集團之間常出現相互批評的評論文章及新聞報導。相較於2001年經營權易手帶來的內部動盪不安與反彈聲浪，馬華報業營運經過長時間摸索與調整，迄今顯得更加穩健和明朗化。所謂的穩健指的是除了世界華文媒體有限公司（Media Chinese International Limited，以下簡稱世華媒體）進一步掌握馬華報業高達90%華文報市場（中國報，2009. 08. 27）之外，世華媒體重新調整旗下報紙管理策略，讓四大報辦報方針更加明確，例如《南洋商報》在2009年及2010年重新調整編輯部陣容[5]，以及南洋報業控股削減成本及改善營運策略之後，於2007年9月30日為止的首季財務報告中取得約新台幣4000多萬元的稅前盈利（南洋商報，2007.11.26）。明朗化指的是張曉卿個人及旗下投資公司，自2002年起化身為30個重要股東之一（佔0.56%股權），到2006年握有44.76%股權[6]、2007年正式簽署合併案，以及2008年正式以世華媒體名稱在香港與馬來西亞兩地掛牌上市，張氏已從一個旁觀者[7]或協助

---

4 根據發行公信會（Audit Bureau of Circulation）在2012年6月發佈最新統計資料顯示，2012年1月至6月，星洲媒體集團有限公司和南洋報業控股有限公司合計的早報和晚報全馬報份共計820,936份。（《南洋商報》2009年退出發行公信會Audit Bureau of Circulation，所以未加入報份統計，2008年最後一次統計結果為124,100份），而《東方日報》加上東馬姐妹報《詩華日報》，則只有200,164份（Audit Bureau of Circulations Malaysia, 2012.12.14）。

5 見《南洋商報》〈莊宗南任本報總編輯．陳漢光任執行總編輯〉（2009年7月1日）及《當今大馬》〈冼慧欣回巢再推動“重商”轉型〉《南洋》報份下滑欲力挽狂瀾（2010年8月5日）兩則新聞。

6 正式合併之前，張曉卿旗下投資公司Pemandangan Sinar Sdn Bhd及Tiong Toh Siong Holdings Sdn Bhd在「528報變」第二年（2002年），已是南洋報業排名第12和第13大股東（Nanyang Press Holdings Berhad: 2002）。到了2006年，張曉卿家族控制的益思私人有限公司，在10月17日向華仁控股收購南洋報業21.02%股權，與其他相關人士合計，共持有南洋報業44.76%股權，成為南洋報業最大股東（星洲日報，2006.10.18）。

7 《星洲媒體集團》曾在《星洲日報》及《光明日報》發表聲明啟事，新聞可見《星洲日報》〈本報聲明 星洲日報未涉及報業收購〉（2001年5月30日）。

者[8]（否認參與收購），正式成為一個主事者[9]（合理化壟斷行為）。

歷經數次改版，《南洋商報》銷量未見起色。黃招勤攝

暫且不論 2001 年之後的出版物是否直接受到兩階段發展影響，但這一時期的批判性出版物較多，文中呈現內容多少代表這時期的發展特色或一種可以具體描述觀點，例如集團化、新聞自由、政媒共謀等議題的辯論。但這優點亦反映出潛在及可見的缺點，極有可能大部份出版物論述主軸也只反映了某一史觀或派典，例如政治經濟學觀點。更何況某些出版物來自敵對媒體，如此一來自然產生兩極對立的局面，對於重新認識馬華報業有其不足之處。但不論是優點或缺點，從宏觀層面來說，有助於構建馬來西亞境內學界、業界和留學海外青年學子有關馬華報業研究的大面貌；微觀層面則有助於顯現出華文日報在華人社會（以下簡稱華社）中所處的位置及其角色扮演。因為長期以來，華社普遍將華文報業視為華社文化資產，特別是華文日報；其次，馬國華文日報銷售量高達 1,113,291 份（Audit Bureau of Circulations Malaysia, 2012.12.14），是華裔讀者重要資訊來源之一。換言之，華文日報形構了華社對於國家治理、族群政治、華文教育等領域的理解。

另外，本文界定的出版物鎖定在馬來西亞人撰寫的著作和文章，排除了國外作者，如中國學者彭偉步[10]於 2008 年出版的《星洲日報研究》（此書也

8 《中國報》曾在 2001 年 5 月 24 日引述馬華公會高層消息，指星洲報業集團參與收購行動，新聞可見《中國報》〈星洲日報集團參與馬華收購南洋報業〉（2001 年 5 月 24 日）。

9 張曉卿合理化壟斷行為可見《星洲網》〈關於我們〉網頁裡收錄他在 2006 年 4 月 30 日演講全文—〈《星洲日報》美里印刷推介禮 社長張曉卿演講全文：大馬媒體無法壟斷〉，網址：http://www.sinchew-i.com/intro/index.phtml?file=speech.html

10 彭偉步是以「星洲媒體集團訪問學者」身份到馬國撰寫該書。

同時授權給《星洲日報》在馬來西亞出版）及2009年出版的《新馬華文報文族群和國家認同比較研究》，最主要原因是上述著作過於突顯張曉卿個人豐功偉業及《星洲日報》的宣傳，文中並無提及2001年張曉卿間接參與的政黨收購，以及後來封殺反收購和反壟斷言論等問題。至於其他中國學者著作則多採宏觀理解，且從中國視角觀看海外華文日報，流於一般傳統論述，並將以華文書寫的華文日報現為海外華僑報紙（或如莊迪澎所提及的大中華民族主義思維），忽略了海外華文報，尤其是馬來西亞華文日報所涉及更複雜的族群情意節問題，例如傳統的鐵三角論述（華人社團、華文報業和華文教育），或後期的資本壟斷與民族情感操弄等，缺乏一種更在地或更屬於本土脈絡的辯論。反之，馬來西亞作者撰寫的專書、碩士論文或研討會論文，更貼近華文日報發展動態、更細膩的解開華文日報不為人知的一面或更關懷參與者實際的實踐過程。簡單舉廖珮雯《卑微與崇高：馬來西亞華文報記者的自我角色認知》碩士論文為例，從研究對象訪談中得知，華文日報合併之後所產生的種種問題，包括四大華文日報在使用外國雜誌內容上的優先順序。

> 某一些雜誌，因為我們副刊專題要用很多雜誌，要參考別人的資料然後改寫，《天下雜誌》，V報館不能用，只能限制是III報館的privilege，只能III用，已經有一個list下來了，所有的有分量的雜誌，是III報館用的，次要的雜誌，《蘋果》啊，才歸到V報館那裡（轉引自廖珮雯，2008：71），

又或者是原先在體制規範上沒有「嚴格規範的報章，也需要遵守由集團的核心報館，即III報館所指定的規範」（廖珮雯，2008：72）。

不過海外學者的專門或相關著作，如前面提到的彭偉步《星洲日報研究》、《新馬華文報文、族群和國家認同比較研究》或是程曼麗在2001出版的《海外華文傳媒研究》等著作裡，引用的數據、報老板立場、海外華文日報的角色界定等內容，都是具參考價值的重要文獻。筆者必須承認上述思考可能過於粗糙，也可能誤讀作者原意而誤踩雷區，尤其是接下來提到作者

立場偏重帶來的平衡性問題，種種問題加深撰寫困難度。高淑清（2010：31）在《質性研究的 18 堂課：揚帆再訪之旅》一書引用 Gadamer 對於創造性詮釋的說法─詮釋者衍生出的新觀念「是一個超越歷史性的創造與開放的空間」。Park（1922 ／陳靜靜、展江譯，2011：5）也認為，閱讀大量晦澀難懂材料及廣泛的人類生活資料，難免產生判斷和事實上的錯。這些說法增加筆者投石問路的勇氣，希望能替馬華報業研究留下微小的貢獻。

本文分析文本以出版類型做先後順序排列，第一種為碩士論文；第二種為專門著作（以下簡稱專書，含剪報編輯書）；第三類期刊及研討會論文。第一種學位論文利用國家圖書館的「臺灣博碩士論文知識加值系統」，輸入「馬來西亞華文報」（共 53 筆，其中 1 筆重複）及「東南亞華文報」（共 63 筆）兩組關鍵字，條件設為「不限欄位」，得出 18 篇碩士論文，排除非專門探討馬華報業的碩士論文，例如吳曉慧[11]（2008）的《馬來西亞沙巴州華語的研究》，最後選出以下 7 篇由馬來西亞學生撰寫的碩士論文，做為本文第一種分析文本：

一、黃國富（2002）的《馬來西亞華文報紙與族群認同建構─以「華小高職事件」為例》；

二、黃招勤（2004）的《西馬來西亞華文報之發展與困境──多族群環境中報紙角色和功能的轉變》；

三、廖珮雯（2008）的《卑微與崇高：馬來西亞華文報記者的自我角色認知》；

四、李政賢（2009）的《馬來西亞《光華日報》的中國認識─

11 吳曉慧（2008：118-122）在〈華文報紙與雜誌在沙巴州的發展過程〉和〈異國語言在華文報中的呈現〉兩個章節中提到，因為地方報社老手紮根與缺乏新血填補，以及轉譯或直接轉載西馬來西亞、香港、美國或北京等地區，甚至延用馬來語和英語情況下，產生同一份報紙新聞和廣告用語的差異。無可否認，這些研究有別於當代華文報業的主流論述，也相當有趣及生動，卻因為作者並非以報紙為主要分析文本，所以不會太深入去探討社會發展與華文報關係，減少社會脈絡的串連。

在華僑與華人兩種身份之間》；

五、楊麗玲（2010）的《馬來西亞巫華女性候選人媒介分析 - 以第 12 屆全國大選為例》；

六、曾麗萍（2010）的《西馬來西亞華文報業發展的政經分析（1880-2008）》；

七、陳為斌（2011）的《消費者對於報紙品牌形象、品牌認同、品牌忠誠與購買行為關聯之探討——以《星洲日報》及《中國報》為例》。

第二種專書透過以下三種方式取得。首先翻閱相關學術著作附錄的參考資料，以文獻追文獻的方式，盡可能搜集所有相關著作。再來使用馬來西亞新紀元學院圖書館電腦搜尋功能，鍵入「華文報」、「中文報」、「報業」、「報人」、「中國報」、「星洲日報」、「光華日報」、「東方日報」及「光明日報」等關鍵字。新紀元學院是華社辦的大專學院，其中中文藏書量為馬國大專院校中排名榜首（星洲日報，2011.04.26），並且收藏了許多馬來西亞華人研究的書籍，因此本研究選擇該院圖書館為搜集資料的主要管道，資料搜集結果符合文章開頭所談到的兩階段發展影響。第一階段（「528 報變」）內容主要是集結反對收購的評論文章、事件演進記錄、參與者的親身觀察等，包括陳漱石編（2001）的《華文報變天全記錄》及《華文報天變再記錄》；黃進發、林德順、黃家偉及王宗麟合編（2001）的《報殤—南洋報業淪陷評論集》；呂堅強（2001）的《報變 96 小時——中國報易手實錄》等。第二階段（報業集團合併案），出版物寫作形式雖然與第一階段大同小異，但批判對象和主軸從政黨轉向星洲媒體集團、從國家權力控制到言論集中化，如古玉梁（2006）的《528 南洋報業大揭密》及曾維龍編（2007）的《黃絲帶飄揚—— 2006 馬來西亞反對媒體壟斷運動實錄》。上述出版物內容呈現多元面向，有評論集、學術著作、歷史個案研究、雜誌、編年史、自傳或半自傳、報團歷史等類別。縱觀眾出版物不難發現，雖然 10 年來本土出版品大量增加，如同莊迪澎（2011）所言學術著作卻非常少。筆者認為，當中可以算得上學術研究的，只有莊迪澎於 2004 年出版的《強勢首相 vs. 弱勢媒體——給馬哈迪的媒體操控算帳》一書，因此，可供本文分析專書非常有限。

受到 528 報變影響，馬來西亞華文報業專書出版量大增。黃招勤攝

專書第一個特點是繼承過去，以古到今且按照不同報章做分類的傳統寫法。從 19 世紀 60 年代胡文虎父親在緬甸仰光創業開始，至 2010 年兩大報業集團—星洲媒體集團旗下四大報與啟德行集團《東方日報》的功與過，以及過去文獻未曾接觸的《星洲日報》復刊之後的行銷策略，例如古玉梁的《胡文虎報業王國——從興盛到衰落》（2005 年）及《報業風雲半世紀》（2011 年），以及葉觀仕的《馬來西亞華文報業史》（2010 年），替新加坡胡文虎報業王國及馬來西亞與新加坡，戰後兩地華文報業的歷史共同體做了完整的串連，並且較為詳細記載 80 年代之後馬華報業紛紛易手、商業化及集團化過程。另外也討論特定國家領導人主政時期的媒體操控，如莊迪澎的《強勢首相 VS 弱勢媒體——給馬哈迪的媒體操控算賬》（2004 年），不只補足了壟斷前，亦較完整的記載了壟斷後馬華報業整體的發展。特別是延伸了葉觀仕《馬新新聞史》[12]（1996 年出版）在 1996 年之後的華文報業發展狀況，以及補充了葉氏書中沒提及的陳年往事。第二個特點，三位作者皆具備媒體經營和管理經驗，如古玉梁及葉觀仕，兩者皆在馬國華文報業任職超過 15 年，經歷華文報業物換星移，對於報社內部營運、外在限制和關鍵人物細節等面向的深度描述，有助於讀者找到一位全觀位置再理解與重新理解馬華報業，而非如其他專書只著重於報變之後的點點滴滴。

12 葉觀仕在 2010 年修訂《馬新新聞史》，並改名《馬來西亞華文報業史》重新出版，增訂 2001 年報變及張曉卿報業王國興起內容。

本研究不擬分析箇中複雜的緣由，只是點出現況，考慮現實侷限後決定放寬標準，將缺乏理論的辯證及學術的論述的歷史著作也納入分析。選擇此類著作的主要考量是，研究馬來西亞報業的起點必定是要掌握歷史，因此報業史的整理和爬梳愈發重要。相關著作雖然缺乏理論基礎，卻免不了隱藏著作者本身的立場和觀點，筆者試著找出作者的立場和觀點，提供後來研究者參考。總結來說，符合本研究分析條件的著作共四本，分別是古玉梁的《報業風雲半世紀》、葉觀仕《馬來西亞華文報業史》、古玉梁《胡文虎報業王國—從興盛到衰落》及莊迪澎《強勢首相 vs. 弱勢媒體——給馬哈迪的媒體操控算帳》。

第三類為期刊及研討會論文。前者透過國家圖書館臺灣期刊論文索引系統、華藝線上圖書館、台灣期刊資料庫及中國期刊全文數據庫四個中文資料庫，以「馬來西亞」、「馬來西亞華文報」、「星洲日報」及「南洋商報」為關鍵字，搜尋條件為全部欄位，得出結果分別如下：

一、臺灣期刊論文索引系統：共得132篇，但只有莊迪澎（2009）的〈威權統治夾縫中的奇葩——馬來西亞獨立運動方興未艾〉一篇符合本文研究條件；

二、華藝線上圖書館：以「馬來西亞」為關鍵詞查詢整個資料庫，得出期刊文章461篇；碩博士論文251篇；會議論文4篇。因碩博士論文以國家圖書館的「臺灣博碩士論文知識加值系統」為主，故這裡排除不去理會，只篩選期刊文章和會議論文兩個類別。此兩個類別再以「華文報」為關鍵詞利用「檢索結果再查詢」得出期刊文章共3篇，可惜沒有一篇文章符合研究條件；

三、台灣期刊資料庫：共得64篇，但只有黃國富（2008）的〈遲滯中突露曙光：馬來西亞的媒改行動〉此篇符合本文研究設定的條件；

四、中國期刊全文數據庫：日期設定從1915年至2012年搜尋「文史哲」及「教育與社會科學綜合」兩大類，共得248篇文章，但撰稿人皆非馬來西亞人，故此資料庫得出結果全部排除不用。不過像梁霞（2006）撰寫的〈大馬光華日報掀新頁〉文中介紹《光華日報》創刊的時代背景及電腦化出版的過程等，值得筆者在未來擴大研究範圍時參考與引用。

研討會論文則透過如東南亞區域研究年度論文研討會、中華傳播年會等大型研討會搜尋。研討會論文目前只蒐集到 4 篇論文，文章如下列表：

一、黃國富（2008.04）的〈掙扎在威權體制與族群政治中的媒體改革——以馬來西亞「撰稿人聯盟」的實踐為例〉（2008台灣的東南亞區域研究年度研討會）；

二、莊迪澎（2010.04）的〈威權體制中的公民話語力量——馬來西亞與新加坡的兩種景觀〉（2010 年台灣的東南亞區域研究年度研討會）；

三、莊迪澎（2011.07）的〈文化霸權之偽善抗衡——馬來西亞《星洲日報》的「道德－文化」行銷策略批判（1988-2010）〉（2011 年中華傳播年會）；

四、黃招勤（2011.07）的〈星洲媒體集團執行主席張曉卿與商品化的馬來西亞華裔族群想像〉（2011 年中華傳播年會）。

接下來將引用葉觀仕《馬來西亞華文報業史》文獻簡略說明馬華報業發展，以及林麗雲和 James Curran 撰寫的兩篇有關傳播研究史觀文章，協助我們檢視從 2000 年至 2011 年為止，青年學子從何種觀點切入理解馬華報業研究？他們選定那些華文報業組織做為研究對象？這些研究與馬華報業發展又有何關連？綜合這些研究，我們是否可以更全面理解馬華報業現況等問題。

參、馬華報業研究現況：探索之旅

從 1815 年到 2003 年，馬來西亞華文報業共經歷七個發展階段，每個階段都有新報刊創刊以呼應當下的社會局勢。首先是外國印刷技術傳入的萌芽期（1815 年到 1879 年），這時期以外國傳教士辦的宗教性月刊與週刊為主，共有 4 家。第二階段為孫中山在海外推動革命運動的成長期（1880 年到 1919 年），因保皇派與革命派戰火延燒至國外，這時期以政論性報刊為主，共有 16 家。第三階段是中華民國成立滿 10 年後的發展期（1920 年到 1941 年），政論性報紙逐漸消失，取而代之的是商業性報刊，至少有 118 家大小型報刊。第四階段為日軍南侵的淪陷期（1941-1945），華文報刊全數停刊。第五階段為二戰結束的光復後（1945 年到 1957 年），因戰後對新聞的急迫需要，至少有 114 家報刊創刊或復刊，競爭激烈，最後卻只剩 11 家繼續經營。第六階段為脫離英殖民地政府的獨立後（1957 年到 2000 年），原本具規模報刊紛紛停刊，報業集團隨之崛起、政黨介入經營華文報業，這時期華文報數量從最早 108 家淘汰之後只剩 18 家。第七階段為報業集團領軍的跨世紀（2001 年迄今），因官方已採取不發放新的華文報業出版准證，到了 2003 年只有一家華文報刊《東方日報》創刊（出版准證購自 Pernerbian Cerdas Maju Sdn. Bhd.，葉觀仕，2010：218），東馬來西亞（簡稱東馬，East Malaysia）和西馬來西亞（簡稱西馬，West Malaysia）加起來的華文報刊只剩 14 家（同上引：1-2）。

換言之，上述的走馬看花的確讓我們了解到，檢視馬華報業發展即可理解馬國社會發展，反之亦然，這是第一個理解層面。James Curran（2002）《媒體與權力》（*Media and Power*）第一章〈對立的媒體史敘事〉（Rival Narratives of Media History）及林麗雲（2000）〈為台灣傳播研究另闢蹊徑？：傳播史研究與研究途經〉兩篇文章，似乎可以替上述問題找到適合的理解位置。筆者相信 Curran（2008：3-4）所言，將媒體研究置入於更廣的社會發展趨勢脈絡中，有助於釐清媒體史的核心議題。林麗雲（2000：38）指出，台灣傳播學界在 90 年代與其他社會科學界進行跨學門合作產生的多元面貌（包括傳播批判、女性主義等派典），有助於檢視：

> 鉅觀理論所發展出來的假設，觀察各種因素（如國家、資本、意識型態、反對運動等）的性質，看它們如何形成？如何互動？如何轉型……？哪些較適合用來解釋台灣的傳播環境？它們所能解釋的，是哪些面向？又有哪些限制？（同上引：38-39）。

但這是否就有助於我們更深入了解國家和種族等面向如何形構這時期的華文報業，以形成一個較為全面的馬華報業輪廓？想當然爾，第一個理解層面只是單純的現象描述或歸納，無助於替這 12 年來各類出版物所形成的學術成就，進行有效的界定，以產生兩者之間的對話空間。所以接下來筆者必須重新回到一個思考落點，到底是哪些動力促成這股研究風潮，這股研究風潮又帶來怎樣的反思能力，而這反思能力又如何或可能促成這一時期的學術觀點。從上述基礎點出發，本節試著先從碩士論文開始，簡略說明這些研究的研究對象及研究主題等內容，試著交待馬華報業發展與社會現況，接著再以這些小主題進一步討論作者們的研究成果，並在第四部份總結說明。

各大華文報都會在特定紀念慶典出版專刊，是研究馬來西亞華文報業發展重要文獻之一。黃招勤攝

一、碩士論文：隱藏在歷史長廊的意義

（一）西馬華文日報為主要研究對象

蒐集到的 7 本碩士論文，其研究題材和研究對象都集中在西馬華文日報組織和新聞工作人員，作者除了考量以首都吉隆坡（Kuala Lumpur）及雪

蘭莪州（Selangor State）為總社，做為主要編務及印刷指揮中心的《星洲日報》、《南洋商報》及《中國報》為主要研究對象（黃招勤，2004：27；廖珮雯，2008：47）之外，另有以下三個決定要點。第一，這兩個地區（以下簡稱雪隆區）的發行量居全國之冠[13]（黃招勤，2004：27；陳為斌，2011：3）。第二，西馬幾個華人人口集中城市，如檳島（Penang Island）、怡保（Ipoh）和馬六甲（Malacca）也設區域性華文報總社，後來除了檳島的《光華日報》之外，其他報紙相繼在80年代前後倒閉（黃招勤，2004：27）。第三，雖然國家行政中心已在1999年開始陸續遷移到距離吉隆坡市中心約25公里的雪蘭莪州布特拉再也區（Putra Jaya），但吉隆坡仍是重要的行政、文化及金融中心（同上引：27），而且「西馬華文報一路走來，緊緊追隨著國家的發展脈絡……，經歷了英殖民時期、馬來半島獨立、馬來西亞成立等等的歷史時期」（曾麗萍，2010：5）。

（二）華文日報做為多元象徵與想空間場域

黃國富（2002）、黃招勤（2004）、廖珮雯（2008）、李政賢（2009）、曾麗萍（2010）及楊麗玲（2010）的碩士論文皆將華文日報、華社或華裔讀者放置在一個特定的鮮明角色及社會發展脈絡上，反映了華文報做為多元象徵與想像空間的場域，例如楊麗玲的女性候選人、黃招勤的報社主管等人、曾麗萍的新聞從業人員、廖珮雯的五大報新聞記者、黃國富的80年代關心華文教育的華社及李政賢的檳城州華社。這些研究對象不僅扣連著馬來西亞華社，甚至牽動著馬來西亞華裔族群所處的位置。換句話說，有些研究從國家政策、族群文化、教育背景和宗教信仰等因素，理解女性候選人如何被媒體賦予不同形象，再現其是極積或是被動角色（楊麗玲，2010）；有些是在重要的歷史事件當中，分析華社如何透過華文報動員華社力量，進一步建立族群身份認同和想像，以捍衛族群權益（黃國富，2002）。其中尚包括華文日報報導香港回歸和北京奧運兩個重要議題裡，馬來西亞不同年齡層華人對

---

13 根據馬來西亞發行公信會（Audit Bureau of Circulations Malaysia，2012.12.14）2012年12月

中國想像的差異（李政賢，2009）；有些則是針對記者如何看待其崇高的傳統使命與道德責任，在國家利益與族群利益之間不斷尋找平衡點，同時調整角色與功能，以維持與生俱來的使命與責任（黃招勤，2004）。或是新聞記者如何在華人政治地位低落及發展受約束大環境中理解自我角色，以及在同行、報社組織營運之間與他者互動情況及自我認知如何調整等問題（廖珮雯，2008）。有些則是在放在更漫長的歷史進程，從 1880 年到 2008 年，馬來西亞經歷不同國家領導人，以及威權政治統治過程中，如何左右國家經濟發展政策，帶出華文報與國家機器角力過程中，努力尋找新出路和改革的可能性（曾麗萍，2010）。

不同於上述 6 本，陳為斌碩士論文──《消費者對於報紙品牌形象、品牌認同、品牌忠誠與購買行為關聯之探討──以《星洲日報》及《中國報》為例》，主要針對雪隆區讀者進行問卷調查，以找出《星洲日報》及《中國報》的品牌形象、品牌認同、品牌忠誠與購買行為之間的關聯性。雖然論文是以量化研究為主，但在品牌形象[14]類目中的產品形象結論部份，凸顯出張曉卿壟斷華文日報影響《星洲日報》及《中國報》公正報導形象，「與《星洲日報》結果一樣，讀者對《中國報》報導的公正性及不受政治干預是不認同的」（陳為斌，2011：82）。

馬來西亞華文報章是該國華人社會獲取各類資訊的重要媒介。黃招勤攝

綜觀而言，大部份研究仍將華文日報等角色放在一個多元象徵的位置上，它總是在漫長的道路上不斷延伸或改變其原來意義和內涵，如同曾麗萍（2010：1）在其碩士論文第一頁就寫到，

---

14 在品牌形象類目，消費者對《星洲日報》的「企業形象」及「使用者形象」抱持正面與認同態度。對《中國報》則完全抱持不認同態度（陳為斌，2011：82-83）。

> 從第一份於1815年創刊的《察世俗每月統記傳》到2003年創刊的《東方日報》，馬來西亞華文報歷經英國殖民、日本佔領、馬來西亞建國和發展……，在漫長且曲折的歷史長河中，華文報擁有精彩而獨特的生命史，這部生命史不僅寫下了華文報的發展歷程，也寫下了華人在異鄉生根、將異鄉轉變為家鄉、又在家鄉尋求認同的移民史。進一步言，這部生命史也記錄了從華僑／華人視角出發的馬來（西）亞近代史，而這意味著，這部生命史記載了種族不平等的國家種族政策、華人積極爭取族群平等以及威權政府管制媒體言論的種種事跡。由此，馬來西亞華文報獨特之處在於，它緊緊和華人社會綁在一起，在這多元族群社會裡陷入族群困境之中，延伸出自成一格的發展軌跡。

多元象徵角色本身即是一個複雜的形塑過程，她一方面反映華文報業在馬來西亞多族群環境中多重身份，另一方面則清楚顯示華文報業與華社的連帶關係。華文報做為一個意義載體，同時也是一個隨著國家發展不斷改變其具體形象之個體。

二、專書誕生：再理解馬華報業發展困境

專書的第一個特點是記錄了19世紀末——胡文虎父親至2010年兩大報業集團——星洲媒體集團旗下四大報與啟德行集團《東方日報》的功與過，例如古玉梁的《胡文虎報業王國——從興盛到衰落》（2005年）及《報業風雲半世紀》（2011年），以及葉觀仕的《馬來西亞華文報業史》（2010年），替馬來西亞和新加坡兩地華文報業的歷史共同體做了完整的串連。同時還檢視了特定國家領導人主政時期的媒體操控，如莊迪澎的《強勢首相VS弱勢媒體——給馬哈迪的媒體操控算賬》（2004年），不只補足了壟斷前，亦較完整的記載了壟斷後馬華報業整體的發展。另一個特點是三位作者皆具備媒體經營和管理經驗，對於報社營運和人物細節等面向的描述，協助外國學者

或研究生撰寫論文時解決第一手資料不足問題。與此同時，作者學術養成也協助讀者得以找到一個觀看位置來重新理解馬華報業。

先舉古玉梁的《報業風雲半世紀》一書為例，書中揭露許多不為人知的報業內幕，包括反工會和反星洲媒體，以及不滿編採部主導報業營運的爭執，特別是他在第二章論及《通報》的靈魂人物周寶振與工會斡旋的歷史時，作者下的小標是「對付懶人出高招」，其中一段內文寫道：「以周寶振的性格，絕對不會贊同職工會推崇的『員工應該享受平等待遇』的理念。像他這種諸事利益掛帥，重用勤勞能幹之士，對懶人毫不手軟的人生哲學，豈能容許報社裡有人躲在工會後面不做事？」（頁 117-118）。另一方面，作者在《星洲日報》工作期間，捲入了高層人事權力鬥爭中。作者第三章論及《星洲日報》問題時，對一些高層已有批判，在第四章、第五章《星洲日報》的部份，暗批多位星洲高層如劉鑑銓（當時的總編輯）、洪松堅（當時的副總編輯）等人。作者在文中交代他本身辭去董事職務的事件，表示「不再踏入徒有正義虛名，言行不一的報社」（頁 272），一言道出他對該報團的評價。第三，作者在書中揭露，他在《星洲日報》掌管業務時，要求編採部改革走「市場導向」，但不獲編採部接納的內幕（頁 264）。作者對《星洲日報》編採部的不滿躍然紙上。他寫道「《星洲日報》編輯部高層主管曾經長時期自我陶醉於『無冕皇帝』、『輿論先鋒』、『高高在上』甚至唯我獨尊的紛擾中……」（頁 149）。從這些事件中，作者在書中不經意流露出市場導向的辦報理念，又或作者將平等待遇等同懶惰怠工的邏輯，顯示了其偏資本家的立場。古玉梁另一本著作《胡文虎報業王國——從興盛到衰落》則是他為胡氏家族寫的傳記。他本人因曾經擔任香港《明報》高職的經歷，按照該書附錄的參考資料，顯示作者除了參考了大量二手文獻之外，還加上其對胡氏家族的親身觀察而寫就的一本傳記。

國家威權體制和主事者的強硬手段所制訂下的法令條文，乃馬華報業一直無法擺脫的舊問題，這部份莊迪澎的《強勢首相 VS 弱勢媒體——給馬哈迪的媒體操控算賬》有其專門論述。莊氏曾在《星洲日報》擔任新聞記者，而後又協助馬來西亞新紀元學院設立媒體研究系，相較之下對於馬哈迪 24 年政權（1981 年至 2003 年）與媒體關係有極深入的觀察，此書亦是馬來西亞唯一一本分析前首相馬哈迪的媒體政策的學術著作。文中對於馬哈迪的媒體觀及上位初期面對的政敵壓力，解釋了馬哈迪強勢控管媒體的動因。作者一方面運用大量案例論證馬哈迪打壓媒體自由，另一方面則運用傅柯的權力觀—圓型監獄，分析馬哈迪操控媒體的手段，例如操弄司法（頁 49）、操弄國家意識形態（頁 37）、促成了目前高度壟斷的媒體結構（頁 119），以及不自由的媒體環境（頁 153），作者立基於傳播政治經濟結構史觀，其中政治結構尤為明顯。

對照古玉梁著作，古氏則多將焦點放在單一的困境，例如馬哈迪的強硬手段對新聞界帶來寒蟬效應，撰寫政治新聞時顯得格外小心，相較停刊前，《星洲日報》收斂許多（頁 244）。不過兩者相互呼應，也激盪出較為全面的馬來西亞媒體觀，特別是莊氏一書中有關國陣政府的金融醜聞、巫統黨爭、稀土開發環境議題、國家現代化發展政策、茅草行動及開除最高法院院長，清楚說明馬哈迪媒體管制手段，如何促成最終馬華公會介入南洋報業及《星洲日報》的角色。換言之，政治力介入媒體營運從古至今從沒減緩，時而透過政商關係影響編務運作，時而經由收購行動直接干預報社立場，因此古玉梁一書補充莊氏未處理及之後報業發展細節，例如報變之後創刊的《東方日報》，也因申請出版和印刷兩張准證搞到焦頭爛額，出現創刊第一天就遭內政部下令停刊不得出版（頁 371-374），以及重新發出准證時註明得辭退 6 名編輯部人員，這些人員當中不乏是報變時遭辭退的南洋報業集團主管，讓古氏覺得當中有馬華公會和《星洲日報》力量介入（頁 379-381）。

至於葉觀仕最後一本著作《馬來西亞華文報業史》是增修 1996 年出版《馬新新聞史》一書。雖然相隔 14 年重新修訂出版，葉氏著作仍然是馬來西亞唯一一本詳盡的華文報業編年史。該書橫跨 195 年，主要以報業發展和國家發展轉變作為時代劃分的依據，比如第二章至第四章是不同時期的報業發展，第五章至第七章則是不同階段的國家發展。在斷代的安排上，以報業發展劃代較為合宜，而以國家發展階段劃代，難以看出華文報業發展軌跡。該書最大缺陷是第七章，該章節以國家獨立至 2000 年，橫跨 43 年的歷史。事實上，這 43 年內華文報業經歷多次的轉變，其中的複雜性，非一章節能處理，作者在一章節內將其一網打盡，史料變得有點流水帳處理，難以看出這時期的報業特色。

《星洲日報》銷量全國第一，不能忽視其影響力。黃招勤攝

另外，葉觀仕因曾擔任多家華文報總編輯、副總編輯及主筆等職務，加上其曾致力於蒐集馬來西亞華文刊物創刊號，以及編寫《馬新報人錄》（1999 年），故對於新報紙的創立、報紙的創刊宗旨、創辦人背景、報紙方針和內容形式、主編背景等資料皆有深入的介紹，特別是壽命短暫迄今已無人問津的小型報刊，都在書末附錄三中詳細列表說明（頁 257-264），迄今為止，仍無人能出其右，亦是研究馬國小型報刊最佳入門工具書。

三、期刊與研討會論文：走出華社與進入華社

有關馬華報業研究的期刊與研討會論文主要集中在 2008 年之後，屬於較晚期的著作，包括莊迪澎（2010 年及 2011 年共 3 篇）和黃國富（2008 年共兩篇）共 5 篇論文及黃招勤 1 篇（2011 年）。當中涉及到台灣政府對僑外生政策開放的結果，加上台灣傳播學院碩博士班招生名額有限，特別是相關的博士學位課程，故形成作者集中化趨勢。此 6 篇論文皆從政治經濟學或文化研究觀點，批判馬來西亞威權媒體環境及星洲媒體集團壟斷等議題，其中莊迪澎和黃國富也曾參與反收購行動等經歷，故對於馬來西亞獨立媒體（莊迪澎，2010）或媒體改革行動（黃國富，2008）等有其獨特關懷。此 6 篇論文共有兩大特色，一是檢視馬來西亞威權政治體制及限制媒體言論自由

等相關法令，對獨立媒體崛起或媒體改革組織的影響，二是針對媒體集團與文化及民族想像的批判。

從歷史發展進程來看，黃國富的〈遲滯中突露曙光：馬來西亞的媒改行動〉（2008）與〈掙扎在威權體制與族群政治中的媒體改革—以馬來西亞「撰稿人聯盟」的實踐為例〉〉（2008.04），以及莊迪澎的〈威權統治夾縫中的奇葩——馬來西亞獨立運動方興未艾〉（2009）與〈威權體制中的公民話語力量——馬來西亞與新加坡的兩種景觀〉（2010.04），前者從 1998 年烈火莫熄討論媒體改革行動的崛起，以及媒改面對困境與障礙，包括撰稿人聯盟的轉型（黃國富，2008：305；黃國富，2008. 04：9-15）。而後者則從馬哈迪時代的政治氛圍，理解獨立媒體的普及性及如何提高社會認識與接受程度（莊迪澎，2009：170）。此 3 篇論文亦嘗試走出單一華社的觀點，從不同族群、使用不同語言為媒介的獨立媒體和媒改組織切入分析威權體制與公民力量的抗衡，主要原因如同莊迪澎（2009：173）所言，「中文獨立媒體的數量屈指可數、可參考經驗不多，倘若將討論範圍侷限於華人和中文媒體，將會造成見樹不見林的缺憾」，這也是撰稿人聯盟轉型主要原因。黃國富（2008：305）的研究指出，

> 撰稿人聯盟逐漸瞭解箇中的局限性，因此試圖跳脫出族群本位的思維，擺脫僅批判數個報紙的行動模式，轉型成一個媒改組織，以更積極的方式改革整個媒體環境。撰稿人聯盟嘗試走出華人社會，與其他非華人為主的媒體組織進行更密切連結，而同樣成立於 2001 年的獨立新聞中心就成為其主要的連結與合作組織。

至於〈文化霸權之偽善抗衡——馬來西亞《星洲日報》的「道德－文化」行銷策略批判（1988-2010）〉與〈星洲媒體集團執行主席張曉卿與商品化的馬來西亞華裔族群想像〉兩篇文章重回華社語境，檢視「馬來西亞《星洲日報》於 1987 ～ 2010 年間訴諸『正義至上』和『文化中國』論述的『道德－文化』行銷策略」（莊迪澎，2011. 07：0），以及「星洲媒體集團執行主席

張曉卿如何藉由集團化優勢壟斷鐵三角論述另類聲音，重新定義華文教育、華人社團和華文報關係，以及重新包裝族群想像」（黃招勤，2011. 07：2）。前者認為「『正義至上』與『文化中國』的行銷手段造就了一個壟斷的報業集團，與此同時又發揮維繫國陣種族政治文化霸權的作用」（莊迪澎，2011. 07：18）；後者則認為「重新界定中國是中華民族復興場域的想像……，鼓吹的是流行而非對歷史的負責。不切實際的想像中國做為一種華裔族群的希望和未來，是一種過度的自我膨脹……」（黃招勤，20011. 07：19）。

總的來說，此 6 篇文章除了圍繞前首相馬哈迪到其接班人阿都拉時代，如何利用殖民地遺留下的法令，如內部安全法、官方機密法等，利用修法等方式繼續擴大其對媒體言論和所有權控制力，以及收編主流媒體為執政黨所用，鞏固當權者統治地位之外，亦結合了多元族群特色由內到外完整的呈現馬來西亞華文報和其他語言媒體的發展與困境。同時凸顯出華文報發展困境並非單純來自外部因素，很多時候來自華社內部，包括華基政黨和華裔資本家對國陣政府的妥協與屈服。所以走出華社看到了國家機器的操控與限制，以及去族群意識的報業未來；走進華社則了解到資本利益為前提的民族情感操弄，完全顛覆過去一直依賴或用來解釋馬國華文報業、華文教育與華人社團鐵三角關係的論述。

肆、結論

11 年來的華文日報研究是否形構出全觀或足夠的面貌，以提供更多討論空間給舊有或新進研究者。再者，這些出版物能否填補專書的不足或空白之處，是筆者最終目的和討論的重點。從以上得知，出版物開展了兩種研究面貌，一是較為全觀面貌，論及華文日報整體性發展；二是以不同理論觀點，選擇單一個案或單一議題檢視華文日報角色。不論是做為一個宏觀論述還是單一個案或議題研究，例如馬來西亞多族群與族群政治、多元語言環境、「528 報變」與世華媒體合併案、全國大選、華小高職事件、烈火莫熄政治改革運動等，作者都導入馬來西亞社會、政治等發展脈絡，勾勒出當下的社會情景與華文日報關係。其次，黃招勤、廖珮雯等人的碩士論文採用深度訪談法，採集到許多資深或線上新聞從業人員訪談內容，或如古玉梁等人專書是採用自傳式回顧華文日報發展，內文多觸及核心或高階主事者，比起國外著作慣用寫作策略，能更完整呈現或接近華文日報全貌。

延續第二點說法，會出現另外一個討論面向（或稱之為矛盾），即批評集團化或撰文反壟斷青年學子，絕大部份都被列入黑名單，多少阻擋這些青年學子接近華文報業研究的可能，最後只能採集手邊即有的新聞剪報或他人著作進行內容分析。這一切得歸咎於馬來西亞華文日報「排外」心態，形成一道截至目前為止仍無法突破的困境。而部份專書中的反思立場，基本上也只是研究者個人回應曾經的報界生涯，作者無法重新回到原有場域進行更多或更新的觀察工作，其他研究者在對特定事實求證上也會面臨更多難題。

雖然部份研究者的研究議題朝向更多元趨勢前進，例如性別議題、品牌研究、新聞記者角度認同等，但甚少進行結構性問題的辯論（華文報業集中化問題也只是局部性討論），也趕不上即時性研究議題的挖掘，例如近年來華文日報立場與社會運動關係，包括尋求乾淨選舉、反對澳洲稀土提煉廠等事件；Facebook 等新傳播工具平台對華文日報發展影響，包括如何影響和迫使《中國報》編採部採取更中立、更客觀態度處理相關新聞報導；兩大報業集團之間的長期論戰與公共利益關係，甚至是重新思考壟斷後的華文日報角色等，都值得透過研討會或期刊平台，進一步挖掘和分析，讓華文日報研究有更清楚的形態。換言之，拼湊各類出版物的內容，這 11 年來的華文日報研究似乎看見一些較為全觀面貌，但單一個案或議題研究仍得努力追趕這幾年的快速變化。值得慶幸的是，部份研究者曾在新聞界擔任各項職務，透過前同事蒐集資料或借助局內人轉向局外人優勢，更能體會及感受其原本視為「無感」的工作，或者能用更細膩的語言表達其困境（新聞工作者或報業）。所以研究結果與彭偉步著作有著極大差異，不會刻意跳開華文報兩階段發展帶來的負面影響。

參考文獻

中國報（2008 年 4 月 30 日）。〈世華媒體上市 張曉卿：服務國際華社 世華最強媒體平台〉，《中國報》。上網日期：2008 年 4 月 30 日，取自 http://www.chinapress.com.my/content_new.asp?dt=2008-05-01&sec=business&art=0501bs01.txt

中國報（2009 年 8 月 27 日）。〈《中國報》報份增至 24 萬份占報業 38% 發行量〉，《中國報》。上網日期：2009 年 12 月 31 日，取自 http://www.chinapress.com.my/content_new.asp?dt=2009-08-27&sec=business&art=0827bsa009a10.txt

古玉梁（2005）。《胡文虎報業王國——從興盛到衰落》。吉隆坡：文運。

古玉梁（2011）。《報業風雲半世紀》。吉隆坡：大眾科技。

吳曉慧（2008）。《馬來西亞沙巴州華語的研究》。國立彰化師範大學國文學系碩士論文。

李政賢（2009）。《馬來西亞《光華日報》的中國認識——在華僑與華人兩種身份之間》。國立臺灣大學政治學研究所碩士論文。

東方日報（2007 年 4 月 24 日）。〈合併後兩地上市　新集團僅 30% 股權在港交易〉，《東方日報》。上網日期：2007 年 4 月 24 日，取自 http://www.orientaldaily.com.my/news_item.asp?NewsID=8809

林麗雲（2000）。〈為台灣傳播研究另闢蹊徑？：傳播史研究與研究途徑〉，《新聞學研究》，63：35-54。

南洋商報（2007 年 11 月 26 日）。〈南洋報業控股首季賺 448 萬元開源節流策略奏效〉，《南洋商報》。上網日期：2007 年 11 月 27 日，取自 http://www.nanyang.com/index.php?ch=7&pg=10&ac=791408

南洋商報（2009 年 7 月 1 日）。〈莊宗南任本報總編輯．陳漢光任執行總編輯〉，《南洋商報》。上網日期：2007 年 11 月 27 日，取自 http://www.nanyang.com/index.php?ch=7&pg=10&ac=975019

星洲日報（2006 年 10 月 18 日）。〈張曉卿成大股東〉，《星洲日報》。上網日期：2006 年 10 月 18 日，取自 http://www.sinchew.com.my/content.phtml?sec=1&artid=200610173103

星洲日報（2011.04.26）〈李金友贈新紀元《四庫全書》• 盼合作設民眾圖書館〉http://www.sinchew.com.my/node/202303

高淑清（2010）。《質性研究的 18 堂課：揚帆再訪之旅》。台北：麗文。

梁霞（2006）。〈大馬光華日報掀新頁〉，《華人世界》，第 8 期，頁 113。

莊迪澎（2004）。《強勢首相 VS 弱勢媒體——給馬哈迪的媒體操控算賬》。吉隆坡：破媒體。

莊迪澎（2009）。〈威權統治夾縫中的奇葩——馬來西亞獨立運動方興未艾〉，《新聞學研究》，99：169-199。

莊迪澎（2010.04）。〈威權體制中的公民話語力量——馬來西亞與新加坡的兩種景觀〉，「2010 年台灣的東南亞區域研究年度研討會」論文。台灣：台南。

莊迪澎（2011）。〈書寫"我們"的報業史〉，收錄於古玉梁著《報業風雲半世紀》，馬來西亞吉隆坡：大眾科技，頁 6-13。

莊迪澎（2011.07）。〈文化霸權之偽善抗衡——馬來西亞《星洲日報》的「道德－文化」行銷策略批判（1988-2010）〉，「2011 中華傳播年會」論文。台灣：新竹。

陳為斌（2011）。《消費者對於報紙品牌形象、品牌認同、品牌忠誠與購買行為關聯之探討—以《星洲日報》及《中國報》為例》。銘傳大學傳播管理學系碩士論文。

陳靜靜、展江譯（2011）。《移民報刊及其控制》。北京：新華。（原書 Park, R. E. [1922]). *The Immigrant Press and its Control*. NY: Harper & Brothers.）

曾麗萍（2010）。《西馬來西亞華文報業發展的政經分析（1880-2008）》。世新大學新聞學研究所碩士論文。

黃招勤（2004）。《西馬來西亞華文報之發展與困境——多族群環境中報紙角色和功能的轉變》。世新大學傳播研究所碩士論文。

黃招勤（2011.07）。〈星洲媒體集團執行主席張曉卿與商品化的馬來西亞華裔族群想像〉，「2011 中華傳播年會」論文。台灣：新竹。

黃國富（2002）。《馬來西亞華文報紙與族群認同建構——以「華小高職事件」為例》。中國文化大學政治學研究所碩士論文。

黃國富（2008）。〈遲滯中突露曙光：馬來西亞的媒改行動〉，《新聞學研究》，97：283-318。

黃國富（2008.04）。〈掙扎在威權體制與族群政治中的媒體改革——以馬來西亞「撰稿人聯盟」的實踐為例〉，「2008 台灣的東南亞區域研究年度研討會」論文。台灣：台中。

楊麗玲（2010）。《馬來西亞巫華女性候選人媒介分析——以第 12 屆全國大選為例》。國立政治大學新聞研究所碩士論文。

當今大馬團隊（2010 年 8 月 5 日）。〈冼慧欣回巢再推動"重商"轉型《南洋》報份下滑欲力挽狂瀾〉，《當今大馬》。上網日期：2010 年 8 月 5 日，取自 http://www.malaysiakini.com/news/139239

葉觀仕（2010）。《馬來西亞華文報業史》。馬來西亞吉隆坡：名人。

詩華資訊（2012）。〈詩華報業〉，《詩華資訊》。上網日期：2012 年 3 月 1 日，取自 http://www.seehua.com/about

廖珮雯（2008）。《卑微與崇高：馬來西亞華文報記者的自我角色認知》。國立政治大學新聞研究所碩士論文。

Audit Bureau of Circulations Malaysia (2012.12.14). *Latest Audited Reports for Jan to June 2012*. Retrieved March 21, 2013, from http://abcm.org.my/media/news-event/latest-audited-reports-for-jul-to-dec-2012/

Barisan Nasional (2012). *Component Parties*. Retrieved January 18, 2012, from http://barisannasional.org.my/?page_id=4523

Curran, J. (2002). *Media and Power*. NY: Routledge.

Nanyang Press Holdings Berhad (2002). *Annual Report*. Retrieved December 18, 2012, from www.bursamalaysia.com/market/listed-companies/company-announcements/53425

Nanyang Press Holdings Berhad (2006). *Annual Report*. Retrieved December 18, 2012, from www.bursamalaysia.com/market/listed-companies/company-announcements/879888

國家圖書館出版品預行編目資料

新聞媒介的歷史脈絡 / 楊韜等作 . -- 臺北市 : 世新大學舍我紀念館 , 2014.06
面 ; 公分
ISBN 978-986-6060-24-3 (平裝)

1. 新聞史 2. 傳播史 3. 文集

890.907　　103011778

新聞媒介的歷史脈絡

發 行 者	世新大學舍我紀念館
主　編	黃順星
助理編輯	李蘭琪　林純楨
美術設計	稜鏡圖文映像
發行地址	台北市 116 文山區木柵路一段 17 巷 1 號
電　話	02-2236-8225#2402
網　址	csw.shu.edu.tw
出版日期	2014 年 6 月
I S B N	978-986-6060-24-3
定　價	新台幣 220 元